축복받은 집

축복받은 집

줌파 라히리
서창렬 옮김

마음산책

축복받은 집
1판 1쇄 발행 2013년 10월 10일
1판 21쇄 발행 2025년 6월 1일

지은이 | 줌파 라히리
옮긴이 | 서창렬
펴낸이 | 정은숙
펴낸곳 | 마음산책

등록 | 2000년 7월 28일(제2000-000237호)
주소 | (우 04043) 서울시 마포구 잔다리로3안길 20
전화 | 대표 362-1452 편집 362-1451 팩스 | 362-1455
홈페이지 | www.maumsan.com
블로그 | blog.naver.com/maumsanchaek
트위터 | twitter.com/maumsanchaek
페이스북 | facebook.com/maumsan
인스타그램 | instagram.com/maumsanchaek
전자우편 | maum@maumsan.com

ISBN 978-89-6090-170-4 03840

* 책값은 뒤표지에 있습니다.

부모님과 여동생에게

그녀를 바라보았다.

서른이 안 된 나이에 이미

삶에 대한 사랑을 상실해버린 여인을 말이다.

□차례□

지든은 그렇게 말하지만,
어른이 되면 지금은 알 수 없는 곳에서
네 인생이 전개될 거야.

▪ 일러두기

1. 외국 인명, 지명 및 독음은 '외래어 표기법'을 따르되, 관용적인 표기와 동떨어진 경우 절충하여 실용적 표기를 따랐다.
2. 옮긴이 주는 글줄 상단에 맞추어 표기하였다.
3. 신문, 잡지, 방송 프로그램 제목은 〈 〉로 묶었고, 책 제목은 『 』로 묶었다.

일시적인 문제

안내문은 그게 일시적인 문제라고 했다. 닷새 동안 오후 여덟 시부터 한 시간 동안 단전이 된다는 것이다. 지난 눈보라에 전 선이 망가졌는데, 날이 덜 추운 저녁 시간을 이용하여 보수 작 업을 한다고 했다. 이 작업은 줄지어 늘어선 벽돌집 가게와 노면 전차 정류장에서 걸어오는 거리에 있는 조용한 가로수 길가 집 에만 영향을 미쳤다. 쇼바와 슈쿠마는 지난 삼 년 동안 그 동네 에 살았다.

"이렇게 알려주다니 친절도 하셔라." 쇼바는 큰 소리로 안내 문을 읽고는 슈쿠마보다 자기에게 더 잘된 일이라고 생각했다. 그녀는 교정지로 볼록해진 가죽 가방의 끈을 어깨에서 떨어뜨 려 가방을 복도에 팽개치더니 부엌으로 들어갔다. 회색 운동복 바지에 감청색 포플린 레인코트를 입고 흰색 운동화를 신은 서 른세 살의 그녀는, 한때 자신이 절대로 닮지 않겠다고 마음먹었던 부류의 여자처럼 보였다.

　쇼바는 헬스장에서 오는 길이었다. 진홍색 립스틱은 입 가장자리에만 흐릿하게 남아 있었고, 아랫눈썹 밑으로 검게 아이라이너 자국이 얼룩져 있었다. 이런 모습일 때가 있었어, 슈쿠마는 생각했다. 파티가 끝난 아침이나 바에서 술을 마신 날 밤에, 그러니까 너무 피곤해서 얼굴을 씻지 못했을 때, 마음이 너무 달떠서 내 품에 가만히 쓰러져 있지도 못했을 때 말이지. 쇼바는 우편물 더미에는 눈도 돌리지 않고 식탁 위에 털썩 내려놓았다. 두 눈은 여전히 다른 손에 들린 안내문에 고정되어 있었다. "이런 일은 낮에 해야 하는데."

　"내가 집에 있을 때 말이지." 슈쿠마가 말했다. 그는 김이 아주 조금만 빠져나가도록 조절하면서 양고기가 담긴 냄비에 유리 뚜껑을 덮었다. 1월부터 집에서 작업 중인 그는 인도의 소작쟁의를 다룬 논문의 마지막 장을 마무리 지으려고 애쓰고 있었다. "보수 작업은 언제 시작한대?"

　"3월 19일이라고 되어 있네. 오늘이 19일 아닌가?" 쇼바는 틀에 끼워진 코르크판 쪽으로 걸음을 옮겼다. 냉장고 옆의 벽에 걸린 코르크판에는 윌리엄 모리스 벽지 무늬의 달력 말고는 아무것도 없었다. 쇼바는 그 달력을 마치 처음 보는 것처럼 들여다보았는데, 위의 절반을 차지하는 벽지 무늬를 찬찬히 살펴보고 나서야 아랫부분의 숫자로 눈길을 떨구었다. 친구가 크리스마스 선물로 부쳐준 달력이었다. 하지만 실은 쇼바와 슈쿠마는 그해 크리스마스에 아무런 기념행사도 하지 않았다.

"오늘 맞아." 쇼바가 말했다. "다음 주 금요일엔 당신 치과 예약이 잡혀 있네."

슈쿠마는 혀로 윗니를 죽 훑었다. 그날 아침에 양치질하는 것을 잊어버렸다. 처음은 아니었다. 그는 그날 하루 종일 집 밖으로 나가지 않았다. 전날도 그랬다. 쇼바가 밖에 있는 시간이 많아질수록, 시간 외 일을 시작하고 추가 업무를 더 많이 떠맡을수록, 그는 더욱더 집 안에 틀어박혀 있으려고 했다. 우편물을 찾으러 가지도 않았고, 노면전차 정류장 옆에 있는 가게에 과일이나 와인을 사러 가지도 않았다.

여섯 달 전인 지난해 9월, 슈쿠마는 볼티모어에서 열린 학술 대회에 참가했는데, 그때 쇼바는 예정일보다 삼 주나 빨리 진통을 느꼈다. 그는 학술 대회에 가지 않으려 했으나, 쇼바가 고집을 부렸다. 사람들을 만나는 게 중요하다고, 그도 내년엔 취업 시장에 뛰어들지 않겠느냐고 했다. 자신에게 그의 호텔 방 전화번호가 있고 그의 일정표와 비행기 편명을 복사해놓았으며, 위급한 경우 병원까지 실어다 달라고 친구 질리언에게 얘기해두었다고 했다. 그날 아침 택시가 공항을 향해 출발할 때 쇼바는 가운 차림으로 서서 손을 흔들었다. 한 팔은 불룩한 배 위에 얹혀 있었는데, 그 배는 완벽하게 몸의 일부인 것처럼 자연스러워 보였다.

쇼바가 임신한 모습을 마지막으로 본 그 순간을 생각할 때마다 그 택시가 가장 기억에 남았다. 파란색 글자가 적힌 빨간 스테이션왜건이었는데, 그들의 차에 비하면 그 택시는 동굴 같았다. 슈쿠마는 키가 183센티미터쯤 되고 청바지의 호주머니가 편안하게 느껴진 적이 없을 정도로 손이 컸지만, 그 차의 뒷좌석에 앉으니 스스로 왜소하게 느껴졌다. 택시가 비컨가를 달릴 때 그는 자신과 쇼바가 아이들을 음악 교습소로, 치과로 데리고 다닌다며 스테이션왜건을 구입할 필요를 느끼게 될 날을 상상해보았다. 자신이 운전대를 꼭 붙잡고 있을 때 쇼바가 고개를 돌려 아이들에게 종이 팩 주스를 건네는 모습도 상상해보았다. 한때, 이러한 부모 모습은 서른다섯인데 아직도 학생이라는 불안감을 가중시켜 슈쿠마의 마음을 어둡게 했다. 그러나 아직 나무에 구릿빛 잎사귀가 그득하던 초가을 아침에 그는 처음으로 그 모습을 기껍게 받아들였다.

대회 진행 요원이 똑같이 생긴 회의장 중에서 한 곳에 있던 그를 찾아내어 빳빳한 정사각형 쪽지를 한 장 건넸다. 전화번호만 적혀 있었으나 슈쿠마는 그게 병원 전화번호라는 것을 알았다. 보스턴으로 돌아왔을 때, 상황은 끝나 있었다. 아기는 사산되었다. 쇼바는 개인 병실의 침대에 누워 자고 있었다. 병원의 부속 병동에 있는 병실은 아주 비좁아서 옆에 서 있을 공간도 충분하지 않았는데, 예비 부모를 위한 병원 안내 때는 와보지 못한 곳이었다. 태반이 약해져서 제왕절개 수술을 했는데, 수술이 제때 이루어지지 못했다. 의사는 종종 이런 일이 있다고 말했다. 그는 직업상으로만 아는 사람들에게 보일 수 있는 최대한의 친절한 미소를 지었다. 쇼바는 몇 주 지나면 완전히 회복될 거라고 했다. 앞으로 아기를 갖지 못할 것 같은 징후는 전혀 없다고 했다.

　요즘 슈쿠마가 잠에서 깨어났을 때 쇼바는 늘 출근하고 없었다. 그는 눈을 뜨면 쇼바가 그녀의 베개에 흘려놓은 길고 검은 머리카락들을 보면서 옷을 차려입은 그녀가 시내의 사무실에서 이미 커피를 세 잔째 홀짝이는 모습을 머리에 떠올렸다. 쇼바는 그곳에서 교재의 오자를 찾아내 여러 가지 색연필로 교정 부호를 표시했다. 언젠가 그 부호를 설명해준 적이 있었다. 그의 논문이 준비되면 똑같이 그렇게 해주겠다고 약속했다. 슈쿠마는 성질이 모호한 자신의 작업과는 아주 다른 그 업무의 구체성을 부러워했다. 그는 호기심이 없으면서도 세세한 내용을 받아들이는 데 재주가 있는 평범한 학생일 뿐이었다. 그래도 9월까지는 헌신적이라고 할 수는 없을지라도 부지런했다. 장별로 내용을 요약했으며, 줄 쳐진 노란 메모 패드에 논의의 개요를 정리했다. 그러나 이제는 따분해질 때까지 침대에 누워 있었다. 침대에 누운 채로 쇼바가 늘 조금 열어두는 옷장 안 자신의 공간에 눈길을 주며 트위드 재킷과 코듀로이 바지를 가만히 바라보았다. 이번 학기에는 학생들을 가르치려고 그 옷들을 골라 입고 나갈 필요가 없었다. 아기가 사산되었을 때는 강의를 취소하기에는 너무 늦은 시점이었다. 하지만 지도 교수가 일을 잘 처리해주어서 그는 봄 학기를 혼자만의 시간으로 쓸 수 있게 되었다. 육 년째 대학원에 다니고 있었다. "이번 학기와 여름방학은 자네에게 좋은 자극제가 되어야 하네." 지도 교수가 말했다. "내년 9월까지는 논문을 마무리해야 하니까."

하지만 어떤 것도 자극제가 되지 못했다. 대신 슈쿠마는 자신과 쇼바가 침실이 세 개인 집에서 어떻게 서로를 피하는 데 전문가가 되었는지 생각했다. 그들은 가능한 한 많은 시간을 서로 다른 층에서 보냈다. 자신이 이제는 주말을 기대하지 않게 된 것도 생각했다. 주말에도 쇼바는 몇 시간씩 색연필과 교정지를 들고 소파에 앉아 있었고, 그래서 그는 자기 집인데도 레코드를 트는 게 무례한 일 같다는 부담을 느꼈다. 그녀가 자신의 눈을 들여다보며 미소 지었던 게 언제인지, 혹은 잠들기 전 여전히 서로의 몸을 갈구하는 드문 경우에, 이름을 나직이 속삭여준 게 얼마나 오래전 일인지 생각했다.

처음에는 이 상황이 지나갈 거라고 믿었다. 자신과 쇼바가 어떻게든 이 모든 걸 극복해낼 거라고 믿었다. 그녀는 이제 서른셋 아닌가. 그녀는 강한 여자여서 회복이 되었다. 그러나 위안은 얻지 못했다. 슈쿠마는 종종 점심시간이 다 되어서야 겨우 침대에서 몸을 빼내 아래층으로 내려갔다. 그리고 쇼바가 빈 머그잔과 함께 남겨둔 여분의 커피를 커피포트에서 따랐다.

슈쿠마는 손으로 양파 껍질을 모아서 쓰레기통에 버렸다. 양파 껍질은 그가 긴 띠 모양으로 잘라내 버린 양고기 지방 위로 떨어졌다. 싱크대의 물을 틀어서 칼과 도마를 씻었다. 그러고는 마늘 냄새를 없애려고 반으로 자른 레몬에 손가락 끝을 문질렀는데, 쇼바에게 배운 요령이었다. 일곱 시 삼십 분이었다. 창문을 통해 부드러운 검은빛 아스팔트 같은 하늘이 눈에 들어왔다.

사람들이 모자나 장갑 없이 걸어 다닐 만큼 날씨가 풀렸지만, 보도에는 여전히 눈 더미가 줄을 이루어 들쑥날쑥 쌓여 있었다. 지난 눈보라 때 눈이 거의 1미터나 내렸기 때문에 사람들은 일주일 동안 비좁은 고랑을 한 줄로 걸어 다녀야 했다. 그것이 바로 슈쿠마가 일주일 동안 집 밖으로 나가지 않은 핑계였다. 그러나 지금은 그 고랑이 넓어졌고 물은 끊임없이 보도의 배수구로 흘러들어 갔다.

"양고기가 여덟 시까지 준비되긴 어렵겠는데." 슈쿠마가 말했다. "어둠 속에서 저녁을 먹어야 할 것 같아."

"촛불을 켜면 되지 않을까." 쇼바가 말했다. 그녀는 낮 동안 목덜미에 단정하게 말아 올렸던 머리를 풀었고, 운동화의 끈을 풀지 않은 채 억지로 발을 빼냈다. "불이 나가기 전에 샤워를 해야겠어." 그녀가 계단을 향해 걸음을 옮기며 말했다. "곧 내려올게."

슈쿠마는 쇼바의 가방과 운동화를 냉장고 옆으로 치웠다. 전에는 이러지 않았다. 외투는 옷걸이에 걸었고 운동화는 신발장에 넣었으며 고지서가 오면 곧장 돈을 냈다. 하지만 지금은 이 집이 호텔인 것처럼 행동했다. 노란색 꽃무늬 안락의자가 청색과 적갈색으로 꾸며진 터키산 양탄자와 어울리지 않는다는 사실에도 이제는 더 신경 쓰지 않았다. 집 뒤편 베란다에 놓인 고리버들 의자 위에는 예전에 그녀가 커튼을 만들 생각으로 짜놓은 레이스가 빳빳한 흰색 가방에 가득 담긴 채 여전히 그대로 놓여 있었다.

쇼바가 샤워하는 동안 슈쿠마는 아래층 욕실로 가 세면대 아래에서 포장을 뜯지 않은 새 칫솔을 꺼냈다. 털이 뻣뻣한 싸구려 칫솔에 잇몸을 다쳐 세면대에 피를 뱉었다. 금속 바구니 안에 보관해둔 여러 개의 칫솔 가운데 하나였는데, 언젠가 세일 기간에 쇼바가 산 것이었다. 집에 찾아온 손님이 뒤늦게 자고 가겠다는 결정을 내릴 경우를 대비한 것이었다.

쇼바는 그런 사람이었다. 좋든 나쁘든 갑작스럽게 일어날 수 있는 상황에 미리 대비하는 유형이었다. 마음에 드는 스커트나 지갑을 발견하면 두 개씩 구입했다. 직장에서 받은 상여금은 자신의 이름으로 개설한 별도의 은행 계좌에 넣어두었다. 슈쿠마는 그러한 태도에 개의치 않았다. 아버지가 돌아가시자 어머니는 충격을 감당하지 못하고 그가 자란 집을 버리고 캘커타로 떠나버렸다. 뒤처리는 모두 슈쿠마에게 맡겼다. 쇼바는 다르다는 게 마음에 들었다. 앞일을 생각하는 그녀의 능력에 깜짝 놀랐다. 그녀가 쇼핑을 하고 나면 식료품 저장고에는 늘 여분의 올리브와 옥수수기름이 여러 병 들어 있었다. 이탈리아 요리를 할지 인도 요리를 할지에 따라 달라지긴 했지만. 또한 온갖 모양, 온갖 색깔의 파스타가 든 상자와 지퍼백에 든 바스마티 쌀이 엄청 많았고, 헤이마켓의 이슬람 정육점에서 산, 적당한 크기로 잘라 냉동한 양고기와 염소 고기가 담긴 비닐봉지도 곳곳에 놓여 있었다. 격주로 토요일이면 미로 같은 좌판 시장을 훑고 돌아다닌 덕에 슈쿠마는 드디어 그곳을 훤히 꿸 수 있게 되었다. 그는 쇼바가 음식을 많이 사는 모습을 의아한 눈으로 지켜보았으며, 그녀가 사람들을 밀치며 나아갈 때 양손에 천 가방을 들고 뒤를 줄줄 따라다녔다. 아침 햇살 아래서 쇼바는 면도를 하기엔 너무 어리지만 벌써 이가 빠진 아이들과 흥정을 하곤 했는데, 아이들은 아티초크, 자두, 생강 뿌리, 참마를 담은 갈색 종이 봉지를 비틀어서 저울 위에 놓았다가 하나씩 쇼바에게 건넸다. 그녀는 사람들에게 떠밀려도 신경 쓰지 않았다. 심지어 임신했을 때에도 그랬다. 그녀는 키가 크고 어깨가 넓었으며, 산부인과 의사가 아이를 낳기에 적합하다고 말한 골반을 지니고 있었다. 집으로 돌아오는 길에 차가 찰스 강을 따라 굽은 길을 달릴 때면 두 사람은 언제나 음식을 엄청 많이 샀다며 경탄했다.

음식이 버려지는 경우는 없었다. 친구들이 찾아오면 쇼바는 빠르게 식사를 준비했는데, 보기에는 준비하는 데 한나절은 걸릴 것 같은 음식들이었다. 미리 냉동해두었거나 병에 넣어둔 것들로 요리를 했는데, 싸구려 통조림이 아니라 직접 로즈메리로 양념을 해놓은 피망이나 일요일에 토마토와 자두를 끓이고 저어서 준비해둔 처트니로 만든 것들이었다. 부엌의 선반에는 라벨이 붙은 보존용 유리병이 피라미드 모양으로 늘어서 있었는데, 손자 대까지 맛볼 수 있을 만큼 많은 양이라는 데 둘은 의견의 일치를 보았다. 이제는 그것까지 다 먹어버렸다. 날마다 몇 컵의 쌀과 녹인 고기로 두 사람의 식사를 준비하느라 슈쿠마는 비축해놓은 식품을 꾸준히 소비했다. 그는 매일 오후 쇼바의 요리책을 뒤적여서, 그녀가 연필로 써놓은 지침에 따라 고수 씨앗 가루를 한 숟가락이 아니라 두 숟가락을 넣거나 노란 렌즈콩 대신에 빨간 렌즈콩으로 음식을 만들었다. 각각의 요리법에는 날짜가 적혀 있었는데, 둘이 함께 그 음식을 처음 먹은 날을 기록한 것이었다. 4월 2일, 회향을 넣은 콜리플라워. 1월 14일, 아몬드와 건포도를 넣은 치킨. 슈쿠마는 그런 음식을 먹은 기억이 없었다. 하지만 교정자인 쇼바의 깔끔한 글씨로 기록되어 있었다. 그는 이제 요리를 즐기게 되었다. 요리는 스스로가 생산적이라고 느끼게 하는 일이었다. 자기가 없다면 쇼바가 시리얼 한 그릇으로 저녁을 때우리라는 것을 그는 알고 있었다.

오늘 밤, 그들은 전깃불 없이 함께 식사를 해야 했다. 벌써 몇 달 동안 둘은 각자 따로 가스레인지에서 음식을 가져다 먹었다. 슈쿠마는 음식을 들고 서재로 들어가서 음식이 식어가는 것을 아랑곳하지 않고 책상 위에 놓아두었다가 한참 뒤에야 쉬지 않고 입안에 쑤셔 넣곤 했다. 쇼바는 음식을 거실로 들고 가서 게임 프로를 시청하거나, 아니면 자신의 무기인 색연필을 손에 쥐고 교정을 보았다.

어느 저녁 때 쇼바는 슈쿠마의 서재로 들어왔다. 그녀가 오는 소리가 들리면 그는 읽던 소설을 치우고 문장을 타이핑하기 시작했다. 그녀는 그의 어깨에 두 손을 내려놓고 그와 함께 파랗게 빛나는 컴퓨터 화면을 들여다보았다. "너무 열심히 일하지 마." 잠시 후 그녀는 이렇게 말하며, 침실로 걸음을 옮겼다. 하루 중 그녀가 찾아오는 유일한 때인데도 그는 그 시간이 두려워졌다. 쇼바가 억지로 하는 행위임을 알았다. 그녀는 그 방의 벽을 둘러보곤 했는데, 지난해 여름에 둘이 함께 가장자리를 트럼펫과 드럼을 연주하며 행진하는 오리와 토끼 그림으로 장식했다. 8월 말쯤에는 창문 밑에 체리색 아기 침대와 회녹색 손잡이가 달린 흰색의 기저귀 갈이대, 체크무늬 쿠션이 놓인 흔들의자가 자리했다. 슈쿠마는 쇼바를 병원에서 데려오기 전에 모두 치워버렸다. 토끼와 오리 그림은 주걱으로 문질러 없애버렸다. 무엇 때문인지는 모르지만, 그는 쇼바만큼 그 방을 괴롭게 느끼지는 않았다. 1월부터 도서관 개인 열람실에서 작업하기를 그만두면서, 그는 자신의 책상을 일부러 그곳에 놓았다. 한편으로는 그 방이 그를 위로해주기 때문이었고, 한편으로는 쇼바가 피하는 장소이기 때문이었다.

슈쿠마는 부엌으로 돌아와 서랍을 열었다. 가위와 달걀 젓개, 거품기, 막자사발과 막자 사이에서 양초를 찾았다. 막자와 막자사발은 쇼바가 캘커타의 한 상점에서 구입한 것이었는데, 그녀가 요리를 하던 때에 마늘이나 카르다몸을 빻는 도구로 사용했다. 손전등을 발견했지만 건전지가 없었다. 반쯤 비어 있는 생일 양초 상자도 있었다. 지난해 5월, 쇼바는 그에게 깜짝 생일 파티를 열어주었다. 백이십 명이나 되는 사람들이 집으로 몰려들었다. 지금은 두 사람이 의도적으로 피하는 친구들과 친구의 친구들이었다. 얼음을 넣은 욕조에는 비뉴 베르드 와인 병들이 자리를 차지하고 있었다. 임신 오 개월인 쇼바는 마티니 잔으로 진저에일을 마셨다. 그녀는 커스터드와 솜사탕으로 바닐라 크림 케이크를 만들어두었다. 그 밤 내내 쇼바는 슈쿠마의 긴 손가락에 자신의 손가락을 끼고서 파티에 온 손님들 사이를 함께 거닐었다.

지난해 9월 이후 그들을 찾아온 손님은 쇼바의 엄마뿐이었다. 쇼바가 병원에서 돌아온 다음 그녀가 애리조나에서 와 두 달 동안 함께 지냈다. 그녀는 매일 밤 저녁 식사를 준비했고, 차를 몰고 슈퍼마켓에 다녔으며, 그들의 옷을 세탁했고, 옷가지를 정리해두었다. 신앙심이 깊은 여자였다. 그래서 손님방의 침대 머리맡에 있는 탁자 위에 조그만 사당과, 라벤더 얼굴을 한 여신이 담긴 사진 액자와 매리골드 꽃잎 무늬 접시 하나를 세워놓았다. 그리고 하루에 두 번씩 앞으로 건강한 손주가 태어나기를 기도했다. 예의를 갖춰 슈쿠마를 대했으나 다정하지는 않았다. 백화점에서 일할 때 배운 솜씨로 그의 스웨터를 개켜주었다. 그의 겨울 외투에 떨어진 단추를 달고 베이지색과 갈색으로 된 스카프를 짰는데, 그것을 건네주면서도 아무런 티도 내지 않았다. 마치 그가 스카프를 떨어뜨리고도 알아차리지 못한 것을 보고 주워주었을 뿐이라는 듯이. 그에게 쇼바 얘기는 하지 않았다. 한번은 슈쿠마가 아기의 죽음을 언급하자, 그녀는 뜨개질을 하다 말고 고개를 들어 말했다. "그렇지만 자네는 그곳에 있지도 않았잖아."

그는 집에 양초가 하나도 없다는 게 참 이상하다고 생각했다. 쇼바가 이처럼 평범한 비상 상황에 대비하지 않았다니. 그는 진짜 양초 대신 생일 양초를 쓸 생각으로, 초를 꽂아둘 물건을 찾다가 보통 싱크대 위 창턱에 놓아두는 담쟁이 화분의 흙을 쓰기로 했다. 수도꼭지에서 얼마 떨어지지 않은 곳에 두었는데도 화분의 흙이 너무 메말라서, 먼저 양초가 똑바로 서 있게 물을 좀 뿌려주어야 했다. 그는 부엌 식탁 위에 놓인 우편물 더미와 읽지 않은 도서관 책 따위를 한쪽으로 치웠다. 거기서 둘이 함께 처음 식사하던 때를 떠올렸다. 그때는 결혼을 하게 된 것이, 마침내 한 집에서 같이 살게 된 것이 너무나도 좋아서 바보처럼 서로에게 손을 내밀었으며, 먹는 것보다 사랑을 나누는 것을 더 갈구했다. 슈쿠마는 러크나우에 사는 삼촌이 결혼 선물로 준 자수 식기 깔개를 두 장 식탁에 깔았다. 그리고 보통은 손님용으로 아껴두는 접시와 와인 잔을 준비했다. 담쟁이 화분을 식탁 가운데에 놓았다. 조그만 양초 열 개가 가장자리가 별 모양인 하얀 담쟁이 잎사귀를 둘러쌌다. 그는 디지털시계 라디오를 틀어서 주파수를 재즈 방송에 맞추었다.

"이게 다 뭐야?" 쇼바가 아래층으로 내려오며 말했다. 머리는 두꺼운 흰색 수건에 둘러싸여 있었다. 그녀는 수건을 풀어서 의자 위에 걸쳐놓았다. 촉촉한 검은 머리카락이 등 뒤로 흘러내렸다. 무표정한 얼굴로 가스레인지를 향해 걸어가면서, 얽힌 머리카락 몇 가닥을 손가락으로 풀었다. 그녀는 깨끗한 운동복 바지에 티셔츠와 낡은 플란넬 가운을 입고 있었다. 배는 다시 납작해졌고, 허리도 엉덩이가 확 커지기 전의 날씬한 상태로 돌아왔다. 가운의 허리띠는 느슨하게 매여 있었다.

여덟 시가 거의 다 되었다. 슈쿠마는 식탁에 밥을 내려놓고 나서 전날 밤에 먹고 남은 렌즈콩을 전자레인지에 넣고 타이머의 숫자를 눌렀다.

"로간조시를 만들었네." 쇼바가 유리 뚜껑을 통해 밝은 빛깔의 파프리카 스튜를 들여다보며 말했다.

슈쿠마는 손을 데지 않도록 손가락을 재빨리 놀려서 양고기를 한 점 꺼냈다. 그러고는 고기가 뼈에서 잘 떨어지도록 서빙스푼으로 커다란 고깃덩어리를 쿡쿡 찔렀다. "다 됐어." 그가 말했다.

전자레인지에서 삐 소리가 난 순간에 전깃불이 나갔고, 음악도 사라졌다.

"타이밍이 절묘한데." 쇼바가 말했다.

"생일 양초밖에 못 찾았어." 슈쿠마는 담쟁이 화분의 양초에 불을 붙이고 나서 나머지 양초와 성냥갑은 자신의 접시 옆에 두었다.

"괜찮아." 쇼바가 와인 잔의 다리 부분을 손가락으로 매만지며 말했다. "분위기가 참 좋은데그래."

흐릿한 가운데서도 슈쿠마는 쇼바가 어떻게 앉아 있는지 알수 있었다. 의자에서 몸을 약간 앞으로 내밀고, 양 발목은 서로 교차한 채 식탁 아랫부분의 가로대에 대고, 왼쪽 팔꿈치는 식탁 위에 내려놓고 있었다. 양초를 찾으면서 슈쿠마는 비어 있다고 생각한 상자에서 와인을 한 병 발견했다. 그는 와인 병을 두 무릎 사이에 꼭 끼우고서 코르크스크루를 돌려 끼웠다. 와인을 흘릴까 봐 무릎 가까이에서 잔을 잡고 따랐다. 두 사람은 식사를 시작했다. 포크로 밥을 섞고, 눈을 가늘게 뜨고 스튜에서 월

계수 잎과 마늘을 빼냈다. 몇 분 간격으로 슈쿠마는 몇 개의 생일 양초에 불을 더 붙여서 얼른 화분의 흙에다 꽂았다.

"인도에 있는 기분이야." 쇼바가 임시변통의 촛대를 신경 써서 관리하는 그의 모습을 코면서 말했다. "거기선 가끔 몇 시간씩 계속 전기가 나간다구. 한번은 첫 밥 예식 갓난아이가 고형식을 먹기 시작할 때 기념하는 예식에 참석했는데, 내내 어둠 속에서 치른 적이 있어. 아기가 계속해서 울어댔지. 무척 더웠을 테니까."

그들의 아기는 울어본 적이 없다, 슈쿠마는 생각했다. 그들의 아기는 첫 밥 예식을 치를 일이 없었다. 쇼바는 이미 초대 손님 명단을 만들어놓았고, 세 오빠 중 누구에게 아기에게 첫 고형식을 먹이는 일을 부탁할지 결정해놓았지만 말이다. 남자아이라면 생후 육 개월에 여자아이라면 생후 칠 개월에 이 예식을 치를 예정이었다.

"좀 매워?" 슈쿠마가 물었다. 그는 빛을 내는 담쟁이 화분을 책과 우편물 더미가 놓인 곳과 가까운 한쪽 끝으로 밀었다. 그러자 둘은 서로를 보는 게 더 어려워졌다. 이 층으로 올라가 컴퓨터 앞에 앉을 수 없다는 사실에 슈쿠마는 갑자기 짜증이 났다.

"아니, 맛있어." 쇼바가 포크로 접시를 톡톡 두드리며 말했다. "정말이야."

슈쿠마는 쇼바의 잔에 다시 와인을 따랐다. 그녀가 고맙다고 했다.

전에는 이러지 않았다. 이제 그는 그녀의 관심을 끌 만한 이야기를 하려고 무척 애써야 했다. 그녀가 음식 접시에서, 아니면 교정지에서 눈을 떼고 고개를 들게 하는 이야기를 하려면 말이다. 결국 그녀를 즐겁게 하려는 노력을 포기했다. 그는 침묵에 개의치 않는 법을 배웠다.

"할머니 댁에서 지낼 땐 정전으로 전기가 들어오지 않는 시간 동안 우리 모두 뭔가 말을 해야 했던 기억이 나네." 쇼바가 다시 말했다. 슈쿠마는 그녀의 얼굴을 거의 볼 수 없었다. 하지만 그 어조를 통해 그녀가 마치 먼 곳의 물체에 초점을 맞추려 애쓰는 것처럼 눈을 가늘게 뜨고 있다는 것을 알 수 있었다. 그녀의 버릇이었다.

"어떤 얘기?"

"잘 모르겠어. 짤막한 시. 농담. 세상 얘기. 이유는 잘 모르겠지만, 친척들은 늘 내가 미국에 있는 내 친구들 이름을 말해주길 원했어. 그런 정보가 왜 그리 흥미로웠는지 난 모르겠어. 지난번에 이모를 만났을 땐 투손에서 나랑 함께 초등학교에 다녔던 여자아이 네 명의 안부를 묻더라구. 지금 난 거의 기억하지 못하는 아이들인데 말이야."

슈쿠마는 쇼바만큼 인도에서 많은 시간을 보내지 않았다. 뉴햄프셔에 정착한 그의 부모는 그를 떼어놓고 인도에 다녀오곤 했다. 아주 어린 시절 처음 인도에 갔을 때, 그는 아메바성 이질로 거의 죽을 뻔했다. 신경이 예민한 편이었던 그의 아버지는 무슨 일이 생길까 봐 다시 그를 데리고 인도에 가는 걸 두려워했으며, 그래서 슈쿠마를 콩코드에 사는 고모와 고모부의 집에 맡겼다. 십 대 때는 여름방학에 캘커타로 가기보다는 요트 캠핑을 가거나 아이스크림 가게에서 일하는 걸 더 좋아했다. 대학 마지막 해에 아버지가 돌아가시고 난 다음에야 비로소 인도에 관심을 품기 시작했다. 그는 여타 과목과 다를 바 없다는 듯이 인도의 역사를 교과서로 공부했다. 지금은 인도와 관련한 어릴 적 이야기가 있었더라면, 하는 아쉬움이 남았다.

"우리, 그거 하자." 쇼바가 갑자기 말했다.

"뭘?"

"어둠 속에서 서로 얘기하기."

"어떤 얘기? 난 농담 같은 거 모르는데."

"아니, 농담 말고." 쇼바가 잠시 생각에 잠겼다. "우리가 전에 얘기한 적이 없는 것들을 말하는 건 어떨까?"

"고등학교 시절에 이런 게임을 하곤 했지." 슈쿠마가 기억을 떠올렸다. "술 취했을 때 말이야."

"진실 게임 같은 걸 생각하는구나. 그런 거 말고. 좋아, 내가 먼저 할게." 쇼바가 와인을 한 모금 마셨다. "당신 아파트에서 처음으로 나 혼자 방에 있게 되었을 때 주소록을 슬쩍 들춰봤어. 내 이름을 써놓았는지 보려고 말이야. 아마 서로 알게 된 지 이 주쯤 지났을 때일 거야.'

"난 그때 어디 있었는데?"

"전화를 받으러 다른 방에 있었어. 당신 어머니한테서 온 전화였는데, 난 통화가 길어질 거라고 생각한 거지. 내가 신문의 한 귀퉁이에서 주소록으로 승격됐는지 알아보고 싶었어."

"내가 승격해놨던가?'

"아니. 그렇지만 난 당신을 포기하지 않았어. 자, 이제 당신 차례야."

그는 아무것도 생각나지 않았다. 하지만 쇼바가 자신의 말을 기다렸다. 요 몇 달 사이 그녀가 이렇게 적극성을 띤 적은 없었다. 그녀에게 해줄 수 있는 말이 뭐가 남았을까? 슈쿠마는 그들이 처음 만났던 사 년 전의 케임브리지 강의실을 떠올렸다. 한 무리의 벵골 시인들이 낭송회를 열었다. 그들은 목재 접의자에 옆으로 나란히 앉아 있었다. 슈쿠마는 곧 따분해졌다. 문학적 어법을 해독할 수 없었으며, 다른 청중처럼 어떤 구절이 끝나면 한숨을 짓거나 진지하게 고개를 끄덕이며 장단을 맞출 수도 없었다. 그는 접어서 무릎 위에 놓아둔 신문을 들여다보며 세계 주요 도시의 기온을 살펴보았다. 어제 싱가포르는 섭씨 33도였고, 스톡홀름은 11도였다. 왼쪽으로 고개를 돌리자 옆에 앉은 여자가 서류철 뒷면에 식료품 목록을 적는 모습이 눈에 띄었는데, 그 여자가 아름다워서 깜짝 놀랐다.

"좋아." 슈쿠마가 기억을 떠올리며 말했다. "우리가 처음으로 함께 저녁을 먹으러 갔을 때, 그 포르투갈 식당 말이야, 난 웨이터에게 팁 주는 걸 잊어버렸어. 그래서 다음 날 아침에 다시 그곳으로 가서는 그 웨이터의 이름을 알아내서 지배인에게 팁을 맡겼어."

"단지 웨이터에게 팁을 주려고 서머빌까지 그 먼 길을 다시 갔단 말이야?"

"택시를 타고 갔어."

"웨이터에게 팁 주는 걸 왜 잊어버렸는데?"

생일 양초는 다 타버렸지만, 그는 어둠 속에서도 그녀의 얼굴을 또렷이 그릴 수 있었다. 약간 기울어진 커다란 눈, 도톰한 포돗빛 입술, 두 살 때 높은 의자에서 떨어져 턱에 생긴, 아직도 눈에 띄는 쉼표 모양의 상처. 슈쿠마는 한때 자신을 압도했던 그녀의 아름다움이 나날이 시들어가는 것 같다고 생각했다. 전에는 불필요하게 보였던 화장품이 이제는 필요했다. 용모를 개선하기 위해서가 아니라 어떻게든 그녀를 또렷이 드러내려면.

"식사가 끝날 무렵, 당신과 결혼할지도 모른다는 묘한 느낌이 들었어." 그는 그녀에게뿐만 아니라 자기 자신에게도 처음으로 인정하는 말을 했다. "그게 내 정신을 산만하게 한 것 같아."

다음 날 저녁, 쇼바는 평소보다 일찍 집에 돌아왔다. 슈쿠마는 전날 저녁에 먹다 남은 양고기를 데웠고, 그들은 일곱 시께 식사를 할 수 있었다. 그날 슈쿠마는 집 밖으로 나갔다 왔다. 녹아내리는 눈 사이를 걸어가서 모퉁이의 가게에서 가늘고 긴 양초를 한 통 샀고, 손전등에 넣을 건전지도 샀다. 연꽃 모양의 놋쇠 촛대에 양초를 꽂아 조리대 위에 놓아두었다. 그러나 두 사람은 식탁 위 천장에 매달린, 구리 갓을 씌운 등불 아래서 식사를 했다.

식사가 끝났을 때, 슈쿠마는 쇼바가 그의 접시 위에 그녀의 접시를 포개어 싱크대로 들고 가는 모습에 놀랐다. 쇼바가 거실로 돌아가 교정지 더미 뒤로 숨으리라 생각한 것이다.

"설거지는 신경 쓰지 마." 그가 그녀의 손에서 접시를 뺏으며 말했다.

"신경 안 쓸 수가 없잖아." 쇼바가 스펀지에 세제를 한 방울 떨어뜨리며 대꾸했다. "여덟 시가 거의 다 됐는데."

그의 심장박동이 빨라졌다. 슈쿠마는 온종일 전기가 나가는 시간을 기다렸다. 쇼바가 주소록을 들춰보았다고 전날 밤에 한 말을 생각해보았다. 그 당시의 쇼바를 기억하는 일은 기분 좋았다. 처음 만났을 때 그녀는 무척이나 대담하면서도 긴장감 있었고, 또한 희망에 차 있었다. 둘은 싱크대 앞에 나란히 섰다. 창문의 틀 속에 담긴 두 사람의 모습이 서로 잘 어울렸다. 슈쿠마는 거울 앞에 처음으로 함께 섰을 때의 기분이 생각나서 괜히 수줍어졌다. 언제 마지막으로 같이 사진을 찍었는지 기억나지 않았다. 파티에 참석하는 일도 그만두었으며, 어디를 함께 가는 일도 없었다. 그의 카메라 속 필름에는 여전히 쇼바가 임신했을 때 마당에서 찍은 사진들이 담겨 있었다.

설거지를 마친 다음 조리대에 몸을 기댄 채 수건의 양 끝 부분으로 각자 손을 닦았다. 여덟 시가 되자 집은 어두워졌다. 슈쿠마는 양초 몇 자루의 심지에 불을 붙였다. 길고 꾸준하게 타오르는 불꽃이 인상적이었다.

"우리, 밖에 나가서 앉자." 쇼바가 말했다. "아직은 춥지 않을 거야."

그들은 각자 양초를 하나씩 들고 현관 계단에 앉았다. 땅 위에 아직 눈 더미가 남아 있는데도 밖에 나와 앉는 게 이상해 보였다. 그러나 그날 밤은 모두가 집 밖에 나와 있었다. 공기가 아주 상쾌해서 사람들이 집 안에 가만히 있지 못한 것이다. 방충망을 친 문들이 열렸다가 닫혔다. 이웃 사람 몇몇이 손전등을 들고 행진하듯 지나갔다.

"우린 책 좀 보러 서점에 가는 길이에요." 은발의 남자가 큰 소리로 말했다. 그는 아내와 함께 걷고 있었는데, 마른 아내는 바람막이 점퍼를 입고 목줄을 손에 쥔 채 개를 데리고 갔다. 브래드포드 부부로, 지난해 9월에 쇼바와 슈쿠마의 우편함에 조문 카드를 넣어둔 사람들이었다. "서점엔 자가 발전 시설이 있다는군요."

"잘됐네요." 슈쿠마가 말했다. "그렇지 않다면 어둠 속에서 책을 훑어봐야 할 테니까요."

여자가 웃으며 자신의 팔을 남편의 팔꿈치 안으로 넣어 팔짱을 끼었다. "같이 갈래요?"

"아니에요." 쇼바와 슈쿠마가 한목소리로 말했다. 자신의 말이 그녀의 말과 일치했다는 사실에 슈쿠마는 놀랐다.

그는 쇼바가 어둠 속에서 무슨 말을 할지 궁금했다. 최악의 가능성도 이미 염두에 두고 있었다. 불륜을 저질렀다고, 나이가 서른다섯인데도 아직 학생인 그를 존중하지 않는다고, 그녀의 어머니가 내비친 것처럼 볼티모어에 간 그를 원망한다고 말이다. 그러나 이러한 것들은 사실일 리 없었다. 쇼바는 그와 마찬가지로 바람을 피우지 않았다. 그녀는 그를 믿었다. 볼티모어에 가라고 고집을 부린 사람도 그녀였다. 두 사람이 서로 알지 못하는 게 뭘까? 그는 그녀가 손가락을 꼭 오므리고 잠을 자며, 악몽을 꿀 때면 경련 증세를 보인다는 것을 알았다. 멜론 중에 선 캔털루프보다 허니듀를 더 좋아한다는 것을 알았다. 병원에 서 돌아왔을 때 그녀가 집 안으로 들어가 처음으로 한 일은 그 들의 물건을 골라 복도에 마구 던져버리는 것이었음을 알았다. 책꽂이의 책, 창턱에 놓인 식물, 벽에 걸린 그림, 탁자에 놓인 사진, 가스레인지 위의 고리에 걸어놓은 솥과 냄비 따위를 말이다. 슈쿠마는 한 발짝 비켜서서 그녀가 이 방에서 저 방으로 차근차근 옮겨 다니는 것을 지켜보았다. 분이 풀리자 쇼바는 거기에 서서 자신이 만들어놓은 산더미를 응시했다. 혐오스럽다는 듯이 입술을 뒤로 당겼는데, 슈쿠마는 그녀가 침을 뱉을 거라고 생각했다. 그런데 그녀가 울기 시작했다.

현관 계단에 앉아 있으려니 추워지기 시작했다. 슈쿠마는 자신이 화답하려면 쇼바가 먼저 얘기를 하게 해야 한다고 느꼈다.

"당신 어머니가 우리 집에 왔을 때 얘기야." 그녀가 이윽고 입을 열었다. "어느 날 밤 내가 늦게까지 야근을 해야 한다고 했는데, 실은 밖에서 질리언과 함께 마티니를 마셨어."

슈쿠마는 쇼바의 옆얼굴을 바라보았다. 가는 코, 약간 남성적으로 생긴 턱. 그는 그날 밤을 잘 기억했다. 강의를 연달아 했기 때문에 피곤한 몸으로 어머니와 식사를 했다. 그때 자신이 적절하지 않은 얘기만 한다고 느꼈기에 쇼바가 곁에서 좀 더 적절한 얘기를 해준다면 참 좋겠다고 생각했다. 아버지가 돌아가신 지 십이 년이 되는 때, 어머니는 아버지를 함께 추모하려고 이 주 동안 그의 집에 와서 그와 쇼바와 지냈다. 어머니는 매일 밤 아버지가 좋아하셨던 음식을 요리했다. 그러나 정작 자신은 상심이 너무 커서 음식을 먹지 못했다. "정말 감동적이야." 당시에 쇼바는 이렇게 말했다. 이제 그는 질리언과 함께 있는 쇼바를 머리에 그려보았다. 그들이 영화를 보고 나면 들르던, 줄무늬 벨벳 소파가 있는 바에서 쇼바는 올리브를 추가로 주문하고 질리언에게 담배를 한 대 달라고 했을 것이다. 그는 쇼바가 불평을 얘기하고, 질리언이 시어머니의 방문을 동정하는 모습을 상상해보았다. 쇼바를 차에 태워 병원으로 데리고 간 사람도 질리언이었다.

"당신 차례야." 이 말에 슈쿠마의 생각이 중단되었다.

동네의 한쪽 끝에서 드릴 소리와 전기 기사가 크게 외치는 소리가 들려왔다. 슈쿠마는 도로를 따라 늘어선 집집마다 어두워진 정면을 바라보았다. 한 집의 창문에서는 촛불이 빛을 냈다. 날이 포근한 편이었는데도 그 집 굴뚝에서는 연기가 피어올랐다.

"대학 다닐 때 '동양 문명' 시험에서 부정행위를 한 적이 있어." 그가 말했다. "마지막 학기, 마지막 시험에서였지. 그 몇 달 전에 아버지가 돌아가셨어. 옆에 있는 녀석의 답안지를 볼 수 있었거든. 미국 애였는데, 동양 문명에 온통 빠져 있었어. 우르두어와 산스크리트어까지 알고 있었으니까. 시를 알아맞히는 문제였는데, 그게 가잘페르시아에 기원을 둔 4행 서정시의 한 예였는지 기억이 잘 나지 않는군. 나는 그 녀석의 답을 보고 그대로 적었어."

십오 년 전 일이었다. 이 얘기를 하고 나자 안도감이 들었다.

쇼바는 고개를 돌려 슈쿠마의 얼굴이 아닌 신발을 보았다. 그가 슬리퍼처럼 신는 낡은 모카신으로, 뒤축의 가죽은 항상 접혀 있었다. 그는 자신의 말에 쇼바가 조금 실망한 것은 아닌지 궁금했다. 그녀는 그의 손을 잡고 지그시 힘을 주었다. "왜 그랬는지, 이유를 말할 필요는 없어." 그녀가 다가앉으며 말했다.

그들은 아홉 시까지 그렇게 함께 앉아 있었고, 그러자 불이 들어왔다. 길 건너편 집의 현관에서 몇몇 사람들이 손뼉 치는 소리가 들려왔고, 텔레비전들이 켜졌다. 갔던 길을 돌아오던 브래드포드 부부는 아이스크림콘을 먹으면서 손을 흔들었다. 쇼바와 슈쿠마도 손을 흔들어주었다. 이어 둘은 일어나서 슈쿠마의 손이 여전히 쇼바의 손에 감싸인 채로 안으로 들어갔다.

왠지 모르게, 딱히 정한 것도 없이, 이런 식이 되어버렸다. 서로에게, 그리고 스스로에게 상처를 주었거나 실망시킨 소소한 일에 대한 고백을 주고받았다. 다음 날 슈쿠마는 무슨 얘기를 할지 몇 시간 동안 생각했다. 언젠가 쇼바가 구독하는 패션 잡지에서 한 여자의 사진을 오려내 일주일 동안 책갈피 속에 넣고 다녔다고 자백할 것인지, 아니면 결혼 삼 주년 기념으로 그녀가 사준 스웨터 조끼는 실은 잃어버린 게 아니라 필렌 백화점에서 현금으로 환불받았고 그 돈으로 대낮에 호텔 바에서 술을 마셨다는 얘기를 할 것인지, 둘 사이에서 갈등했다. 결혼 일주년 때는 쇼바가 오직 그만을 위해 저녁 식사를 열 가지 코스로 준비했다. 그에 비한다면 조끼는 그를 우울하게 했다. "아내가 결혼 기념으로 스웨터 조끼 하나만 사주던데요." 코냑으로 정신이 몽롱해져 바텐더에게 푸념했다. "그럼 뭘 기대하시는데요?" 바텐더가 대꾸했다. "이미 결혼하셨잖아요."

여자 사진에 대해서 말하자면, 왜 그걸 오렸는지 이유가 생각나지 않았다. 그 여자는 쇼바만큼 예쁘지도 않았다. 금속 조각으로 장식한 하얀 옷을 입은 얼굴은 우울했으며 다리는 가늘고 남성스러웠다. 맨살이 드러난 두 팔을 치켜들고, 마치 금방이라도 그녀 자신의 귀에 주먹을 날릴 것처럼 두 주먹이 머리를 향하고 있었다. 스타킹 광고였다. 당시 쇼바는 임신 중이었는데, 배가 갑자기 엄청 커져서 슈쿠마로서는 그녀의 몸을 만지고 싶은 생각이 들지 않을 정도였다. 그 사진을 처음 본 것은 함께 침대에 누워, 잡지를 읽는 그녀의 모습을 가만히 지켜보던 때였다. 그 잡지가 재활용 더미에 있는 것을 보았을 때 슈쿠마는 그 여자를 찾아내서 최대한 조심스럽게 그 페이지를 찢어냈다. 거의 일주일 동안 매일 한 번씩 흘끗 보곤 했다. 그 여자에게 강한 욕정을 느꼈다. 그러나 조금 지나면 역겨움으로 바뀌는 욕정이었다. 슈쿠마로서는 부정에 가장 가까이 다가간 행위였다.

세 번째 날 밤에는 스웨터 조끼 얘기를, 네 번째 날 밤에는 사진 얘기를 해주었다. 그가 얘기하는 동안 쇼바는 아무 말도 하지 않았고, 항의나 비난의 표정도 짓지 않았다. 그저 귀 기울여 들을 뿐이었고, 그러고 나서는 전처럼 그의 손을 잡고 지그

시 힘을 주었다. 세 번째 날 밤에 쇼바는 언젠가 둘이 함께 참석했던 강의가 끝난 다음 그의 턱에 파테 조각이 붙은 것을 말해주지 않고 그 상태로 학과장과 얘기를 나누도록 내버려두었다고 말했다. 무슨 이유 때문인지 그에게 화가 나 있었고, 그래서 그가 계속 그 상태로 다음 학기 연구비를 지원받는 문제를 얘기하는데도 손가락으로 그녀 자신의 턱을 가리키는 신호를 보내지 않았던 것이다. 네 번째 날 밤에는 슈쿠마가 유타 주의 한 문학 잡지에 난생처음 발표한 시가 전혀 마음에 들지 않았다고 말했다. 쇼바를 만난 뒤 쓴 시였다. 그 시가 감상적이라고 생각했다며 덧붙였다.

집이 어두울 때 뭔가 일이 일어난 것이다. 다시 서로에게 얘기할 수 있게 되었다. 세 번째 날 밤에는 저녁을 먹고 함께 소파에 앉았다. 정전이 되자 슈쿠마는 쇼바의 이마와 볼에 어색하게 키스를 했다. 어두웠지만 그는 눈을 감았고, 그녀 또한 눈을 감았다는 것을 알 수 있었다. 네 번째 날 밤, 그들은 조심스럽게 걸어서 위층 침대로 갔다. 층계참에 오르기 전 마지막 계단을 알아내기 위해 둘이 함께 발로 더듬거리기도 했다. 그동안 잊었던 필사적인 기분으로 사랑을 나누었다. 그녀는 소리 없이 울었고, 그의 이름을 속삭였고, 어둠 속에서 손가락으로 그의 눈썹을 더듬었다. 그는 사랑의 행위를 하면서 다음 날 밤에는 그녀에게 무엇을 말할까, 그리고 그녀는 무엇을 말할까, 생각했다. 그 생각에 흥분됐다. "꼭 안아줘." 그가 말했다. "두 팔로 꼭 안아줘." 아래층에 다시 전등이 들어왔을 때, 그들은 이미 잠들어 있었다.

다섯 번째 날 아침어 슈쿠마는 우편함에서 전기 회사의 새로운 안내문을 발견했다. 전선이 예정보다 일찍 복구되었다고 쓰여 있었다. 실망스러웠다. 쇼바를 위해 새우 말라이를 요리할 계획이었는데, 가게에 도착했을 때는 요리하고 싶은 마음이 사라져버렸다. 전깃불이 나가지 않는다니 기분이 전과 같지 않아, 슈쿠마는 생각했다. 가게 안에 있는 새우는 잿빛인 데다 가늘어 보였다. 코코넛 우유 통은 먼지가 끼었으며 가격도 비쌌다. 그럼에도 그는 그것들을 샀고, 밀랍 양초 하나와 와인 두 병도 함께 샀다.

쇼바는 일곱 시 삼십 분에 집으로 왔다. "이제 우리의 게임은 끝난 거 같아." 안내문을 읽는 그녀를 보며 슈쿠마가 말했다.

쇼바가 쳐다보았다. "당신이 원하면 오늘도 양초를 켤 수 있어." 그날 밤 헬스장에 가지 않은 그녀는 정장 위에 레인코트를 입고 있었다. 요즘엔 화장도 신경 썼다.

그녀가 옷을 갈아입으러 위층으로 올라갔을 때 슈쿠마는 잔에 와인을 따르고 레코드판을 걸었다. 셀로니우스 몽크의 앨범이었는데, 그녀가 좋아하는 음악이었다.

쇼바가 내려오자 그들은 함께 식사했다. 그녀는 고맙다는 말이나 칭찬의 말을 하지 않았다. 밀랍 양초를 켜놓은 어두운 방에서 그저 식사만 했다 어색한 침묵의 시간을 견뎌냈다. 새우 요리를 먹어치웠다. 그리고 와인 한 병을 다 비우고는 두 번째 병을 마시기 시작했다. 길랍 양초가 거의 다 탈 때까지 함께 앉아 있었다. 쇼바가 의자에서 몸을 움직였고, 슈쿠마는 그녀가 뭔가 얘기할 거라고 생각했다. 그러나 쇼바는 말을 하는 대신에 양초를 입으로 불어서 꺼버리고 자리에서 일어나 전원을 켠 다음 다시 자리에 앉았다.

"불을 꺼야 하지 않을까?" 슈쿠마가 물었다.

쇼바는 그릇을 옆으로 치운 다음 양손을 깍지 낀 채 식탁 위에 올려놓았다. "당신, 내 얼굴을 보며 지금 하는 말을 들어주었으면 해." 그녀가 부드러운 목소리로 말했다. 그의 가슴이 뛰기 시작했다. 임신했다고 전하던 날도 그녀는 그가 보던 농구 경기 방송을 꺼버리고 지금처럼 부드러운 목소리로 똑같이 말했다. 그때 그는 준비가 되어 있지 않았다. 그러나 지금은 준비되었다.

하지만 다시 임신했다는 소식만은 아니기를 바랐다. 행복한 척해야 할 필요가 없기를 바랐다.

"그동안 아파트를 알아보고 있었는데, 하나 찾았어." 쇼바가 그의 왼쪽 어깨 너머의 어떤 것에 초점을 맞추려는 듯 눈을 가늘게 뜨고 말했다. 누구의 잘못도 아니었어, 말을 이었다. 우린 고통을 겪을 만큼 겪었다, 혼자 있을 시간이 필요하다고 했다. 임대 보증금을 마련하려고 돈을 저축했다, 아파트는 비컨힐에 있고, 걸어서 직장에 다닐 수 있다, 그날 저녁 집에 오기 전에 임대차 계약서에 서명했다고 했다.

쇼바는 시선을 피했다. 그러나 슈쿠마는 그녀를 빤히 쳐다보았다. 미리 연습해둔 말이 분명했다. 쇼바는 그동안 줄곧 수압을 점검하고, 부동산 중개인에게 난방이나 온수가 집세에 포함

되어 있는지 물으면서 아파트를 찾아다녔을 것이다. 그녀가 그 없는 생활을 준비하면서 지난 며칠 저녁을 보냈다는 것을 알고 나니 슈쿠마는 역겨운 생각이 들었다. 한편으로는 안도감을 느꼈지만, 그러면서도 역겨운 생각이 들었다. 이것이 지난 나흘간의 저녁 시간에 쇼바가 말하려고 했던 것이었다. 이것이 그녀의 게임의 요점이었다.

이제 그가 말할 차례였다. 그녀에게 결코 말하지 않겠다고 스스로 맹세한 것이 있었는데, 지난 여섯 달 동안 자신의 마음 밖으로 튀어나오지 않게 하려고 최선을 다했다. 초음파 검사를 하기 전에 쇼바는 의사에게 아이가 남자인지 여자인지 알리지 말아 달라고 요청했고, 슈쿠마도 동의했다. 나중에 깜짝 선물처럼 느끼고 싶었던 것이다.

나중에 두어 차례 그때 일에 관한 이야기가 오갈 때, 쇼바는 최소한 아이의 성별은 비밀로 남지 않았느냐고 말했다. 그녀는 자신의 결정에 얼마간 자부심을 느꼈는데, 신비감 속에서 피난처를 구할 수 있기 때문이었다. 그녀가 아이의 성별이 그에게도 수수께끼로 남았다고 생각한다는 것을 슈쿠마는 알고 있었다. 그는 볼티모어에서 너무 늦게 도착했다. 병원에 도착했을 때는 모든 게 끝나 있었고 쇼바는 병원 침대에 누워 있었다. 그러나 꼭 그렇지만은 않았다. 그는 아기를 볼 수 있을 만큼은 일찍 도착했고, 화장하기 전에 품에 아이를 안아볼 수 있었다. 처음에는 그 제안에 흠칫했지만, 의사가 말하기를 아기를 안아본 경험이 슬픔을 이겨내는 과정에 도움이 될 거라고 했다. 쇼바는 잠들어 있었다. 아기의 몸은 깨끗이 씻겨 있었고, 둥글납작한 눈꺼풀은 세상을 향해 굳게 닫혀 있었다.

"우리 아이는 사내아이였어." 그가 말했다. "피부는 갈색보다는 붉은색에 더 가까웠어. 머리털은 검정색이었지. 몸무게는 2.3 킬로그램 정도였고. 손가락은 꼭 오므리고 있었어. 당신이 잠들었을 때처럼 말이야."

이제는 쇼바가 그를 쳐다보았다. 그녀의 얼굴은 슬픔으로 일그러져 있었다. 그는 대학 시험에서 부정행위를 했고, 잡지에서 여자 사진을 오려냈다. 그는 스웨터 조끼를 환불받아 대낮에 술을 마셨다. 이러한 것이 그가 그녀에게 들려준 이야기였다. 그는 그녀의 몸 안에서만 생명을 유지했던 자신의 아들을 병원 안 알려지지 않은 병동의 어둑한 방에서 가슴에 꼭 대고 안아보았다. 간호사가 문을 두드리고 아기를 데려갈 때까지 그렇게 죽은 아기를 안고 있었으며, 이 이야기는 절대로 쇼바에게 하지 않겠다고 다짐했다. 그때 그는 여전히 그녀를 사랑하고 있었고, 그것이 그녀가 자신의 인생에서 깜짝 선물이기를 원했던 단 하나였으니까.

슈쿠마는 자리에서 일어나 쇼바의 접시 위에 자신의 접시를 포개었다. 그는 접시를 들고 싱크대로 갔지만, 수도꼭지를 틀지 않고 창밖을 내다보았다. 바깥의 저녁 날씨는 아직 포근했다. 브래드포드 부부가 팔짱을 끼고 걷는 모습이 눈에 들어왔다. 브래드포드 부부를 지켜보고 있을 때 방이 깜깜해졌고, 그는 몸을 돌렸다. 쇼바가 전등을 끈 것이다. 그녀는 다시 식탁으로 돌아와 앉았고, 잠시 뒤 슈쿠마도 쇼바와 자리를 같이했다. 두 사람은 이제 자신들이 알게 된 사실 때문에 함께 울었다.

피르자다 씨가 식사하러 왔을 때

1971년 가을에 한 남자가 우리 집에 오곤 했다. 그의 주머니에는 사탕 과자가 들어 있었고, 가슴속에는 가족의 생사를 알아내고 싶은 바람이 있었다. 그의 이름은 피르자다, 다카 출신이었다. 지금 다카는 방글라데시의 수도지만 당시에는 파키스탄에 속했다. 그해 파키스탄은 내전에 휩싸였다. 다카가 위치한 동쪽 지역은 서쪽에 있는 통치 정권으로부터 자치권을 획득하려고 싸우고 있었다. 3월에 다카는 파키스탄 군대에 침공당하고 불타고 포격당했다. 교사들은 길거리로 끌려 나와 총살당했고, 여자들은 병영으로 끌려가 강간당했다. 여름이 끝날 무렵에는 삼십만 명이 죽었다는 말들이 퍼졌다. 피르자다 씨는 다카에 삼 층짜리 집과 대학교 식물학과 교수직, 이십 년 동안 함께 산 아내, 여섯 살에서 열여섯 살 사이인 딸이 일곱 있었다. 딸들의 이름은 모두 '아'로 시작했다. "애들 엄마의 생각이었어요." 어느 날 그가 지갑에서 소풍 때 찍은 일곱 딸들의 흑백사진을 꺼내 보이며 설명했다. 딸들은 땋은 머리에 리본을 묶고 다리를 꼰 채 나란히 앉아서 바나나 잎에 담긴 치킨 카레를 먹고 있었다. "그러니 제가 어떻게 구별하겠습니까? 아예샤, 아미라, 아미나, 아지자, 어려움을 이해하시겠죠?"

피르자다 씨는 매주 아내에게 편지를 썼으며 일곱 딸들에게는 만화책을 보냈다. 그러나 다카 지역 대부분의 상황과 마찬가지로 우편제도가 붕괴되어 그는 육 개월 넘게 가족의 소식을 듣지 못했다. 피르자다 씨는 일 년 기한으로 미국에 와 있었는데, 파키스탄 정부에서 뉴잉글랜드 지역의 나뭇잎을 연구하도록 보조금을 지원해주었다. 봄과 여름에는 버몬트 주와 메인 주에서 자료를 수집했으며, 가을에는 우리 가족이 사는 보스턴 북쪽의 한 대학으로 옮겨와 자신의 발견에 대한 짧은 책을 집필했다. 연구 보조금은 대단한 명예였으나, 그 돈을 달러로 환산하면 넉넉하지 않았다. 그래서 피르자다 씨는 대학원 기숙사에서 생활했는데, 방에는 제대로 된 조리기도 없었고 텔레비전도 없었다. 그는 우리 집에 와서 저녁을 먹고 뉴스를 보았다.

처음에 나는 그의 방문 이유에 대해 아무것도 몰랐다. 그때나는 열 살이었고, 부모님이 인도 출신으로 대학에 인도인 지인이 많았기 때문에 피르자다 씨에게 식사를 같이 하자고 요청한 것이 놀랍지 않았다. 그 대학은 비좁은 벽돌 보행로와 하얀 기둥의 건물들이 있는 작은 규모의 캠퍼스로, 아주 조그마한 읍의 변두리에 있었다. 슈퍼마켓에는 겨자기름이 없었고, 의사들은 왕진을 다니지 않았으며, 이웃들은 초대받지 않으면 남의 집에 들르지 않았다. 부모님은 이러한 데 종종 불만을 토로했다. 두 분은 동포를 찾을 생각으로 새 학기가 시작되면 대학 인명록의 이름을 손가락으로 짚어 내려가며 고국 인도에서 친숙한 성씨에 동그라미를 치곤 했다. 이런 식으로 부모님은 피르자다 씨를 찾았고, 전화를 걸어 우리 집에 초대했다.

그의 첫 방문에 대해서는 기억나는 게 없다. 두 번째 방문이나 세 번째 방문도 기억나지 않는다. 그러나 9월이 끝나갈 무렵에는 피르자다 씨가 우리 집 거실에 있는 모습에 아주 익숙해져서, 어느 날 저녁에는 물 주전자에 얼음을 넣다가 엄마에게 아직 내 손이 닿지 않는 찬장에 놓인 네 번째 물 잔을 좀 꺼내 달라고 말했다. 엄마는 가스레인지 앞에서 프라이팬에 시금치와 무를 넣고 볶느라 손을 바삐 놀리고 있었다. 환풍기가 응응거리며 돌아가는 소리와 열심히 긁는 주걱 소리 때문에 엄마는 내 말을 듣지 못했다. 나는 아빠에게로 고개를 돌렸다. 아빠는 냉장고에 몸을 기댄 채 컵처럼 오므린 손바닥에서 양념한 캐슈너트를 집어 먹고 있었다.

"릴리아, 뭐라고 했니?"

"인도 아저씨 물 잔이요."

"오늘은 피르자다 씨가 오지 않을 거야. 그리고 더 중요한 건 피르자다 씨는 이제 인도인이라고 할 수 없다는 거란다." 아빠가 캐슈너트에서 묻은 소금을 잘 다듬어진 검은 턱수염에서 털어내며 말했다. "'분리 독립' 이후로 말이야. 우리나라는 1947년에 분리 독립되었잖아."

그건 인도가 영국으로부터 독립한 해라고 안다고 내가 말하자, 아빠가 덧붙였다. "맞아. 하지만 한순간에 해방이 되었고, 바로 이어서 우린 나뉘었다." 아버지가 조리대에 손가락으로 엑스자를 그리며 설명했다. "파이처럼 말이야. 여기는 힌두교도, 저기는 이슬람교도. 다카는 이제 우리 땅이 아니야." '분리 독립' 시기에 힌두교도와 이슬람교도는 상대의 집에 서로 불을 질렀다고 아빠가 말해주었다. 아직도 많은 사람들은 상대의 무리 속에서 음식을 먹는 일은 생각도 못한다고 했다.

나는 이해할 수 없었다. 피르자다 씨와 나의 부모님은 똑같은 말을 썼고, 똑같은 농담을 하며 웃었고, 외모도 얼마간 비슷했다. 식사할 때 절인 망고를 먹었고, 매일 저녁 식사 때는 손으로 밥을 집어 먹었다. 내 부모님처럼 피르자다 씨는 실내에 들어서기 전에 신발을 벗었으며, 식사 뒤에는 소화에 도움이 되는 회향 씨앗을 씹었고, 술은 마시지 않았으며, 디저트로 차를 여러 잔 마시면서 담백한 비스킷을 차에 살짝 적셔 먹었다. 그럼에도 아빠는 그 차이점을 이해해야 한다고 주장하며 나를 세계지도가 있는 곳으로 데려갔다. 세계지도는 아빠의 책상 위 벽에 테이프로 붙여져 있었다. 아빠는 내가 우연히라도 인도인이라고 언급하면 피르자다 씨가 화를 낼지도 모른다고 걱정하는 것 같았다. 하지만 나는 그가 그 어떤 것에도 화를 낸다는 건 쉬이 상상할 수가 없었다. "피르자다 씨는 벵골 사람이지만 이슬람교도란다." 아빠가 알려주었다. "그래서 인도가 아니라 동파키스탄에 살아." 아빠의 손가락이 대서양을 가로지르고 유럽과 지중해와 중동을 거쳐 마침내 넓은 지역을 차지한 오렌지색 다이아몬드 위에 멈추었다. 언젠가 엄마는 그 땅이 사리를 입고 왼쪽 팔을 뻗은 여자를 닮았다고 말했다. 그 나라의 여러 도시에 동그라미가 그려져 있었고 그 도시들 사이에는 줄이 그어져 있었는데, 두 분이 여행한 곳 표시였다. 부모님이 태어난 캘커타는 조그만 은색 별로 표시되어 있었다. 나는 딱 한 번 캘커타에 가보았는데, 여행에 대한 기억은 없었다. "릴리아, 여기서 볼 수 있듯이 이곳은 다른 나라야. 색깔이 다르잖아." 아빠가 말했다. 파키스탄은 오렌지색이 아니라 노란색이었다. 파키스탄이 커다란 인도 땅을 사이에 두고 두 지역으로 뚜렷이 나뉘었는데, 한 지역이 다른 지역보다 훨씬 더 컸다. 캘리포니아 주와 코네티컷 주가 미국에서 떨어져 나와 한 나라를 이룬 것 같은 모양이었다.

아빠가 손가락 마디로 내 머리를 톡톡 쳤다. "물론 지금 상황은 알고 있지? 동파키스탄이 자주독립을 위해 싸운다는 것 말이다."

나는 그 상황을 몰랐지만 고개를 끄덕였다.

우리는 부엌으로 돌아갔다. 엄마는 밥솥의 밥을 체에 담아서 물기를 빼내고 있었다. 아빠는 조리대에 놓인 캔을 따서 캐슈너트를 조금 더 먹으며 안경테 너머로 나를 날카롭게 쳐다보았다. "학교에서 선생님들은 대체 뭘 가르치는 거지? 역사는 배우니? 지리는?"

"릴리아는 학교에서 배울 게 많아요." 엄마가 말했다. "우린 지금 여기서 살고, 릴리아는 여기서 태어났어요." 엄마는 정말로 그 사실을 자랑스러워하는 것 같았다. 마치 그 사실에 내 성격이 반영되기라도 한 것처럼. 엄마가 보기에 나는 안전한 삶, 편안한 삶, 좋은 교육, 모든 기회가 보장되어 있었다. 배급 식량을 먹을 필요가 없었고, 통행금지를 지켜야 할 필요가 없었고, 옥상에서 폭동을 지켜볼 필요도 없었으며, 엄마와 아빠가 그랬던 것처럼 이웃이 총살당하는 것을 막으려고 물탱크에 숨겨줄 필요도 없었다. "저 애가 좋은 학교에 진학해야 하는 상황을 생각해봐요. 정전이 돼도 석유램프 불빛 속에서 책을 보아야 한다는 걸 생각해봐요. 학교생활의 압박감과 그 교사들과 끊임없는 시험을 생각해보라구요." 파트타임 은행 직원인 엄마는 직업에 어울리는 적당한 길이의 단발머리를 손으로 쓸어올렸다. "그러니 어떻게 릴리아가 '분리 독립'을 알 거라고 기대하겠어요? 그 캐슈너트 좀 치우세요."

"그렇지만 세상에 대해서는 뭘 배우는 거야?" 아빠가 캐슈너트 캔을 손에 들고 달그락거렸다. "쟤는 뭘 배우는 거지?"

물론 우리는 미국의 역사와 미국의 지리를 배웠다. 그해에, 어느 해나 마찬가지겠지만, 우리는 미국독립전쟁을 배우며 수업을 시작했다. 우리는 스쿨버스를 타고 현장 체험 학습을 하러 플리머스 바위를 방문하고 프리덤 트레일을 걸었으며 벙커힐 기념탑의 꼭대기까지 걸어서 올라갔다. 우리는 여러 가지 색깔의 공작용 판지로 파도가 일렁이는 델라웨어 강의 물살을 건너는 조지 워싱턴의 실사 모형을 만들었으며, 흰색 타이츠를 입고 머리에는 검은색 나비 리본을 맨 조지 왕의 꼭두각시를 만들기도 했다. 시험 때는 식민지 열세 군데를 그린 백지도를 주고, 거기에 이름과 날짜와 수도를 쓰게 했다. 나로서는 그런 문제는 눈을 감고도 풀 수 있었다.

다음 날 저녁 피르자다 씨가 평소처럼 여섯 시에 왔다. 아빠와 피르자다 씨는 이제는 낯선 사이가 아닌데도 만나면 서로 인사하고 이어서 악수를 하는 버릇을 버리지 않았다.

"어서 오십시오, 선생님. 릴리아, 피르자다 아저씨의 외투 좀 받아주렴."

실크 넥타이를 단정하게 매고 스카프를 두른, 나무랄 데 없이 깔끔한 정장 차림의 그가 현관 안으로 들어섰다. 매일 저녁 그는 자두색이나 올리브색, 초콜릿빛 갈색 등의 한 벌짜리 양복을 입고 나타났다. 다부진 사람이었다. 늘 두 발을 벌리고 배는 약간 나온 편이었지만, 그럼에도 그는 양손에 똑같은 무게의 여행 가방을 들고서 균형을 잡는 것처럼 효율적인 자세를 유지했다. 그의 귀는 인생의 불유쾌한 흐름을 막아줄 것처럼 보이는 촘촘한 흰머리로 보호받고 있었다. 짙은 속눈썹이 인상적인 눈은 희미하게 퍼져 있는 좀약 냄새로 약간 흐릿했고, 풍성한 콧수염은 양 끝이 재미있게 말려 올라가 있었으며, 왼쪽 뺨 한가운데에는 납작한 건포도 같은 검은 점이 있었다. 머리에는 페르시아산 양털로 만든 검은 페즈를 쓰고 있었다. 머리핀으로 고정되어 있었는데, 그 모자를 쓰지 않고 온 경우를 본 적이 없었다.

아빠는 늘 우리 차로 모셔오겠다고 했지만, 피르자다 씨는 기숙사에서 우리 집까지 걸어서 오는 것을 더 좋아했다. 걸어서 이십 분 정도 걸리는 거리를 오는 동안 큰키나무와 떨기나무 들을 관찰했는데, 우리 집에 들어설 땐 청량한 가을 공기 때문에 손등이 붉어져 있었다.

"인도 땅에 난민이 더 늘어난 것 같아요."

"지난번 집계 자료에 따르면 구백만 명 정도라더군요." 아빠가 말했다.

피르자다 씨의 외투를 계단 밑에 있는 옷걸이에 거는 일은 내 몫이었으므로, 그는 외투를 벗어 나에게 건넸다. 회색과 청색이 섬세하게 직조된 체크무늬 모직 외투로 줄무늬 안감과 혼 버튼동물 뼈로 만든 단추이 달렸으며, 옷감에는 희미하게 라임 향이 배어 있었다. 외투의 안쪽에는 옷에 대한 정보를 알 수 있는 꼬리표도 없었고, 다만 'Z. 세이드 양복점'이라는 필기체가 윤이 나는 검은 실로 손 박음질된 상표가 있을 뿐이었다. 어떤 날은 자작나무 잎이나 단풍잎이 호주머니에 들어 있었다. 그는 구두 끈을 풀고 구두를 벗어 걸레받이 쪽에 가지런히 붙여놓았다. 낙엽이 널려 있는 축축한 우리 집 잔디밭을 걸어온 탓에 구두의 앞뒤축에는 금빛 흙이 들러붙어 있었다. 그는 외투와 구두를 벗고 차분하지 못한 짧은 손가락으로 내 목을 살짝 만졌다. 마치 못을 박기 전에 벽이 얼마나 단단한지 느껴보려는 사람처럼. 그런 다음 아빠를 따라서 거실로 갔다. 거실의 텔레비전은 지역 뉴스에 채널을 맞춰두고 있었다. 두 사람이 자리에 앉자마자 부엌에서 엄마가 민스미트 케밥과 고수 처트니를 담은 접시를 들고 나타났다. 피르자다 씨가 케밥 하나를 입에 넣었다.

"우린 그저," 그가 다시 케밥에 손을 뻗으며 말했다. "다카 난민들이 배를 곯지 않기를 바라는 수밖에요. 아, 깜박 잊을 뻔했네요." 그는 양복 호주머니에 손을 넣더니 하트 모양의 계피 사탕이 가득 든 조그만 플라스틱 달걀을 내게 주었다. "이 집의 공주님을 위하여." 그가 거의 눈에 띄지 않게 발을 벌리고 고개를 숙이며 말했다.

"저런, 피르자다 씨." 엄마가 항의하듯이 말했다. "선생님은 매일 밤 애 버릇이 나빠지게 하시는군요."

"저는 버릇이 나빠질 수 없는 아이만 버릇 나빠지게 하는걸요." 나에겐 곤혹스러운 순간이었다. 한편으로는 두려운 마음으로, 한편으로는 기쁜 마음으로 그 순간을 기다렸다. 나는 피르자다 씨의 점잖은 몸가짐에 마음이 끌렸고, 약간 연극적인 그의 배려에 마음이 우쭐해졌다. 그럼에도 그의 행동이 너무 자연스러워서 좀 불안했는데, 우리 집인데도 내가 이방인인 것처럼 느껴지기 때문이었다. 서로 좀 더 편안한 사이가 되기까지 몇 주 동안 그것은 우리의 의식처럼 되었는데, 그때가 피르자다 씨가 나에게 직접 말을 거는 유일한 순간이기도 했다. 나는 꿀이 든 사탕, 라즈베리 초콜릿 과자, 가느다란 원통에 든 신맛 나는 사탕 등을 계속 받으면서도 말도 하지 않았고, 눈에 띄는 반응도 보이지 않았다. 심지어 고맙다는 말도 하지 못했는데, 언젠가 내가 보라색 셀로판지에 싸인 유난히 탐스러운 페퍼민트 막대

사탕을 받고서 딱 한 번 고맙다고 했을 때 그가 이렇게 말했기 때문이다. "왜 다들 고맙다고 하지? 은행 직원도 고맙습니다, 가게 점원도 고맙습니다, 대출 기한이 지난 책을 반납할 때 도서관 사서도 고맙습니다, 국제 전화 교환원이 내 전화를 다카에 연결하려다 실패해도 고맙습니다. 만약 내가 이 나라에 묻힌다면 사람들은 내 장례식에서 '고맙습니다'라고 할 거야."

피르자다 씨가 준 사탕을 평소와 다름없는 방식으로 먹는 것은 부적절한 일일 것 같았다. 나는 보석을 탐내듯, 또는 지하에 묻힌 왕국에서 나온 동전을 탐내듯, 저녁마다 그 보물을 탐냈다. 그리고 그것을 내 침대 옆, 백단향을 조각하여 만든 기념품 보관함에 넣어두었다. 오래전 인도에서 친할머니가 아침 목욕 후에 먹던 빈랑 가루를 보관하던 함이었다. 한 번도 뵌 적이 없는 할머니의 기념품 중에서 내가 지닌 유일한 물건이었는데, 피르자다 씨가 우리 가족의 삶에 들어오기 전까지는 그 안에 넣을 만한 물건을 찾지 못했다. 나는 종종 이를 닦기 전에, 그리고 다음 날 학교에 입고 갈 옷을 챙기기 전에 그 함의 뚜껑을 열고 그가 준 사탕이나 과자를 하나씩 꺼내 먹곤 했다.

우리는 다른 날과 마찬가지로 그날 밤도 식탁에서 식사를 하지 않았다. 식탁에서는 텔레비전이 잘 보이지 않기 때문이었다. 대신 접시를 각자의 무릎 위에 올려놓은 채 말없이 커피 테이블 둘레에 모여 앉았다. 엄마는 부엌에서 부지런히 요리를 날랐다. 튀긴 양파를 곁들인 렌즈콩, 코코넛을 곁들인 껍질콩, 건포도와 요구르트 소스로 맛을 낸 생선 요리 등이었다. 나는 물 잔과 레몬 조각과 고추를 날랐다. 한 달에 한 번씩 가는 차이나타 운에서 사온 고추는 포장된 상태로 냉동실에 보관해두었는데, 사람들은 포장을 확 뜯어서 고추를 으스러뜨려 음식에 넣는 걸 좋아했다.

음식을 먹기 전에 피르자다 씨는 늘 이상한 행동을 한 가지 했다. 가슴 호주머니에 넣어둔 시곗줄이 없는 평범한 은색 시계를 꺼내 주위에 흰머리가 촘촘히 난 귀에 잠깐 갖다 댄 다음, 엄지와 검지로 재빨리 태엽을 세 번 감았다. 그는 나에게, 손목에 찬 시계와는 달리 호주머니 시계는 다카 지역의 시간에 맞춰져 있어서 열한 시간 빠르다고 설명해주었다. 식사를 하는 내내 그 시계는 커피 테이블 위의 종이 냅킨에 놓여 있었다. 그가 그 시계를 들여다보는 일은 없었다.

피르자다 씨가 인도인이 아니라는 것을 알고 나서 나는 좀 더 주의 깊게 그를 관찰하기 시작했고, 무엇이 다른지 알아내려 애썼다. 나는 호주머니 시계가 다른 점 중 하나라는 결론을 내렸다. 그날 밤 그가 시계의 태엽을 감고 커피 테이블에 올려놓는 것을 보았을 때, 낯선 느낌이 나를 사로잡았다. 그에게는 다카에서의 삶이 우선임을 깨달은 것이다. 피르자다 씨의 딸들이 잠에서 깨어나 머리에 리본을 묶고, 아침 식사를 기다리고, 학교에 갈 준비를 하는 모습을 상상해보았다. 우리의 식사와 우리의 행동은 이미 그곳에서 일어난 일들의 그림자일 뿐이고, 피르자다 씨가 정말로 속한 곳의 뒤늦은 허상일 뿐이었다.

전국 뉴스가 시작되는 여섯 시 삼십 분에 아빠는 볼륨을 높이고 안테나를 조정했다. 보통 때 같으면 책을 펴고 공부를 해야 할 시간이었지만, 그날 밤엔 나도 남아서 주의 깊게 뉴스를 봐야 한다고 했다. 화면에 먼지 자욱한 거리를 내달리는 탱크와 무너진 건물과 눈에 익지 않은 나무숲이 나타났다. 그 숲 속에는 안전을 찾아 인도 국경을 넘어 도망친 동파키스탄 난민들이 있었다. 부채 모양의 돛을 단 보트들이 널따란 커피색 강물 위를 떠다니는 모습과 바리케이드가 쳐진 대학, 불에 타서 무너져내린 신문사 건물을 보았다. 나는 고개를 돌려 피르자다 씨를 바라보았다. 텔레비전 화면이 그의 두 눈에 조그맣게 비쳤다. 텔레비전을 보는 그 얼굴에는 꿋꿋한 표정이 어려 있었다. 마치 누군가 미지의 목적지로 가라는 지시를 내리기라도 한 듯이 침착하면서도 방심하지 않는 표정이었다.

광고가 나오는 동안 엄마는 밥을 조금 더 가지러 부엌으로 갔고, 아빠와 피르자다 씨는 야야 칸이라는 장군의 정책을 개탄했다. 두 사람은 내가 알지 못하는 음모와 내가 이해할 수 없는 재앙에 대해 이야기를 나누었다. "저걸 좀 봐라. 네 또래 아이들이 살아남으려고 뭘 하는지 말이야." 아빠가 생선 한 조각을 건네주며 말했다. 하지만 더는 먹을 수가 없었다. 그저 옆에 앉은 피르자다 씨를 슬쩍 훔쳐볼 뿐이었다. 올리브색 재킷을 입은 피르자다 씨는 침착한 태도로 그의 밥 한가운데에 둥글게 렌즈콩을 넣을 자리를 만들고 있었다. 그토록 깊은 시름에 잠긴 모습은 내가 아는 그의 모습이 아니었다. 그가 항상 옷을 아주 단정하게 입는 이유는 어떤 뉴스가 들이닥치더라도 위엄 있게 견디기 위해서가 아닐까 하는 생각이 들었다. 어쩌면 갑작스럽게 소식을 듣고 장례식에 참석할 일까지 염두에 두는지도 몰랐다. 나는 또, 그의 일곱 딸들이 발코니에서 피르자다 씨에게 미소를 지으며 손을 흔들고 키스를 날리는 모습이 갑자기 텔레비전에 나온다면 어떤 일이 생길까 하는 생각도 해보았다. 그는 무척이나 안도할 것이다. 그러나 그런 일은 일어나지 않았다.

　그날 밤 하트 모양의 계피 사탕이 가득 든 플라스틱 달걀을 침대 옆 보관함에 넣으면서 나는 이전에 느꼈던, 의식을 치르는 듯한 만족감을 느낄 수가 없었다. 양탄자가 깔린 우리 집의 밝은 거실에서 몇 시간 전에 보았던 그 무질서하고 숨 막히는 세계와 관련이 있는, 라임 향이 나는 외투를 입은 피르자다 씨를 생각하지 않으려 애썼다. 그럼에도 몇 분 동안 그것 말고는 아무것도 생각할 수가 없었다. 그의 아내와 일곱 딸이 화면에 드문드문 비쳤던 그 왁자지껄한 난민 대열에 끼어 있을지도 모른다는 걱정에 속이 켕기고 불편했다. 그 생각을 떨쳐내려고 방 안을 둘러보았다. 어울리는 주름 장식 커튼이 달린 노란색 캐노피 침대, 흰색과 보라색이 조화된 벽지를 바른 벽에 걸린 학급 사진 액자, 생일 때마다 아빠가 내 키를 재어 옷장 문 옆에 연필로 표시해둔 선. 그러나 신경을 분산하려 할수록 마음속에서는 피르자다 씨의 가족이 모두 죽었을지도 모른다는 생각이 더욱 굳어졌다. 결국 나는 보관함에서 하얗고 네모난 초콜릿을 하나 꺼내 포장지를 벗겼다. 그러고 나서 전에는 한 적이 없는 행동을 했다. 그 초콜릿을 입안에 넣고 다 녹았다고 생각되는 마지막 순간까지 기다렸다가 천천히 씹으면서 피르자다 씨의 가족이 안전하고 무사하기를 기도했다. 전에는 기도라는 것을 해본 적이 없었고 기도하라는 가르침을 받은 적도, 얘기를 들은 적도 없었지만 그 상황에서는 내가 해야 한다고 마음먹었다. 그날 밤에는 욕실에서 이를 닦는 시늉만 했다. 이를 닦아버리면 내 기도도 씻겨나갈 것만 같았다. 나는 부모님이 의아해하지 않도록 칫솔에 물을 묻히고 치약 모양을 바꿔놓았다. 그런 다음 혀에 당분이 남아 있는 상태로 잠이 들었다.

우리 집 거실에서는 그토록 열심히 추이를 지켜보는 그 전쟁을 학교에서는 아무도 얘기하지 않았다. 우리는 계속해서 미국 독립혁명을 공부했고, 법률 규정 없이 세금을 매기는 것이 부당함을 배웠으며, 미국 독립선언서의 구절을 암기했다. 쉬는 시간이면 남자아이들은 두 편으로 나뉘어 그네와 시소 주위에서 신나게 쫓고 쫓기는 놀이를 했는데, 한편은 영국군이었고 한편은 식민지군이었다. 교실에서는 담임인 케니언 선생님이 칠판 맨 위에서 영화 스크린처럼 나타나는 지도를 자주 가리키면서 메이플라워호의 항해 경로를 설명하거나 자유의 종이 있는 곳의 위치를 보여주었다. 매주 반에서 두 명씩 미국독립혁명의 특징에 대해 보고서를 써서 제출해야 했는데, 어느 날 요크타운에서의 항복에 대한 자료를 찾으려고 친구 도라와 함께 학교 도서관으로 가게 되었다. 케니언 선생님은 카드식 목록에서 찾아보아야 할 책 세 권의 제목을 종이쪽지에 적어 우리에게 주었다.

도라와 나는 그 책들을 바로 찾아서 낮은 원형 탁자에 앉아 읽으며 메모했다. 그러나 나는 집중할 수가 없었다. '아시아'라는 항목이 붙은 것을 보았던 금빛 목제 서가로 되돌아왔다. 중국, 인도, 인도네시아, 한국에 관한 책들이 눈에 띄었다. 나는 마침내 『파키스탄: 땅과 사랑』이라는 책을 발견했다. 발판 위에 앉아 책을 펼쳤다. 비닐 코팅된 책 표지에서 귀에 거슬리는 소리가 났다. 나는 책장을 넘기기 시작했다. 거기에는 강과 논, 군복을 입은 사람들 따위의 사진이 가득했다. 다카에 관한 장이 나왔고, 나는 그곳의 강우량과 황마 생산에 대해 읽기 시작했다. 내가 인구 도표를 들여다보고 있을 때 도라가 통로에 나타났다.

"여기서 뭐해? 케니언 선생님이 오셨어. 우리가 잘하는지 보러 오신 거야."

나는 급히 책을 덮었는데, 그 소리가 너무 컸다. 케니언 선생님이 나타났고, 향수 냄새가 좁은 통로에 가득 퍼졌다. 케니언 선생님은 내 스웨터에 달라붙은 머리카락을 떼어내듯이 책등의 끝을 잡고 책을 들어 올렸다. 책 표지를 보더니 나에게로 눈을 돌렸다.

"릴리아, 이 책이 네 보고서의 일부니?"

"아니에요, 선생님."

"그럼 이걸 참고할 이유는 없는 거지?" 선생님이 서가의 좁은 틈새에 그 책을 다시 꽂으면서 말했다. "그렇지?"

시간이 흐를수록 텔레비전 뉴스에서 다카의 장면을 보는 일이 점점 줄어들었다. 다카에 관한 뉴스는 첫 번째 광고 시간이 끝난 다음에, 때로는 두 번째 광고 시간 이후에 나왔다. 현지 언론은 검열당하고, 폐쇄되고, 통제당하고, 왜곡되었다. 어떤 날엔, 아니 수시로, 일반적인 상황을 중언부언 반복하다가 사망자 수만 발표했다. 다시 많은 시인들이 처형되고 많은 마을이 불에 탔다. 이 모든 상황에도 밤마다 부모님과 피르자다 씨는 오랫동안 여유롭게 식사를 즐겼다. 텔레비전을 끄고 나서 설거지를 마친 뒤엔 서로 농담을 하고 이런저런 이야기를 하며 비스킷을 차에 적셔 먹었다. 정치 문제를 논하다 지치면 뉴잉글랜드 지역의 낙엽수에 관한 피르자다 씨의 책 진행 상황이나 아빠의 종신 교수 임명, 엄마가 은행에서 같이 일하는 미국인들의 특이한 식습관 등으로 화제를 돌렸다. 이윽고 나는 위층으로 올라가 숙제를 해야 했지만, 양탄자 아래에서 어른들이 새로이 차를 마시고, 키쇼어 쿠마르의 음악 카세트를 듣고, 커피 테이블에 둘러앉아 스크래블 게임을 하고, 영어 단어의 철자를 두고 밤늦게까지 웃으며 논쟁하는 것을 들을 수 있었다. 나는 그 자리에 끼고 싶었다. 무엇보다도 피르자다 씨를 어떤 식으로든 위로해주고 싶었다. 그러나 내가 할 수 있는 일이라곤 그의 가족을 위해 사탕을 하나 먹고 그들의 안전을 기도하는 것 말고는 아무것도 없었다. 어른들은 열한 시 뉴스 때까지, 어떤 때는 자정까지 스크래블 게임을 했다. 그리고 나서야 피르자다 씨는 기숙사로 걸어서 돌아갔다. 그렇기 때문에 나는 피르자다 씨가 돌아가는 것을 한 번도 본 적이 없었지만, 매일 밤 잠에 빠져들면서 이 세상의 반대편에서 한 나라가 탄생하기를 고대하는 어른들의 얘기를 듣곤 했다.

10월 어느 날, 피르자다 씨가 우리 집에 도착하자마자 물었다. "몇몇 집의 현관문 앞 계단에 놓인 오렌지 색깔의 커다란 작물은 뭐죠? 스쿼시 같은 건가요?"

"호박이에요." 엄마가 대답했다. "릴리아, 슈퍼마켓에서 호박하나 사라고 잊지 말고 말하렴."

"뭐에 쓰는 거죠? 뭘 의미하는 거죠?"

"호박 초롱을 만드는 거예요." 내가 함박웃음을 지으며 말했다. "이렇게요. 사람들에게 겁을 주어 쫓아버리려고요."

"음, 알겠어." 피르자다 씨도 활짝 웃으며 말했다. "아주 유익한 정보였다."

다음 날 엄마가 500그램쯤 되는 통통하고 둥근 호박을 사와서 식탁 위에 올려놓았다. 저녁을 먹기 전 아빠와 피르자다 씨가 지역 뉴스를 볼 때 엄마는 호박에 매직펜으로 그림을 그리라고 내게 말했지만, 나는 이 동네의 다른 사람들처럼 칼로 제대로 새겨보고 싶었다.

"좋아. 한번 새겨보자꾸나." 피르자다 씨가 내 뜻에 동의하면서 소파에서 일어섰다. "오늘 저녁 뉴스는 포기합시다." 그는 아무것도 묻지 않고 부엌으로 걸어가더니, 서랍을 열어 기다란 톱날 칼을 꺼내 들고 돌아왔다. 그는 허락을 구하는 눈빛으로 나를 바라보았다. "내가 할까?"

나는 고개를 끄덕였다. 엄마, 아빠, 피르자다 씨, 나, 이렇게 모두가 처음으로 식탁 주위에 함께 모였다. 텔레비전 화면에는 신경 쓰지 않은 채 식탁 위에 신문지를 깔았다. 피르자다 씨는 재킷을 벗어 그의 뒤에 있는 의자에 걸치고 오팔 커프스단추를 떼어낸 다음 풀을 먹인 셔츠의 소매를 걷어 올렸다.

"먼저 윗부분을 이렇게 둥글게 잘라내세요." 내가 집게손가락으로 직접 그려 보이며 말했다.

피르자다 씨는 첫 칼집을 낸 다음, 칼을 빙 돌렸다. 칼이 한 바퀴 다 돌았을 때 꼭지를 잡고 위 뚜껑을 들었다. 뚜껑은 쉽게 떨어져나왔다. 그러자 피르자다 씨가 잠시 호박 위로 몸을 기울여 속을 살펴보며 냄새를 맡았다. 엄마가 그에게 기다란 금속 스푼을 주었고, 그는 호박의 섬유질과 씨가 하나도 남지 않을 때까지 속을 파냈다. 그러는 동안에 아빠는 호박의 과육에서 씨를 골라내 쿠키 종이 위에 늘어놓았다. 말려서 나중에 구워 먹기 위해서였다. 나는 이랑이 진 호박 표면에 삼각형 두 개를 그려 눈을 만들었고 피르자다 씨는 그 모양대로 충실히 칼로 파낸 다음 초승달 두 개를 파내서 눈썹을 만들었다. 이어 삼각형을 하나 더 파내서 코로 삼았다. 이제 입만 남았는데, 이빨을 어떻게 할지가 어려운 문제였다. 나는 망설였다.

"웃게 할까요, 찡그리게 할까요?" 내가 물었다.

"네가 선택해." 피르자다 씨가 말했다.

나는 절충안으로 슬프지도 상냥하지도 않은 무뚝뚝한 표정의 곧은 선을 그렸다. 피르자다 씨는 평생 호박 초롱을 만든 사람처럼 조금도 겁내지 않고 칼로 파내기 시작했다. 그가 그 일을 거의 끝냈을 무렵 전국 뉴스가 시작되었다. 기자가 다카를 언급했고, 우리는 모두 고개를 돌려 귀를 기울였다. 인도인 관리가 나와서 말하기를, 세계가 동파키스탄 난민의 짐을 덜어주는 일을 돕지 않는다면 인도는 파키스탄과 전쟁을 벌일 수밖에 없다고 했다. 그 소식을 전하는 기자의 얼굴에서는 땀방울이 줄줄 흘러내렸다. 넥타이도 매지 않고 재킷도 입지 않은 기자는 그 자신이 곧바로 전쟁에 뛰어들 것 같은 복장이었다. 그는 그을린 얼굴에 쏟아지는 햇볕을 손으로 가리면서 카메라맨을 향해 소리쳐 뉴스를 전달했다. 피르자다 씨가 손에 쥔 칼이 미끄러지더니 호박 밑동 쪽으로 깊은 상처를 만들었다.

"아, 미안." 그는 마치 누가 뺨을 때리기라도 한 듯, 한 손을 들어 자신의 뺨에 갖다 댔다. "난……. 이걸 어째. 내가 다른 걸로 사줄게. 우리, 다시 해보자."

"괜찮아요. 신경 쓰지 마세요." 아빠가 말했다. 아빠는 피르자다 씨에게서 칼을 건네받아 상처 주위를 칼로 파내서 그 자국이 눈에 띄지 않게 했다. 그러자 내가 그린 이빨이 다 없어져버렸다. 균형이 맞지 않는 레몬 크기만 한 구멍이 크게 나버려서 우리의 호박 초롱은 무미건조하게 놀라는 표정을 띠었다. 눈썹은 이제 생동감을 잃고, 딱딱하게 굳어버린 놀란 표정으로 그저 멍하게 바라보는 시선 위에 맥없이 놓여 있을 뿐이었다.

핼러윈 때 나는 마녀로 분장했다. 사탕을 얻으러 동네를 함께 돌아다닌 내 짝 도라도 마녀로 분장했다. 우리는 염색한 베 갯잇으로 만든 검정 망토를 걸치고, 판지로 만든 넓은 챙이 달린 원뿔 모양의 모자를 썼다. 우리는 도라 엄마의 망가진 아이 섀도로 얼굴을 녹색으로 칠했다. 나의 엄마는 우리에게 캔디를 담을 마대를 두 자루 주었는데, 전에는 바스마티 쌀이 들어 있던 자루였다. 그해에 부모님은 우리도 이제 다 컸다며 어른들이 따라다니지 않고 둘이서만 동네를 돌게 했다. 우리의 계획은, 우리 집에서 도라의 집까지 걸어가고, 도라의 집에 가면 우리가 안전하게 도착했다고 전화한 다음, 도라의 엄마가 차로 나를 집에까지 데려다주는 것이었다. 아빠는 우리에게 손전등을 준비해주었고, 나는 손목시계를 차고 아빠의 시계와 시각을 정확히 맞추어야 했다. 늦어도 아홉 시까지는 집에 돌아오기로 되어 있었다.

그날 저녁 우리 집에 온 피르자다 씨는 초콜릿을 입힌 박하 사탕을 주었다.

"여기에 넣어주세요." 내가 마대를 열면서 말했다. "사탕 안 주면 장난칠 거예요!"

"오늘 저녁엔 내 사탕이 별로 필요 없다는 걸 알지만⋯⋯." 그가 박하사탕을 자루에 넣으며 말했다. 그는 나의 녹색 얼굴과 턱밑에서 끈으로 고정한 모자를 가만히 바라보았다. 그러고는 조심스럽게 망토의 단을 들어 올렸다. 나는 망토 속에 스웨터와 지퍼 달린 양털 재킷을 입고 있었다. "춥진 않겠지?"

나는 고개를 끄덕였다. 그러자 모자가 한쪽으로 기울어졌다.

피르자다 씨가 식사하러 왔을 때

그가 모자를 바로잡아 주었다. "모자는 반듯하게 쓰는 게 가장 좋아."

실내 계단의 맨 밑에는 조그만 캔디가 담긴 바구니가 줄지어 놓여 있었다. 구두를 벗은 피르자다 씨는 평소에 놓아두던 자리에 구두를 두지 않고 이번에는 신발장 안에 넣었다. 그가 외투 단추를 끄르기 시작해서 나는 받아들려고 기다렸는데, 그때 화장실에 있던 도라가 나를 부르더니 턱에 점을 그리게 도와달라며 소리쳤다. 우리가 준비를 다 끝냈을 때 엄마가 우리를 벽난로 앞에 세우고 사진을 찍어주었다. 나는 밖으로 나가려고 현관문을 열었다. 피르자다 씨와 아빠는 아직 거실로 들어가지 않은 채 현관 입구에서 머무적거렸다. 밖은 이미 어두웠다. 공기에서는 젖은 나뭇잎 냄새가 났고, 우리가 만든 호박 초롱이 문 옆의 관목을 배경으로 깜박이는 모습이 인상적이었다. 멀리서 날쎄게 움직이는 아이들의 발자국 소리와 고무 마스크 말고는 특별한 복장을 챙겨 입지 않은 조금 더 나이 많은 아이들의 고함 소리, 아주 어린 아이들의 핼러윈 복장에서 나는 바스락거리는 소리가 들려왔다. 몇몇 아이들은 너무 어려서 부모 품에 안긴 채 이웃집을 찾아다녔다.

"모르는 사람 집에는 들어가지 마라." 아빠가 주의를 주었다.

피르자다 씨가 의아한 표정을 지으며 물었다. "무슨 위험이라도 있나요?"

"아니에요." 엄마가 그를 안심시켰다. "모든 아이들이 다 밖으로 나간답니다. 전통이니까요."

"내가 따라다녀야 하지 않을까요?" 피르자다 씨가 말했다. 양말을 신은 발을 약간 벌리고 선 그가 갑자기 피곤하고 왜소해 보였다. 두 눈에는 전에는 본 적이 없는 공포감이 어려 있었다. 추운 날씨인데도 베갯잇 망토 안의 내 몸에서 땀이 나기 시작했다.

"괜찮아요, 피르자다 씨." 엄마가 말했다. "릴리아는 친구랑 함께 있으니 걱정하지 않아도 돼요."

"하지만 비라도 오면 어떡하죠? 길이라도 잃어버리면요?"

"걱정하지 마세요." 내가 말했다. 이 단순한 두 단어짜리 말을 그때 처음 피르자다 씨에게 했다. 몇 주일 동안 말하려 했으나 결국 하지 못하고 내 기도 속에서만 겨우 하던 말이었다. 그 말을 이제 그의 가족이 아닌 나 자신의 안전과 관련하여 꺼내니 부끄러운 마음이 들었다.

그가 뭉툭한 손가락 하나를 내 뺨에 대고 나서 그 손가락을 자신의 손등에 눌렀다. 그러자 손등에 희미한 녹색이 묻어났다. "공주님께서 그렇게 말씀하신다면." 그가 내 말을 받아들이며 가볍게 고개를 숙였다.

중고품 할인 가게에서 산 검은색 뾰족구두를 신고 우리는 약간 기우뚱거리며 걸었다. 작별 인사를 하려고 진입로 끝에서 고개를 돌려 손을 흔들 때, 작은 체구의 피르자다 씨가 출입구의 틀을 배경으로 부모님 사이에 서서 우리에게 손을 흔들었다.

"왜 저분은 우리랑 함께 가고 싶어 한 거니?" 도라가 물었다.

"저분의 딸들이 없어졌거든." 이 말을 하자마자 곧바로 말하지 않았어야 했다는 생각이 들었다. 이렇게 말함으로써 사실이 되어버려서, 피르자다 씨의 딸들이 정말 없어져버렸고, 그가 다시는 딸들을 볼 수 없을 것만 같았다.

"딸들이 유괴되었다는 거니?" 도라가 계속 물었다. "공원 같은 곳에서?"

"딸들이 없어진 게 아니야. 내 말은, 그분이 딸들을 '그리워한다''없어진(missing)'을 '그리워하다(miss)'로 바꿔서 얘기했다는 뜻이었어. 다른 나라에서 살고 있어서 한참 동안 못 봤거든. 그뿐이야."

우리는 이 집 저 집 돌아다녔다. 현관으로 이어진 길을 따라가 초인종을 눌렀다. 어떤 사람은 효과를 내려고 집 안의 불을 다 꺼버렸고, 어떤 사람은 창문에 고무 박쥐를 매달아놓았다. 매킨타이어 씨의 현관문 앞에는 관이 놓여 있었는데, 그 관에서 얼굴에 분필 같은 것을 잔뜩 칠한 매킨타이어 씨가 말없이 일어나 우리 자루에 캔디콘을 한 움큼 넣어주었다. 몇몇 사람들은 인도인 마녀를 처음 봤다고 말했다. 어떤 사람들은 아무 말도 없이 사탕을 주었다. 우리는 손전등을 나란히 비추면서 걸어가다 길 한가운데에 깨진 계란들이 있는 것을 보았고, 면도 크림으로 뒤덮인 자동차도 보았으며, 두루마리 화장지가 나뭇가지를 휘감은 모습도 보았다. 불룩해진 마대를 들고 다니느라 도라의 집에 도착했을 때 우리의 손은 얼얼했고 발은 화끈거리며 부어올랐다. 물집이 생긴 것을 보고 도라 엄마가 붕대를 주었다. 그리고 따뜻한 사과 주스와 캐러멜 팝콘을 주었다. 도라 엄마는 나에게, 부모님께 전화해서 안전하게 도착했다고 말씀드리라고 일러주었다. 집에 전화를 걸자 텔레비전 소리가 배경음으로 들렸다. 엄마는 내 전화를 받고도 크게 안도하는 것 같지 않았다. 수화기를 내려놓을 때 도라의 집에는 텔레비전이 켜 있지 않다는 생각이 문득 떠올랐다. 도라의 아빠는 소파에 누워 잡지를 보고 있었다. 커피 테이블에는 와인 한 잔이 놓여 있고 색소폰 음악이 스테레오에서 흘러나왔다.

도라와 나는 우리의 전리품을 분류하고 개수를 세고 맛을 보았으며, 만족스러운 기분이 들 때까지 교환했다. 그러고 나서 도라 엄마가 나를 차에 태워 집에 데려다주었다. 나는 고맙다고 말했고, 도라 엄마는 내가 현관문에 이를 때까지 진입로에서 기다렸다. 헤드라이트 불빛 속에서 나는 우리 집 호박이 산산이 부서져 있는 것을 보았다. 두꺼운 껍질이 잔디밭에 조각조각 흩뿌려져 있었다. 쓰라린 눈물이 솟는 것을 느꼈고, 목에서 갑작스러운 고통을 느꼈다. 부어올라 아픈 발을 뗄 때마다 조그맣고 날카로운 자갈들이 바스락거리며 내 목구멍을 채우는 듯한 느낌이었다. 문을 열었다. 세 분이 현관 입구에 서서 나를 맞이하고, 조각난 호박에 대해 함께 슬퍼해줄 것으로 기대했다. 그러나 아무도 없었다. 거실에 들어서니 피르자다 씨와 아빠와 엄마가 소파에 나란히 앉아 있었다. 텔레비전은 꺼져 있었고, 피르자다 씨는 손에 얼굴을 파묻고 있었다.

그날 저녁 뉴스는, 그리고 이후 여러 날 동안 전해진 뉴스는, 인도와 파키스탄이 점점 더 전쟁에 가까워진다는 내용이었다. 양편의 군대가 국경에 모였으며, 다카는 오로지 독립만을 주장하고 있었다. 전쟁은 동파키스탄 땅에서 벌어질 것이었다. 미국은 서파키스탄 편에 섰고, 소련은 인도와 곧 방글라데시가 될 동파키스탄 편에 섰다. 12월 4일에 전쟁이 공식적으로 선포되었고, 보급 기지로부터 5000킬로미터쯤 떨어진 곳에서 싸워야 했기에 힘이 약해진 파키스탄 군대는 십이 일 뒤 다카에서 항복했다. 이런 모든 사실을 나는 지금에야 알게 되었다. 도서관의 역사책에 다 나오니까 말이다. 하지만 당시에는 대부분이 막연한 단서밖에 없는 난해한 수수께끼로 남아 있었다. 십이 일의 전쟁 기간 동안 기억나는 일은, 아빠는 함께 뉴스를 보자는 말을 하지 않았고, 피르자다 씨는 사탕을 가져오지 않았으며, 엄마는 저녁 식사로 밥과 삶은 달걀 말고는 대접하지 않았다는 사실이다. 때때로 밤에 엄마를 도와 피르자다 씨가 잠을 잘 수 있도록 소파 위에 깔개와 담요를 깔아주던 일도 기억이 나고, 전쟁 상황을 더 자세히 알고 싶어서 한밤중에 부모님이 캘커타에 사는 친척들에게 전화를 걸어 높은 목소리로 크게 소리 내어 통화하던 일도 기억난다. 무엇보다도 그 기간 동안에 세 사람이 마치 한 사람인 것처럼 단일한 음식, 단일한 몸짓, 단일한 침묵, 단일한 공포를 공유했다는 것을 나는 기억한다.

1월에 피르자다 씨는 다카에 있는 삼 층짜리 집이 어떻게 되었는지 알아보려고 비행기 편으로 떠났다. 우리는 지난해 마지막 몇 주 동안 자주 보지 못했다. 그는 원고를 마무리하느라 바빴고, 우리는 부모님의 친구와 함께 크리스마스를 보내려고 필라델피아로 갔기 때문이다. 그의 첫 방문에 대한 기억이 없는 것처럼 그의 마지막 방문에 대한 기억도 없다. 어느 날 오후, 내가 학교에 있는 동안 아빠가 차로 피르자다 씨를 공항에 데려다주었다. 우리는 오랫동안 그의 소식을 듣지 못했다. 저녁이 되면 우리는 평소처럼 뉴스를 보며 저녁을 먹었다. 다른 점이라곤 피르자다 씨와 그의 여분의 시계가 우리와 함께 있지 않다는 것뿐이었다. 보도에 따르면 다카는 새로 구성된 의회 정부 체제 아래서 서서히 질서를 찾아가고 있다고 했다. 최근 감옥에서 풀려난 새 지도자 셰이크 무지부르 라만은 전쟁으로 파괴된 백만 채 이상의 가옥을 복구하도록 건축 자재를 지원해달라며 세계 각국에 요청했다. 인도에서 돌아온 수많은 난민을 맞이한 것은 실업과 굶주림의 위협이었다. 때때로 나는 아빠의 책상 위에 붙어 있는 지도를 들여다보며 그 조그만 노란색 지역에 있을 피르자다 씨를 머리에 그려보았다. 그가 자신의 양복을 입고 땀을 뻘뻘 흘리며 가족을 찾는 모습을 상상해보았다. 물론 그 지도는 이미 낡은 것이었다.

마침내 몇 달 뒤에 우리는 피르자다 씨로부터 이슬람력 새해를 기념하는 카드와 함께 짧은 편지를 받았다. 아내와 아이들을 다시 만났다고 했다. 그의 가족은 실롱 산간지대에 사는 아내의 조부모 땅에서 지내며 지난해 벌어진 사건들을 모두 무사히 넘겼다고 했다. 일곱 딸들은 키가 조금 더 컸지만 다른 면에서는 전과 똑같고, 여전히 딸들의 이름을 순서대로 외우지 못한다고 했다. 편지의 끝에 그는 우리 가족의 환대에 고마움을 표시했다. 그러면서 이제 '고맙다'라는 말의 의미를 이해하지만, 그럼에도 여전히 그 말은 자신의 마음을 표현하기에는 충분하지 않다고 덧붙였다. 그날 저녁 엄마는 특별한 식사를 준비해 좋은 소식을 축하했고, 우리는 식사를 하려고 커피 테이블 앞에 앉아 물 잔을 들고 건배했다. 그러나 나는 축하하고 싶은 기분이 아니었다. 그를 못 본 지 몇 달이나 되었지만, 그제야 피르자다 씨의 부재를 느꼈다. 그의 이름을 부르면서 물 잔을 치켜들며, 그제야 비로소 공간적으로, 시간적으로 아주 멀리 떨어진 누군가를 그리워한다는 게 무엇인지 알게 되었다. 그가 여러 달 동안 아내와 딸들을 그리워했듯이. 그는 우리에게 돌아올 이유가 없었고, 부모님이 바르게 예측한 것처럼 다시는 그를 보지 못할 것이었다. 1월부터 나는 매일 밤 잠자리에 들기 전에 피르자다 씨의 가족을 위해 사탕을 하나씩 먹었다. 핼러윈 때 모아둔 사탕이었다. 그날 밤에는 사탕을 먹을 필요가 없었다. 결국 나는 그것들을 모두 버렸다.

질병 통역사

차茶 가판대 앞에서 다스 부부는 누가 티나를 화장실에 데려가야 할지 티격태격했다. 다스 씨가 전날 밤에 자신이 아이를 목욕시켰다는 점을 들자 결국 다스 부인이 수그러들었다. 카파시 씨는 자신의 큼지막한 흰색 앰배서더에서 다스 부인이 내리는 모습을 백미러를 통해 지켜보았다. 노출이 심한 편인 면도한 다리를 끌면서 뒷좌석에서 천천히 내리고 있었다. 화장실까지 가는 동안 그녀는 아이의 손을 잡아주지 않았다.

이들은 코나라크의 태양신 사원에 가는 길이었다. 건조하면서도 화창한 토요일이었다. 꾸준히 불어오는 바닷바람 덕에 7월 중순의 더위가 한풀 누그러져서 관광하기에 딱 좋은 날씨였다. 보통 때 같으면 목적지로 가는 길에 이렇게 일찍 차를 세우지 않겠지만, 그날 아침 샌디빌라 호텔 앞에서 이 가족을 태운 지 오 분도 채 안 되어 이 꼬마 아가씨가 칭얼댔다. 카파시 씨가 호텔 현관의 지붕 아래서 아이들과 함께 서 있는 다스 부부를 보았을 때 맨 처음 알아본 것은, 이들이 서른도 안 되었을 듯싶은 아주 젊은 부부라는 점이었다. 이 부부에게는 로니와 보비라는 두 사내아이가 있었는데, 나이 차이가 적어 보였으며 둘 다 반짝이는 은색 와이어 치아 교정기를 끼고 있었다. 이 가족은 인도인처럼 보였으나 옷은 외국인처럼 입고 있었다. 아이들은 밝은 색깔의 빳빳한 옷을 입고 반투명한 챙이 달린 모자를 쓰고 있었다. 카파시 씨는 외국인 관광객에 익숙했다. 영어를 할 줄 알아서 외국인을 자주 배정받았다. 어제는 스코틀랜드에서 온 노부부의 관광 안내를 맡았다. 두 사람 다 얼굴에 반점이 많았고 머리털은 솜털 같은 백발이었는데, 너무 가늘어서 햇볕에 탄 두피가 드러나 보였다. 그와 대비되어 햇볕에 그을린 젊고 싱싱한 다스 부부의 얼굴이 더욱더 도드라졌다. 자기소개를 할 때 카파시 씨는 양손을 합장하며 인사했는데, 다스 씨는 카파시 씨의 팔꿈치까지 느낌이 전달되도록 미국인처럼 손을 꽉 쥐며 악수했다. 다스 부인은 입 한쪽 끝을 씰룩이며 카파시 씨에게 의례적인 미소를 지어 보였으나, 관심은 전혀 드러내지 않았다.

그들이 가판대 앞에서 기다리는 동안, 두 사내아이 가운데 형으로 보이는 로니가 땅에 박힌 말뚝에 매여 있는 염소에 흥미를 느껴 차의 뒷좌석에서 갑자기 밖으로 엉금엉금 나갔다.

"염소 만지면 안 돼." 다스 씨가 말했다. 그는 페이퍼백 여행안내 책자를 보고 있다가 시선을 위로 향했다. 그 책에는 노란색으로 '인도'라고 쓰여 있었는데, 외국에서 출판된 것처럼 보였다. 왠지 자신이 없게 들리고 약간 날카로운 그의 목소리는 아직 성숙함의 단계에 이르지 못한 것 같은 인상을 주었다.

"염소에게 껌을 주려고요." 이렇게 말하며 아이는 앞으로 달려갔다.

다스 씨도 차에서 내려 무릎을 굽혔다 폈다 몇 차례 반복하며 다리 근육을 풀었다. 깨끗하게 면도를 한 그는 로니의 확대판인 게 틀림없어 보였다. 사파이어색 차양모를 썼고, 반바지에 티셔츠, 운동화 차림이었다. 인상적인 망원렌즈와 다양한 버튼과 여러 가지 표시가 있는, 그가 목에 걸친 카메라가 그에게서 볼 수 있는 유일하게 복잡한 물건이었다. 그는 로니가 염소를 향해 달려가는 것을 보면서 얼굴을 찌푸렸지만 막으려는 생각은 없는 듯했다. "보비, 네 형이 바보 같은 짓을 하지 않도록 따라가서 지켜보렴."

"싫어요." 보비가 차에서 내릴 기미 없이 말했다. 그는 카파시 씨의 옆 조수석에 앉아, 사물함에 붙어 있는 코끼리 신 그림을 열심히 들여다보고 있었다.

"걱정할 필요 없습니다." 카파시 씨가 말했다. "아주 순하거든요." 카파시 씨는 완전히 은발이 된 머리털이 점점 줄어들고 있는 마흔여섯 살의 남자였지만, 연갈색 얼굴과 주름살 없는 이마를 보면 젊은 시절의 모습이 어땠을지 쉽게 상상할 수 있었다. 지금도 틈이 나면 이마에 연꽃 향유를 살짝 바르곤 했다. 그는 회색 바지와 이에 어울리는 재킷 스타일의 셔츠를 입고 있었는데, 허리 부분이 잘록하고 옷깃이 넓은 반소매 셔츠는 얇지만 질긴 합성섬유 제품이었다. 이 셔츠는 그가 재단과 옷감을 정해서 단골 양복점에 맡긴 것으로, 오랫동안 운전을 해도 구김이 잘 가지 않기 때문에 관광 안내를 할 때 가장 즐겨 입는 복장이었다. 그는 앞 유리창을 통해 로니가 염소 주위를 맴돌다가 옆구리를 재빨리 만져본 다음 다시 차로 달려오는 것을 지켜보았다.

"어릴 적에 인도를 떠났습니까?" 다스 씨가 다시 차로 들어와 자리에 앉았을 때 카파시 씨가 물었다.

"아, 미나와 저 둘 다 미국에서 태어났어요." 다스 씨가 갑자기 자신감이 느껴지는 목소리로 말했다. "미국에서 나고 자랐지요. 지금은 부모님이 여기 계세요. 은퇴하셨거든요. 이 년에 한 번씩 부모님을 찾아뵙습니다." 그는 고개를 돌려 차를 향해 뛰어오는 딸아이를 지켜보았다. 아이의 좁은 갈색 어깨 위에서 여름 원피스의 커다란 자주색 나비 리본이 나풀거렸다. 아이는 노란 머리 인형을 가슴에 안고 있었는데, 인형의 머리털은 마치 벌주려고 무딘 가위로 싹둑싹둑 자른 것처럼 보였다. "티나는 이번이 첫 인도 여행이에요. 그렇지, 티나?"

"이젠 화장실에 가지 않아도 될 거예요." 티나가 말했다.

"미나는 어디 있니?" 다스 씨가 물었다.

카파시 씨는 다스 씨가 딸아이에게 말할 때도 아내를 이름으로 부른다는 게 이상했다. 티나는 셔츠를 입지 않은 차 가판대 점원에게서 뭔가를 사는 다스 부인을 손가락으로 가리켰다. 다스 부인이 차로 돌아올 때, 카파시 씨는 역시 셔츠를 입지 않은 한 남자가 널리 알려진 힌두 연가를 한 소절 부르는 소리를 들었다. 그러나 다스 부인은 노래 가사를 이해하지 못하는 듯했다. 그 남자가 가사로 전하는 말에 짜증을 내거나 당황하지 않았으며 다른 어떤 반응도 보이지 않았다.

카파시 씨는 그녀를 관찰했다. 무릎이 드러나는 빨간색과 흰색의 짧은 체크무늬 치마를 입고 네모난 나무 굽이 달린 슬립온 신발을 신었으며, 남자 내의같이 몸에 꽉 끼는 블라우스를 입고 있었다. 블라우스의 가슴 부분은 딸기 모양의 옥양목 아플리케로 장식되어 있었다. 키가 작고 손도 고양이 앞발처럼 자그마한 여자였다. 입술 색깔에 맞춘 프로스티 핑크색 손톱에 몸매는 약간 통통했다. 남편의 머리보다 약간 더 길게 잘랐을 뿐인 머리의 가르마는 한쪽으로 많이 치우쳐 있었다. 분홍빛이 어린 짙은 갈색의 큼지막한 선글라스를 썼고, 자신의 상체만큼 큰 그릇 모양의 커다란 밀짚 가방을 들고 있었다. 가방의 한쪽에서는 물병이 삐져나와 있었다. 그녀는 천천히 걸어왔는데, 손에는 신문지로 만든 커다란 봉지에 든, 땅콩과 고추를 섞어 튀긴 쌀 과자가 들려 있었다. 카파시 씨는 다스 씨에게 고개를 돌렸다.

"미국 어디에서 살고 계십니까?"

"뉴저지의 뉴브런즈위크예요."

"뉴욕 옆인가요?"

"맞아요. 거기서 중학교 학생들을 가르쳐요."

"어떤 과목이죠?"

"과학이요. 사실 매년 학생들을 데리고 뉴욕시에 있는 자연

사박물관에 체험 학습을 다녀와요. 어느 면에서 보면 우린 공통점이 많네요. 당신과 나 말이에요. 카파시 씨는 여행 가이드로 일한 지 얼마나 되었나요?"

"오 년째입니다."

다스 부인이 차로 돌아왔다. "목적지까지 얼마나 걸리나요?" 그녀가 차 문을 닫으며 물었다.

"두 시간 반 정도 걸립니다." 카파시 씨가 대답했다.

이 말에 다스 부인이 평생 쉬지 않고 여행을 한 사람처럼 성마른 한숨을 내쉬었다. 그녀는 영어로 쓰인 뭄바이 영화 잡지를 접어서 부채질했다.

"태양신 사원은 푸리에서 북쪽으로 30킬로미터밖에 안 떨어진 걸로 아는데요." 다스 씨가 여행안내 책자를 톡톡 치면서 말했다.

"코나라크로 가는 길은 도로 사정이 형편없습니다. 그리고 실제로는 85킬로미터고요." 카파시 씨가 설명했다.

다스 씨가 고개를 끄덕였다. 그러고 나서 목덜미에 쓸리는 카메라의 줄을 다시 조정했다.

시동을 걸기 전에 카파시 씨는 손을 뒤로 뻗어 각 뒷문의 안쪽에 있는 잠금장치가 안전하게 걸렸는지 확인했다. 차가 움직이기 시작하자마자 어린 여자아이가 자기 쪽에 있는 잠금장치를 만지며 놀기 시작했다. 조금씩 힘을 써서 앞으로 뒤로 딸깍거렸는데, 그런데도 다스 부인은 아이에게 하지 말라는 말을 한 번도 하지 않았다. 뒷좌석의 한쪽 끝에 치우친 자세로 약간 구부정하게 앉아 아무에게도 쌀 튀밥을 먹어보라고 권하지 않았으며, 그 양 옆에 앉은 로니와 티나는 밝은 연녹색 껌을 씹고 있었다.

"저길 봐." 차가 속력을 내기 시작했을 때 보비가 말했다. 손가락으로 도로에 줄지어 선 키 큰 나무를 가리켰다. "저길 봐."

"원숭이다!" 로니가 날카롭게 소리쳤다. "와우!"

원숭이들이 나뭇가지에 떼 지어 앉아 있었다. 녀석들은 윤이나는 검은 얼굴, 은색 몸뚱이, 일직선으로 뻗은 눈썹, 갈기가 난머리를 하고 있었다. 기다란 회색 꼬리가 나뭇잎 사이에 밧줄처럼 매달려 있었다. 그중 몇 마리가 가죽같이 검은 손으로 자기몸을 긁거나 발을 흔들며 지나가는 차를 빤히 쳐다보았다.

"우린 저것들을 하누만이라고 부릅니다. 이 지역에 아주 흔한놈들이에요." 카파시 씨가 말했다.

그가 말을 마치기 무섭게 원숭이 한 마리가 길 한가운데로 뛰어내렸다. 그 바람에 카파시 씨는 급히 브레이크를 밟아야 했다. 또 다른 녀석이 차의 보닛 위로 뛰어올랐다가 휙 도망갔다. 아이들은 흥분하기 시작해 숨을 가쁘게 쉬면서 손으로 얼굴을 반쯤 가렸다. 동물원 바깥에서는 원숭이를 본 적이 없다고 다스 씨가 설명했다. 그는 사진을 찍게 차를 세워달라며 카파시 씨에게 부탁했다.

다스 씨가 망원렌즈를 조정하는 동안 다스 부인은 밀짚 가방에 손을 넣어 무색 매니큐어 병을 꺼냈다. 그리고 집게손가락 끝에 매니큐어를 바르기 시작했다.

딸아이가 손을 내밀었다. "엄마, 나도. 나도 해줘."

"엄마 좀 가만둘 수 없니?" 그러고는 손톱을 호호 불면서 몸을 약간 돌렸다. "너 때문에 잘 안 되잖아."

딸아이는 인형의 플라스틱 몸체에 입힌 앞치마의 단추를 열심히 채웠다 풀었다 했다.

"다 됐어요." 다스 씨가 렌즈 뚜껑을 닫으며 말했다.

차는 먼지투성이 길을 달렸기 때문에 적잖이 덜컹거렸고, 그래서 그들은 가끔 자리에서 튀어 올랐다. 그래도 다스 부인은 계속해서 손톱에 매니큐어를 발랐다. 카파시 씨는 차가 좀 더 부드럽게 나아가기를 바라며 가속페달을 밟은 발의 힘을 약간 뺐다. 그가 변속기어로 손을 뻗으면 조수석에 앉은 아이가 털이 안 난 무릎을 다른 쪽으로 돌려서 방해되지 않게 협조해주었다. 이 사내아이는 다른 아이들보다 피부가 약간 더 희다는 점이 카파시 씨의 눈길을 끌었다. "아빠, 이 차는 운전석이 왜 반대쪽에 있는 거예요?" 아이가 물었다.

"바보야, 여기선 다 그래." 로니가 말했다.

"동생을 바보라고 부르면 안 돼." 다스 씨가 말했다. 그러고 나서 카파시 씨에게 고개를 돌렸다. "아시겠지만 미국에서는……. 그래서 아이들이 헷갈려해요."

"아, 그렇죠. 나도 잘 알고 있습니다." 카파시 씨가 말했다. 도로 저 앞에 언덕바지가 나타나자 그는 최대한 조심스럽게 기어를 다시 변속하고 차의 속력을 높였다. "〈댈러스〉에서 보았습니다. 운전대가 왼쪽에 있더군요."

"'댈러스'가 뭐예요?" 티나가 이제는 알몸이 되어버린 인형으로 카파시 씨의 좌석 뒤를 탁탁 치며 물었다.

　"방영이 끝난 텔레비전 드라마야." 다스 씨가 설명했다.

　이 사람들은 모두 형제자매 같아, 한 줄로 늘어선 대추야자를 지날 때 카파시 씨는 생각했다. 다스 부부는 부모가 아니라 큰형이나 큰언니처럼 행동했다. 두 사람은 마치 그날 하루만 아이들을 맡기로 한 사람들 같았다. 자기 자신 이외의 존재에 정기적으로 책임을 떠맡았다는 것을 믿기 어려웠다. 다스 씨는 렌즈 뚜껑과 여행안내 책자를 톡톡 치다가 이따금 엄지손톱을 책장에 대고 죽 문질러서 긁히는 소리를 냈다. 다스 부인은 계속해서 손톱에 매니큐어를 칠했다. 아직도 선글라스를 벗지 않고 있었다. 티나는 가끔씩 자기 손톱에도 매니큐어를 칠해달라고 조르곤 했다. 어느 한 시점에서 다스 부인은 매니큐어 한 방울을 아이의 손톱에 살짝 떨구어준 다음, 매니큐어 병을 다시 밀짚 가방 안에 넣었다.

　"이 차, 에어컨 안 나오죠?" 그녀가 여전히 손톱을 호호 불면서 물었다. 티나 쪽 창은 고장이 나서 유리창이 밑으로 내려가지 않았다.

　"불평하지 마." 다스 씨가 말했다. "별로 안 덥잖아."

　"에어컨 있는 차를 고르라고 말했잖아." 다스 부인이 말했다. "왜 이러는 거야, 라지. 고작 몇 루피 아끼려고? 그래서 가계에 얼마나 보탬이 되는데? 50센트?"

　그들의 억양은 카파시 씨가 미국 텔레비전 드라마에서 들은 것과 똑같았다. 〈댈러스〉에 나오는 사람들과 같지는 않았지만.

"카파시 씨, 사람들에게 매일 똑같은 것을 보여주면 좀 지겹지 않나요?" 다스 씨가 자기 쪽 창문을 끝까지 다 내리면서 물었다. "저기, 차를 좀 세워주겠어요? 저 사람을 찍고 싶어요."

카파시 씨가 차를 도로 한쪽에 세웠고, 다스 씨는 더러운 터번을 머리에 두른 맨발의 남자를 찍었다. 그 남자는 곡식 자루를 실은, 수송아지 두 마리가 끄는 수레의 맨 위에 앉아 있었다. 남자와 송아지 모두 수척했다. 뒷좌석에 앉은 다스 부인은 반대편 창을 통해 하늘을 쳐다보았다. 거의 투명해 보이는 구름이 빠르게 지나갔다.

"실은 이번 관광 안내에 기대가 큽니다." 카파시 씨가 다시 운전을 하며 말했다. "태양신 사원은 제가 무척 좋아하는 곳이거든요. 그런 점에서 이번 일은 혜택인 셈이지요. 나는 금요일과 토요일에만 안내를 해요. 평일에는 다른 일을 합니다."

"그래요? 어떤 일이죠?" 다스 씨가 물었다.

"병원에서 일합니다."

"의사인가요?"

"의사는 아니에요. 의사와 함께 일해요. 통역사로요."

"의사가 왜 통역사가 필요하죠?"

"그 의사에겐 구자라트인도 서부에 있는 주 출신 환자들이 많아요. 제 아버지도 구자라트인이고요. 그런데 이 지역에는 구자라트어를 할 줄 모르는 사람들이 많습니다. 그 의사도 말이에요. 그래서 나에게 자기 병원에서 일하자고 한 거죠. 환자들이 말하는 걸 통역해달라고요."

"재미있네요. 그런 얘기는 처음 들어봐요." 다스 씨가 말했다.

카파시 씨가 어깨를 으쓱하며 말했다. "다른 일과 마찬가지로 그저 일일 뿐이에요."

"하지만 아주 낭만적인걸요." 다스 부인이 오랜 침묵을 깨고 꿈꾸듯이 말했다. 분홍빛이 어린 갈색 선글라스를 밀어 올려 작은 왕관처럼 머리 위에 썼다. 처음으로 그녀의 눈이 백미러에 비친 카파시 씨의 눈과 마주쳤다. 연한 색을 띤 약간 작은 그녀의 눈은 서로 시선을 고정하여 바라보는데도 게슴츠레했다.

다스 씨가 목을 길게 뽑으며 그녀를 쳐다보았다. "어떤 점이 아주 낭만적이라는 거야?"

"모르겠어. 아무튼 그래." 그녀가 잠시 이마를 찌푸리며 어깨를 으쓱했다. "카파시 씨, 껌 하나 드릴까요?" 그녀가 밝은 목소리로 물었다. 다스 부인은 밀짚 가방 안으로 손을 넣은 다음, 그에게 녹색과 흰색의 줄무늬 포장지에 든 네모난 껌을 주었다. 카파시 씨가 그 껌을 입안에 넣자마자 끈적하고 달콤한 액체가 혀에 퍼졌다.

"카파시 씨, 일 얘기를 좀 더 해주시겠어요?" 다스 부인이 말했다.

"뭘 알고 싶으십니까, 부인?"

"모르겠어요." 그녀가 다시 어깨를 으쓱했다. 그리고 나서 쌀튀밥을 아작아작 씹으며 입가에 묻은 겨자기름을 혀로 핥았다. "흔히 벌어지는 상황을 하나 얘기해주세요." 그녀는 좌석 등받이에 몸을 기대고 차창으로 들어온 햇빛을 피해 얼굴을 기울이더니 눈을 감았다. "무슨 일이 일어나는지 머리에 그려보고 싶어요."

"네, 좋습니다. 어느 날 한 남자가 목에 통증이 있다며 의사를 찾아왔어요."

"담배를 피우는 사람이었나요?"

"아닙니다. 아주 특이한 경우였어요. 자기 목구멍에 기다란 빨대가 걸린 것만 같은 느낌이 든다고 고통을 호소했습니다. 내가 그 말을 통역해주자 의사는 적절한 처방을 내릴 수 있었지요."

"참 멋지네요."

"예." 카파시 씨가 잠시 머뭇거리다가 동의했다.

"그러니까 그 환자들은 전적으로 당신에게 의지하는군요." 다스 부인이 말했다. 생각에 잠겨 혼잣말하듯이 천천히 말했다. "어느 면에서는 의사보다 더 의지하는군요."

"무슨 뜻이에요? 어떻게 그럴 수가 있죠?"

"글쎄요, 예를 들면 의사에게 그 고통이 빨대가 걸린 느낌이 아니라 타는 듯한 느낌이라고 말할 수도 있잖아요. 환자는 당신이 의사에게 뭐라고 말했는지 전혀 모를 테고, 의사도 당신이 틀린 말을 했다는 걸 모르겠죠. 책임이 막중한 일이에요."

"맞아요, 카파시 씨. 막중한 책임을 맡은 거예요." 다스 씨가 동의했다.

카파시 씨는 자신의 직업을 그렇게 멋진 말로 생각해본 적이 없었다. 자기 생각에는 보람 없는 일이었다. 사람들의 질병을 통역하는 일에서 고상한 점을 발견하지 못했다. 부어오른 뼈에 대한 다양한 증상이나 위와 장의 수많은 경련 증상, 색깔과 모양과 크기가 다른 손바닥 반점에 대한 증상을 그저 열심히 통역하는 일일 뿐이었다. 자기 나이의 절반 정도밖에 안 되는 의사는 나팔바지를 좋아했으며 국민회의파에 대한 썰렁한 농담을 즐겨 했다. 좁고 퀴퀴한 병원에서 함께 일했는데, 까맣게 때가 탄 선풍기 날개가 머리 위 천장에서 부지런히 돌아가는데도 양복점에서 맞춘 카파시 씨의 멋진 옷이 땀으로 몸에 달라붙었다.

그 직업은 실패의 징후였다. 젊은 시절, 그는 외국어에 흠뻑 빠진 학자였고, 각종 사전을 폭넓게 수집한 장서가였다. 그는 외교관과 고위 관리를 상대하는 통역사가 될 꿈을 꾸었다. 사람들 사이, 국가와 국가 사이의 갈등을 해결하고 그 자신만이 양쪽 모두를 이해하여 분쟁을 해결하는 사람이 되기를 꿈꾸었다. 그는 독학으로 공부했다. 부모님이 배필을 정해서 결혼시키기 전에는 밤이면 공책에다 단어의 공통 어원을 죽 적어나갔다. 그러자 어느 시점에선가 기회만 주어진다면 자기는 힌두어, 벵골어, 오리야어, 구자라트어는 말할 것도 없고, 영어, 프랑스어, 러시아어, 포르투갈어, 이탈리아어로도 대화할 수 있다는 자신감이 생겼다. 그러나 지금은 한 줌밖에 안 되는 유럽어 단어들만이 기억 속에 남았고, 그것도 잔 받침, 의자 같은 맥락 없이 떠오르는 단어에 지나지 않았다. 이제 그런대로 유창하게 말할 수 있는 인도어가 아닌 언어는 영어가 유일했다. 카파시 씨는 그게 뛰어난 재능이 아니라는 것을 알고 있었다. 때로는 텔레비전을 열심히 보는 자신의 아이들이 영어를 더 잘 아는 것 같다는 생각마저 들었다. 그럼에도 영어는 관광 안내에 유용했다.

큰아들이 일곱 살 때 장티푸스에 걸린 뒤부터 통역사로 일하게 되었다. 아들의 병이 그 의사를 처음 만나게 된 계기가 된 것이다. 당시에 카파시 씨는 그래머스쿨에서 영어를 가르쳤는데, 점점 늘어나는 과도한 치료비를 돈 대신 통역 일로 지불했다. 결국 아들은 어느 날 저녁에 심한 고열로 온몸이 불덩이처럼 뜨거워져 엄마 품에 안겨 죽었다. 하지만 이후에도 장례 비용을 치러야 했고, 큰 터울 없이 일찍 태어난 아이들이 있었고, 더 크고 더 새것인 집도 장만해야 했고, 아이들을 좋은 학교에 보내고 과외도 시켜야 했고, 좋은 구두와 텔레비전도 필요했고, 아내를 위로하고 또 아내가 자면서 울지 않도록 온갖 방법을 찾아야 했기 때문에 그 의사가 그래머스쿨에서 받는 돈의 두 배를 주겠다고 제안했을 때, 그는 받아들였다. 카파시 씨는 아내가 통역사라는 자신의 직업을 존중하지 않는다는 것을 알았다. 죽은 아들을 떠올리게 하기 때문이라는 것도 알았다. 아내는 남들의 생명을 구하는 데 그가 나름의 사소한 방식으로 도움을 준다는 사실을 분하게 여겼다. 아내는 그의 직업을 언급해야 할 경우가 생기면 '의사 조수'라는 말을 썼다. 마치 통역 과정이 환자의 체온을 재거나 환자용 변기를 갈아주는 것과 같은 일이라는 듯이 말이다. 아내는 병원을 찾아오는 환자들 얘기를 물어본 적이 없었고, 그가 막중한 책임을 맡고 있다는 말도 하지 않았다.

이러한 이유로 카파시 씨는 다스 부인이 자신의 직업에 큰 흥미를 느낀다는 사실에 우쭐해졌다. 아내와 달리 그녀는 그 일의 지적인 면도 일깨워주었다. 또한 '낭만적'이라는 말도 했다. 낭만적인 방식으로 남편을 대하지는 않았지만, 자기를 묘사할 때는 그 말을 썼다. 자신과 아내가 서로 안 맞듯이 다스 부부도 그런 게 아닐까 하는 생각이 들었다. 어쩌면 이들 부부도 세 명의 자식과 십 년간의 생활을 제외하고는 공통점이 거의 없을지도 몰랐다. 자신의 결혼 생활에 존재하는 말다툼, 무관심, 긴 침묵 같은 징후를 이들 부부에게서도 알아차렸다. 남편에게도 자식들에게도 보이지 않던 관심을 그녀가 갑자기 자신에게 표현한다는 사실에 약간 도취되었다. 그녀가 '낭만적'이라는 말을 할 때의 상황을 다시 한 번 떠올리자 도취된 느낌이 더 커졌다.

카파시 씨는 운전을 하면서 백미러에 비친 자신의 모습을 살펴보기 시작했다. 그날 아침에 무릎 부분이 약간 늘어진 갈색 바지가 아니라 이 회색 바지를 고른 것이 참 다행이었다. 때때로 백미러를 통해 다스 부인을 흘긋 쳐다보았다. 얼굴뿐만 아니라 두 가슴 사이의 딸기 아플리케와 금빛 갈색의 목울대 아래 움푹 들어간 부분도 흘긋흘긋 쳐다보았다. 다스 부인에게 다른 환자의 이야기도 해주기로 마음먹었다. 척추에 빗방울이 떨어지는 것 같은 느낌이 든다고 호소한 젊은 여자, 모반에서 털이 나기 시작한 신사 이야기를 해주었다. 다스 부인은 손톱 밑동의 초승달처럼 생긴 조그만 플라스틱 빗으로 머리를 쓸어내리며 그의 얘기를 주의 깊게 들었다. 그러면서 질문을 하고, 다른 일도 더 얘기해달라고 했다. 아이들은 나무에 있는 원숭이들을 더 많이 찾아내는 데 열중하느라 조용했고, 다스 씨는 여행안내 책자에 정신이 팔려 있었기 때문에 그들이 나누는 이야기는 카파시 씨와 다스 부인 사이의 사적인 대화처럼 보였다. 이런 식으로 삼십 분이 흘러갔고, 점심을 먹으려고 튀김과 오믈렛 샌드위치를 파는 도로변 식당에 차를 세웠을 때 그는 평소와는 달리 실망스러운 기분이 들었다. 보통의 경우, 카파시 씨는 관광 안내 중에 찾아오는 이 시간을 기다리곤 했는데, 평화로이 앉아서 따뜻한 차를 즐길 수 있기 때문이었다. 가장자리에 흰색과 오렌지색 술이 달린 빨간 파라솔 아래 다스 가족이 함께 앉아서 삼각 모자를 쓰고 종종걸음을 치는 웨이터에게 주문하는 동안, 카파시 씨는 내키지 않는 마음으로 옆 테이블을 향해 걸음을 옮겼다.

"카파시 씨, 잠깐만요. 여기 자리가 있어요." 다스 부인이 소리쳤다. 그녀는 티나를 자기 무릎에 앉히면서 합석을 권했다. 그래서 그들은 함께 망고 주스와 샌드위치, 통밀 가루 반죽을 입힌 양파 튀김과 감자튀김을 먹었다. 다스 씨는 오믈렛 샌드위치를 두 개 먹은 다음 음식을 먹는 가족의 모습을 여러 장 찍었다.

"얼마나 더 가야 해요?" 그가 사진 찍기를 멈추고 카메라에 새 필름을 넣으면서 카파시 씨에게 물었다.

"삼십 분쯤 더 가면 됩니다."

이제 아이들은 근처의 나무에 많이 있는 원숭이를 본다며 테이블에서 일어나 자리를 떴고, 그 때문에 다스 부인과 카파시 씨 사이에 상당한 공간이 생겼다. 다스 씨는 카메라를 얼굴에 갖다 대고 한쪽 눈을 찡긋 감았다. 혀는 한쪽 입가에 삐죽 나와 있었다. "미나, 좀 어색해 보여. 카파시 씨에게 좀 더 가까이 몸을 기울여봐."

그녀는 그렇게 했다. 카파시 씨는 그녀의 피부에서 위스키와 장미 향수가 뒤섞인 듯한 냄새를 맡을 수 있었다. 갑자기 그녀가 자신의 땀 냄새를 맡게 될까 봐 걱정이 되었는데, 합성섬유 소재의 셔츠 아래 땀이 나 있다는 것을 알았기 때문이다. 그는 단숨에 망고 주스를 다 마시고 나서 자신의 은발을 양손으로 매만졌다. 주스 몇 방울이 턱으로 흘러내렸다. 혹시 다스 부인이 보지나 않았을까 신경이 쓰였다.

그녀는 보지 못했다. "카파시 씨, 주소 좀 알려주세요." 그녀가 밀짚 가방 안을 뒤져 뭔가를 찾으며 물었다.

"제 주소 말입니까?"

"주소를 알아야 사진을 보내드릴 수 있으니까요." 그녀가 말했다. 그녀는 영화 잡지에서 급히 찢어낸 종잇조각을 건넸다. 그 작은 종잇조각은 글이 많은데다가 남자 주인공과 여자 주인공이 유칼립투스 아래서 포옹하는 조그만 사진이 있었기 때문에 여백은 많지 않았다.

카파시 씨가 주소를 조심스럽게 또렷한 글씨로 쓰자 종이가 동그랗게 말렸다. 그녀는 그에게 편지를 쓰며 병원에서 통역을 하는 그의 생활을 물어보리라. 그러면 그는 가장 재미있는 일화만 골라서, 그녀가 뉴저지의 집에서 읽으며 활짝 웃음을 터뜨리게 될 일화만 골라서 유창하게 답장을 하리라. 때가 되면 그녀는 자신의 결혼 생활에 대한 실망감을 내보일 것이고, 그도 그와 같은 자신의 얘기를 하리라. 이런 식으로 둘의 우정은 자라나고 풍성해지리라. 빨간 파라솔 아래서 양파 튀김을 먹고 있는 두 사람의 사진을 간직하리라. 그는 그 사진을 러시아어 문법책 안에 넣어서 안전하게 보관하겠다고 마음먹었다. 마음이 이렇게 달리는 동안 카파시 씨는 부드럽고도 기분 좋은 흥분을 경험했다. 마치 오래전에 수개월 동안 사전을 찾아가며 번역해서 마침내 프랑스 소설이나 이탈리아 소네트의 한 구절을 읽을 수 있게 되고, 또 큰 노력을 들이지 않고서도 그 단어들을 차례차례 이해하게 되었을 때 경험한 느낌과 비슷했다. 그런 순간이면 카파시 씨는 이 세상의 모든 것은 온당하고 모든 고생에는 보답이 따르며 인생의 모든 실수에는 나름대로 의미가 있음을 믿곤 했다. 그가 다스 부인으로부터 듣게 될 약속이 지금 그의 마음을 똑같은 믿음으로 채웠다.

카파시 씨는 주소를 다 쓴 다음 종잇조각을 돌려주었는데, 그러자마자 혹시 이름을 잘못 쓰지 않았을까, 그의 집 우편번호 숫자를 실수로 뒤바꾸어 쓴 건 아닐까 걱정이 들었다. 편지가 도중에 분실되거나, 사진이 오리사 지역 어딘가에서 맴돌다가 도착하지 않거나, 가까이 배달되었는데도 결국 손에 들어오지 않을 가능성을 우려했다. 그는 자신이 주소를 정확히 썼는지 확인하고 싶어서 그 쪽지를 다시 달라고 할지 생각해보았으나,

다스 부인은 이미 그 쪽지를 잡동사니가 뒤섞인 가방 속에 집어 넣었다.

그들은 두 시 삼십 분에 코나라크에 도착했다. 사암으로 세운 그 사원은 전차 모양의 웅장한 피라미드형 구조물이었다. 인생의 위대한 스승인 태양에 바쳐진 사원인데, 매일 하늘을 가로지르며 여행을 하는 태양이 이 인상적인 건축물의 삼 면을 비추며 지나갔다. 하단부의 북면과 남면에는 스물네 개의 거대한 바퀴가 조각되어 있었다. 그 모든 것을 말 일곱 마리가 끌었는데, 마치 하늘로 날아오를 듯한 힘찬 모습이었다. 사원이 가까워져 오자 카파시 씨는 설명을 시작했다. 그 사원은 서기 1243년과 1255년 사이에 장인 천이백 명의 노력으로 지어졌는데, 강가 왕조의 위대한 왕이었던 나라심하데바 1세가 이슬람 군대와 싸워 승리한 것을 기념하기 위해 지은 것이라고 했다.

"사원이 차지하는 면적은 약 0.7제곱킬로미터라고 나와 있군요." 다스 씨가 안내 책자를 들여다보며 말했다.

"꼭 사막 같아요." 로니가 말했다. 아이의 눈은 사원 너머 사방으로 뻗은 모래밭을 둘러보고 있었다.

"한때 여기서 북쪽으로 2킬로미터쯤 떨어진 곳에서 찬드라바가 강이 흘렀습니다. 하지만 지금은 말라버렸어요." 카파시 씨가 시동을 끄면서 말했다.

그들은 차에서 내려 사원을 향해 걸어갔다. 먼저 계단 양옆에 있는 사자 한 쌍을 배경으로 사진을 찍으려고 포즈를 취했다. 그다음, 카파시 씨는 전차의 바퀴로 그들을 데려갔다. 지름이 약 2.5미터로 그 어떤 사람 키보다도 컸다.

"'이 바퀴들은 인생의 바퀴를 상징한다고 한다.'" 다스 씨가 책자를 읽었다. "'창조, 보존, 깨달음의 성취라는 순환을 나타낸다.' 멋진데." 그는 책장을 넘겼다. "'바퀴는 각각 여덟 개의 두꺼운 바퀴살과 가는 바퀴살로 나뉘는데, 이것은 하루를 여덟 등분한 것이다. 바퀴의 테두리에는 새와 동물 그림이 새겨진 반면, 바퀴살의 원형 돋을새김에는 다채로운 자세의, 주로 선정적인 포즈의 여자가 새겨져 있다.'"

그가 읽은 부분은 알몸의 남녀가 서로 얽혀 다양한 자세로 성행위를 하는, 무수히 눈에 띄는 프리즈를 말하는 것이었다. 여자들은 무릎으로 연인의 허벅지를 영구히 감싼 채 남자들의 목에 꼭 매달려 있었다. 이 외에도 일상생활의 여러 장면, 사냥과 무역, 활과 화살과 함께 새겨진 죽어가는 사슴, 손에 칼을 든 채 행진하는 전사들의 모습 등이 눈에 띄었다.

수년 전에 사원을 돌무더기로 메웠기 때문에 이제는 사원 안으로 들어갈 수 없었지만, 카파시 씨가 데려온 모든 관광객이 그러했듯이 그들 또한 외부만 보면서도 감탄했다. 그들은 천천히 걸음을 옮기며 각각의 면들을 살펴보았다. 다스 씨는 사진을 찍느라 뒤에 처졌다. 아이들은 벌거벗은 사람들의 모습을 가리키며 앞으로 달려갔다. 특히 한 쌍의 나가 미투나에 커다란 관심을 보였는데, 카파시 씨는 반은 인간이고 반은 뱀인 이 쌍이 바다의 가장 깊은 곳에 산다고 전해진다는 말을 해주었다. 카파시 씨는 그들이 이 사원을 좋아해서 기뻤다. 특히 다스 부인이 큰 흥미를 보여서 기뻤다. 그녀는 매번 서너 걸음 옮긴 다음 멈춰 서서 조각된 연인과 코끼리의 행렬, 상체를 드러낸 채 북을 두드리는 여자 음악가 등을 말없이 바라보았다.

카파시 씨는 수없이 자주 이 사원에 왔지만, 자신도 상체를 드러낸 여자들을 바라보며 완전히 발가벗은 아내의 모습을 한 번도 본 적이 없다는 생각이 그 순간에 문득 떠올랐다. 사랑을 나눌 때조차도 아내는 블라우스의 천을 서로 묶거나 페티코트의 끈을 허리에 묶곤 했다. 그는 아내의 종아리를 감탄의 눈으로 바라본 적이 한 번도 없었다. 마치 카파시 씨만을 위한 것인 양 걷고 있는 다스 부인의 종아리를 감탄 어린 눈으로 바라보는 지금 같은 경우가 아내를 두고는 없었던 것이다. 물론 그는 전에도 자신이 관광 안내를 맡은 미국이나 유럽 여자들의 맨살이 드러난 팔다리를 많이 보았다. 그러나 다스 부인은 달랐다. 오직 사원에만 관심이 있어서 안내 책자에 계속 코를 박고 있거나 카메라 렌즈를 들여다보며 사진을 찍어대는 다른 여자들과 달리 다스 부인은 그에게 관심을 보였다.

카파시 씨는 그녀와 둘이서만 있고 싶은 마음이 간절했다. 사적인 대화를 계속하고 싶었던 것이다. 그럼에도 그녀의 옆에서 걸어가는 게 긴장되었다. 선글라스를 쓴 그녀는 자신의 관심사에 정신이 팔려 사진을 한 장 더 찍자며 자세를 잡아달라는 남편의 요청을 무시했고, 남이라도 되는 듯 무심히 아이들 곁을 지나쳐 갔다. 카파시 씨는 그녀에게 방해가 될지도 모르겠다는 생각이 들어 혼자서 앞으로 걸어가, 늘 그래왔듯이 태양신 수리아의 실물 크기 청동 화신 세 개를 찬탄하며 바라보았다. 그 청동 화신은 사원 정면의 벽감에서 튀어나와 있었는데, 각각 새벽의 태양, 정오의 태양, 저녁의 태양을 맞이하는 역할을 했다. 그들은 정교한 머리 장식을 쓰고, 나른해 보이는 가늘고 긴 눈을 감고 있었고, 알몸 가슴에는 사슬과 부적이 조각되어 있었다. 그들의 회녹색 발 주위에는 방문객들이 바친 히비스커스 꽃잎들이 흩어져 있었다. 사원의 북쪽 벽에 있는 마지막 조각상은 카파시 씨가 가장 좋아하는 것이었다. 수리아는 하루의 고된 일과로 지쳐서 피곤한 표정을 띠었으며, 다리를 가부좌 자세로 포갠 채 말 위에 걸터앉아 있었다. 심지어 그가 탄 말의 눈도 졸린 기색이었다. 그의 몸 주위에는 둘씩 짝을 이룬 여자들이 더 작게 조각되어 있었는데, 모두 엉덩이를 한쪽으로 내밀고 있었다.

"저건 누구죠?" 다스 부인이 물었다. 그는 그녀가 자기 옆에서 있는 것을 보고 깜짝 놀랐다.

"아스타찰라 수리아입니다." 카파시 씨가 말했다. "지는 태양이지요."

"이곳도 두 시간쯤 지나면 해가 지나요?" 그녀는 네모난 굽이 달린 신발 한 짝에서 발을 빼내 발가락을 다른 다리의 종아리에 비벼댔다.

"그렇습니다."

다스 부인은 잠시 선글라스를 들어 올렸다가 다시 썼다. "깔끔하네요."

카파시 씨는 그 말이 무슨 뜻인지 정확히 알지는 못했지만, 아무튼 호의적인 반응이라는 느낌이 들었다. 그는 다스 부인이 수리아의 아름다움, 수리아의 힘을 이해했기를 바랐다. 앞으로 편지를 주고받으며 이런 얘기를 나누게 될지도 몰랐다. 그는 그녀에게 인도 얘기를 해줄 것이고, 그녀는 그에게 미국 얘기를 해줄 것이다. 이러한 편지 교환은 그 나름의 방식으로 꿈을 실현해줄 것이다. 국가와 국가 사이의 통역사로 일하고 싶어 했던 그의 꿈 말이다. 그는 그녀의 밀짚 가방에 눈길을 던졌다. 여러 가지 내용물 사이에 그의 주소가 적힌 종잇조각이 자리 잡고 있다는 게 기뻤다. 그녀가 아주 멀리 떨어져 있는 상황을 그려보자 기분이 급격히 우울해졌다. 그 때문에 두 팔로 그녀를 안고 싶은 강한 충동을 느꼈다. 자신이 가장 좋아하는 수리아가 지켜보는 앞에서 그렇게 포옹한 자세로 잠깐 동안이라도 함께 얼어붙고 싶었던 것이다 그러나 다스 부인은 이미 걸음을 옮기고 있었다.

"언제 미국으로 돌아갑니까?" 그가 예사로운 말로 들리게 하려고 애쓰며 물었다.

"열흘 뒤에요."

그는 계산해보았다. 일상으로 돌아가는 데 일주일, 사진을 현상하는 데 일주일, 편지를 쓰는 데 며칠, 그 편지가 항공우편으로 인도에 도착하는 데 이 주일. 계산을 해보니, 지체되는 시간을 감안하면 대략 육 주 뒤면 다스 부인으로부터 소식을 듣게 될 것이었다.

네 시 삼십 분이 조금 지나서 카파시 씨가 그 가족을 차에 태우고 샌디빌라 호텔을 향해 떠날 때 말을 하는 사람은 아무도 없었다. 아이들은 기념품 가게에서 산, 화강암으로 만든 소형 전차 바퀴 모형을 손에 올려놓고 굴리며 놀았다. 다스 씨는 안내 책자를 계속 읽었다. 다스 부인은 티나의 머리를 빗으로 풀고 조그마한 양 갈래머리로 땋았다.

카파시 씨는 이들을 차에서 내려주어야 한다는 생각에 두려워지기 시작했다. 다스 부인으로부터 소식을 듣기까지 육 주 동안의 기다림을 시작할 마음의 준비가 되어 있지 않았다. 그는 티나의 머리에 고무줄을 묶어주는 그녀의 모습을 백미러로 훔쳐보면서 어떻게 하면 이 관광 안내를 조금 더 끌 수 있을지 궁리했다. 평소에는 지름길을 이용해서 신속히 푸리로 돌아갔다. 얼른 집에 돌아가서 백단유 비누로 손발을 씻고 석간신문을 보며 아내가 침묵 속에서 가져다주는 차 한 잔을 즐기고 싶은 마음이 간절했기 때문이다. 오래전부터 체념한 아내의 침묵을 생각하자 새삼 마음이 답답해졌다. 그때 그는 우다야기리와 칸다기리의 언덕에 가보지 않겠느냐고 제안했다. 땅을 파내고 바위를 깎아서 만든 수도자의 석굴 수십 개가 좁은 골짜기를 사이에 두고 서로 마주 보는 곳이었다. 조금 떨어져 있긴 하지만 볼 만한 가치가 충분하다고 카파시 씨는 말했다.

"아, 그렇군요. 이 책에도 나와 있네요." 다스 씨가 말했다. "자이나교 왕인지 뭔지 하는 사람이 만들었군요."

"그럼 가볼까요?" 카파시 씨가 물었다. 그는 도로의 갈림길에서 멈춰 섰다. "왼쪽으로 가야 합니다."

다스 씨가 고개를 돌려 다스 부인을 쳐다보았다. 두 사람 다 어깨를 으쓱했다.

"왼쪽으로, 왼쪽으로." 아이들이 구호처럼 외쳤다.

카파시 씨는 안도감으로 쾌재를 부르며 운전대를 왼쪽으로 돌렸다. 그곳 언덕에 도착하고 나면 다스 부인에게 무엇을 할지, 무슨 말을 할지, 알지 못했다. 어쩌면 미소가 참 아름답네요, 하고 말해줄 수 있을 것이었다. 참으로 잘 어울린다는 생각이 드는 그녀의 딸기 블라우스를 칭찬해줄 수도 있었다. 어쩌면 다스 씨가 바삐 사진을 찍는 동안, 그녀의 손을 잡을 수 있을지도 몰랐다.

하지만 그런 걱정을 할 필요가 없었다. 그들이 나무가 우거진 가파른 길에서 둘로 나누어진 언덕에 도착했을 때, 다스 부인은 차에서 내리지 않겠다고 했다. 그 길을 따라서 나뭇가지 위는 물론이고 돌 위에도 수많은 원숭이들이 앉아 있었다. 원숭이들은 앞으로 내민 다리를 어깨 높이까지 올리고 두 팔을 무릎에 얹은 자세로 앉아 있었다.

"다리가 아파." 그녀가 좌석 깊숙이 몸을 묻었다. "난 그냥 여기 있을래."

"그러니까 왜 그렇게 불편한 신발을 신고 왔어?" 다스 씨가 말했다. "당신이 사진에 있어야 한단 말이야."

"있다고 생각해줘."

"오늘 찍은 사진에서 한 장을 올해 크리스마스카드로 쓸 거란 말이야. 그런데 태양신 사원에서는 우리 다섯이 다 나오는 사진을 찍지 못했어. 이번엔 카파시 씨가 찍어줄 거야."

"난 가지 않겠어. 아무튼 저 원숭이들이 무지 기분 나빠."

"이 원숭이들은 해를 끼치지 않아." 다스 씨가 말했다. 그러고 나서 카파시 씨에게 눈길을 돌렸다. "그렇죠?"

"원숭이들은 배가 고플 뿐이지 위험하지는 않아요." 카파시 씨가 말했다. "먹을 것으로 약을 올리지만 않으면 괴롭히지 않을 겁니다."

다스 씨는 아이들과 함께 좁은 골짜기로 향했다. 두 남자아이는 양옆에서 걷게 하고 어린 딸은 목말을 태웠다. 카파시 씨는 그곳에 있는 다른 유일한 관광객인 일본인 남녀 한 쌍과 함께 그들이 길을 건너는 것을 지켜보았다. 일본인들은 잠시 걸음을 멈추어 마지막 사진을 찍고 가까이에 세워둔 차를 타고 떠났다. 그 차가 시야에서 사라지자 원숭이 몇 마리가 부드럽게 우우 하고 소리를 질러대며 납작한 검은 손과 발로 걸어서 길 위로 올라왔다. 어느 시점에선가 원숭이 무리가 다스 씨와 아이들을 둥글게 에워쌌다. 티나는 기뻐하며 비명을 질렀다. 로니는 아빠 주위를 빙빙 맴돌았다. 보비는 허리를 숙여 땅에 떨어진 굵은 막대기를 주워 들었다. 보비가 막대기를 앞으로 내밀자 원숭이 한 마리가 다가와 그 막대기를 낚아채더니 몇 번 땅바닥에 내리쳤다.

"난 저기 가봐야겠습니다." 카파시 씨가 자기 쪽 차 문의 잠금장치를 풀면서 말했다. "석굴에 대해 설명할 게 많아요."

"잠깐만요. 잠깐만 여기 계세요." 다스 부인이 말했다. 그녀는 뒷좌석에서 내려서 카파시 씨 옆으로 들어와 앉았다. "라지에게 관광 안내 책자가 있으니, 그걸 참고하면 될 거예요." 다스 부인과 카파시 씨는 함께 앉아서 앞 유리창을 통해 보비와 원숭이가 막대기를 서로 주고받는 모습을 지켜보았다.

"용감한 아이군요." 카파시 씨가 말했다.

"그리 놀라운 일이 아니에요."

"놀라운 일이 아니라고요?"

"저 아이는 그의 애가 아니에요."

"뭐라고 하셨습니까?"

"라지의 애가 아니라고요. 저 아인 라지의 아들이 아니에요."

카파시 씨는 피부가 따끔거리는 것을 느꼈다. 그는 셔츠 호주머니에 손을 넣어 그가 언제나 들고 다니는 조그만 연꽃 향유 통을 꺼낸 다음, 이마의 세 군데에 발랐다. 다스 부인이 지켜본다는 것을 알았지만, 그녀에게 얼굴을 돌리지는 않았다. 대신 형체가 점점 작아지는 다스 씨와 아이들이 가파른 길을 올라가는 모습과 이따금 걸음을 멈추고 사진을 찍는 모습과 그들 주위를 점점 더 많은 수의 원숭이가 둘러싸는 모습을 지켜보았다.

"놀라셨나요?" 그녀가 너무 직설적으로 말을 해서 그는 말하기가 조심스러워졌다.

"그건 쉽게 추측할 수 없는 일이라서요." 카파시 씨가 천천히 대답했다. 그는 연꽃 향유 통을 다시 호주머니에 넣었다.

"물론 그렇죠. 그리고 물론 아무도 모르는 사실이에요. 아무도. 팔 년 동안 비밀로 지켰어요." 그녀는 그를 새로운 시각으로 보려는 듯이 턱을 약간 기울이며 카파시 씨를 바라보았다. "그런데 지금 당신에게 말했어요."

카파시 씨는 고개를 끄덕였다. 그는 갑자기 몹시 목이 말랐다. 그의 이마는 향유 때문에 따뜻하고 약간 무감각했다. 다스 부인에게 물 한 모금만 마시자고 부탁할까 생각했으나, 곧 그러지 않기로 마음먹었다.

"우린 아주 어릴 때 만났어요." 그녀가 말했다. 뭔가를 찾으려고 밀짚 가방 안으로 손을 넣더니 쌀 튀밥 봉지를 꺼냈다. "좀 드시겠어요?"

"아니, 됐습니다."

그녀는 쌀 튀밥을 한 줌 입에 털어 넣은 다음, 몸을 약간 더 깊이 좌석에 묻으며 카파시 씨로부터 시선을 돌려 자기 쪽 차창 밖을 내다보았다. "우린 대학에 다닐 때 결혼했어요. 그가 청혼했을 땐 고등학생이었고. 우린 물론 같은 대학에 다녔지요. 그 당시에 단 하루라도, 아니 잠시라도 떨어져 있는 걸 참지 못할 정도였어요. 부모님들끼리 같은 동네에 사는 가장 친한 사이였답니다. 평생을 주말마다 우리 집이나 라지의 집에서 서로 만났지요. 부모님들이 우리의 결혼을 두고 농담을 주고받는 동안 우리는 위층에서 함께 놀았어요. 생각해보세요! 그분들은 우리가 뭘 하든 가만 내버려두었어요. 어떻게 보면 그 모든 게 얼마간 의도적이었다는 생각이 들지만 말이에요. 금요일 밤과 토요일 밤에 부모님들이 아래층에서 차를 마시는 동안 우리가 위층에서 한 일들은……. 내 여기 좀 들어볼래요, 카파시 씨?"

대학에서 모든 시간을 라지와 함께 지내다 보니 그녀는 친구를 많이 사귀지 못했다. 라지와 힘든 하루를 보내고 그에 관한 비밀을 털어놓거나, 지나가는 생각이나 걱정을 나눌 사람이 없었다. 그녀의 부모는 이제 세계의 반대편인 인도에서 살지만, 아무튼 부모님께 친밀감을 느낀 적은 없었다. 너무 일찍 결혼하고 그 모든 결혼 생활의 무게에 짓눌렸다. 너무 빨리 아이를 가졌으며, 아이를 보살피고, 우윳병을 데우고, 아이를 팔에 안고 체온을 재야 했다. 반면에 라지는 스웨터에 코듀로이 바지 차림으로 직장에 나가 학생들에게 암석이나 공룡에 대해 가르쳤다. 첫 아이를 가진 다음 그녀는 짜증이 늘고 쩔쩔매게 되고 살이 쪘지만, 라지는 전혀 그래 보이지 않았다.

그녀는 늘 피곤했다. 점심을 먹자거나 맨해튼에서 쇼핑을 하자는, 한두 명뿐인 대학 친구들의 초대도 거절했다. 결국 그 친구들도 더는 전화하지 않았고, 그녀는 장난감에 둘러싸인 아이와 하루 종일 집 안에 있어야 했는데, 장난감에 걸려 넘어지기도 했고 자리에 앉다가 움찔 놀라기도 했다. 늘 불만스럽고 피곤했다. 로니가 태어난 이후로 부부는 아주 가끔씩만 외출했고, 좋은 오락거리로 즐거운 시간을 보내는 일은 더욱 드물었다. 하지만 라지는 개의치 않았다. 그는 학교에서 집에 돌아와 텔레비전을 보고 로니를 무릎 위에 앉혀놓고 까부는 시간을 기다렸다. 어느 날 라지가, 그녀가 한 번 보기는 했지만 기억에는 없는 펀자브 출신의 친구가 뉴브런즈위크 지역에서 일자리 면접을 보기 위해 일주일 동안 그들의 집에서 지낼 거라는 얘기를 했을 때, 그녀는 크게 화를 냈다.

보비는 그 친구가 런던의 제약 회사에 취직이 되었다는 것을 알고 난 뒤, 입에 물고 놀 수 있는 고무 장난감이 어지럽게 널린 소파 위에서 임신되었다. 그러는 동안 로니는 놀이 울타리에서 나오고 싶어 마구 울어댔다. 그녀가 커피를 끓이려는 때 빳빳한 군청색 양복을 입은 그 친구가 등허리의 잘록한 부분을 살짝 만지는 순간, 그녀는 아무런 저항도 하지 않았다. 이어 그는 그녀를 끌어안았다. 그는 침묵 속에서 그녀가 경험해보지 못한 기술로 재빨리 사랑의 행위를 했다. 끝난 뒤 라지가 항상 짓던 의미심장한 표정이나 미소도 없었다. 다음 날 라지는 그 친구를 차로 JFK 공항에 데려다주었다. 그는 펀자브 출신 여자와 결혼하여 지금도 런던에서 살고 있으며, 이 부부는 매년 라지, 미나 부부와 크리스마스카드를 주고받는데, 봉투 속에는 각자 가족 사진을 동봉했다. 그 친구는 자신이 보비의 아빠라는 사실을 모른다. 결코 알지 못할 것이다.

"죄송한데요, 다스 부인. 그런데 왜 이런 이야기를 나한테 하는 겁니까?" 이윽고 그녀가 이야기를 마치고 나서 다시 한 번 그에게로 얼굴을 돌렸을 때 카파시 씨가 물었다.

"제발 다스 부인이라고 부르지 마세요. 전 스물여덟 살이에요. 아마 당신에겐 내 나이 또래의 자식이 있을 거예요."

"그렇진 않습니다." 그녀가 자기를 부모뻘로 생각한다는 것을 알게 되자 카파시 씨는 당황스러웠다. 운전을 하면서 백미러에 비친 자신의 모습을 들여다보게 만들었던 그녀를 향한 감정이 약간 사그라졌다.

"당신의 재능 때문에 이야기를 들려드린 거예요." 그녀가 봉지 윗부분을 접지도 않은 채 다시 쌀 튀밥을 가방 안에 넣었다.

"이해가 안 되는데요." 카파시 씨가 말했다.

"모르시겠어요? 팔 년 동안 나는 이 얘기를 누구에게도, 라지는 물론이고 어떤 친구에게도 말할 수 없었어요. 라지는 전혀 의심하지 않아요. 아직도 내가 자신을 사랑한다고 생각해요. 카파시 씨, 해줄 말이 없나요?"

"무엇을 말입니까?"

"방금 전에 얘기한 것에 대해서요. 내 비밀에 대해서, 그 때문에 겪는 이 심란하고 무거운 기분에 대해서 말이에요. 아이들을 볼 때마다, 라지를 볼 때마다 항상 마음이 무거워요. 카파시 씨, 내 마음속엔 이것들을 내던져버리고 싶은 끔찍한 충동이 있어요. 어느 날, 내가 소유한 것을 모두 창밖으로 내던져버리고 싶은 충동을 느꼈어요. 텔레비전, 아이들, 그 모든 것을 말이에요. 병적이라고 생각지 않으세요?"

그는 아무 말도 하지 않았다.

"카파시 씨, 해줄 말이 없어요? 난 그게 당신의 직업이라고 생각했는데요."

"다스 부인, 내 직업은 관광 안내입니다."

"그것 말고요. 다른 직업인 통역사 말이에요."

"하지만 우리 사이엔 언어 장벽이 없잖습니까. 통역사가 무슨 필요가 있습니까?"

"그런 뜻이 아니에요. 그렇지 않다면 당신에게 이 얘기를 절대 하지 않았겠죠. 이 얘기를 한 게 나에게 뭘 의미하는지 모르시겠어요?"

"뭘 의미하는 겁니까?"

"항상 무겁고 심란한 이 마음에 지쳤다는 뜻이에요. 팔 년이에요, 카파시 씨. 팔 년 동안 고통 속에서 살았어요. 당신이 적절한 말로 내 마음을 한결 가볍게 해줄 수 있기를 바란 거예요. 뭔가 치료법을 제시해주세요."

그는 빨간색 체크무늬 스커트에 딸기 블라우스를 입은 그녀를 바라보았다. 남편도 아이들도 사랑하지 않는, 서른이 안 된 나이에 이미 삶에 대한 사랑을 상실해버린 여인을 말이다. 그녀의 고백은 그를 우울하게 했다. 특히 티나를 목말 태운 채 좁은 길의 꼭대기에 올라선 다스 씨를 생각하면 더욱더 우울해졌다. 그는 한 아들이 자기 자식이 아니라는 걸 알지 못하고 의심도 하지 않은 채, 미국 학생들에게 보여주려고 언덕의 돌을 깎아내서 만든 고대 수도자의 석굴을 부지런히 사진 찍고 있었다. 카파시 씨는 흔해 빠지고 사소한 비밀을 통역해달라는 다스 부인의 부탁에 모욕감을 느꼈다. 그녀는 자신이 일하는 병원에 찾아오는 환자들과는 많이 달랐다. 환자들은 눈이 멀게져서 절박한 심정으로 왔다. 잠을 못 이루거나, 숨을 쉬기 어렵거나, 쉽게 소변을 보지 못하거나, 무엇보다도 자신의 고통을 말로 전달할 수 없어서 오는 사람들이었다. 그럼에도 카파시 씨는 다스 부인을 돕는 게 자신의 의무라고 믿었다. 어쩌면 다스 씨에게 진실을 고백하라고 말해줘야 할지 몰랐다. 정직이 최선의 방책이라는 걸 설명해야 할지도 몰랐다. 정직은 분명 그녀의 표현대로 마음을 한결 가볍게 해줄 수 있을 것이다. 어쩌면 자신이 부부 간의 대화를 중재하겠다고 제안할 수도 있을 것이다. 그는 문제의 핵심에 이르기 위해 가장 분명한 질문으로 시작하기로 결심했다. 그래서 이렇게 물었다. "다스 부인, 당신이 느끼는 건 정말 고통입니까, 아니면 죄책감입니까?"

그녀는 고개를 돌려 그를 쏘아보았다. 겨자기름이 프로스티 핑크색 입술에 두껍게 달라붙어 있었다. 그녀는 뭔가 말을 하려는 듯 입을 벌렸으나, 카파시 씨를 쏘아보는 동안에 어떤 확실한 깨달음이 그녀의 눈앞을 스쳐 지나가는 듯했고, 그렇게 입을 다물어버렸다. 그는 짓뭉개진 기분이었다. 그 순간 그는, 다스 부인은 자신을 적절히 모욕할 만큼 중요한 대상으로 여기지도 않는다는 사실을 깨달았다. 그녀는 차 문을 열고 나가서 좁은 길을 걸어 오르기 시작했다. 네모난 나무 굽 신발 탓에 약간 뒤뚱거리며 밀짚 가방에 손을 넣어 쌀 튀밥을 한 움큼 집어들었다. 튀밥이 손가락 사이로 떨어져서 땅바닥에 지그재그로 흔적을 남겼다. 그러자 원숭이 한 마리가 나무에서 뛰어내려 그 조그마한 하얀 곡물을 게걸스레 주워 먹었다. 더 먹고 싶은 욕심에 그 원숭이가 다스 부인을 뒤따르기 시작했다. 다른 원숭이들도 합류해서, 부드러운 꼬리를 끌며 그녀 뒤를 따르는 원숭이 수는 곧 대여섯 마리나 되었다.

카파시 씨는 차에서 나왔다. 소리를 질러 주의를 주고 싶었으나, 원숭이들이 뒤따른다는 것을 알면 그녀가 겁을 낼 거라는 걱정이 들었다. 균형을 잃을지도 몰랐다. 그러면 원숭이들이 그녀의 가방이나 머리카락을 잡아챌지도 몰랐다. 그는 원숭이들을 위협하여 쫓아낼 생각으로 땅에 떨어진 나뭇가지를 주워 들고 좁은 길을 뛰어 오르기 시작했다. 다스 부인은 아무것도 모르는 채 여전히 튀밥을 졸졸 흘리며 계속 걸었다. 비탈진 길의 꼭대기 가까이에 위치한, 땅딸막한 돌기둥이 정면에 늘어선 여러 개의 석굴 앞에서 다스 씨가 땅바닥에 무릎을 꿇은 채 카메라 렌즈의 초점을 맞추고 있었다. 석굴의 통로에 서 있는 아이들의 모습이 시야에서 사라졌다가 나타나기를 반복했다.

"기다려." 다스 부인이 소리쳤다. "나도 왔어."

티나가 팔짝팔짝 뛰었다. "엄마가 온다!"

"좋았어." 다스 씨가 쳐다보지 않은 채 말했다. "딱 맞춰 왔어. 카파시 씨에게 우리 다섯 명의 사진을 찍어달라고 해야지."

카파시 씨는 걸음을 재촉하면서 나뭇가지를 마구 휘둘러 주의가 산만해진 원숭이들이 다른 방향으로 달아나게 했다.

"보비는 어디 있지?" 다스 부인이 걸음을 멈추고 말했다.

다스 씨가 카메라에서 눈을 떼며 고개를 치켜들었다. "모르겠는데. 로니, 보비는 어딨니?"

로니가 어깨를 으쓱했다. "여기 있는 줄 알았는데."

"보비는 어디 있냐고?" 다스 부인이 날카롭게 되풀이했다. "다들 어떻게 된 거 아냐?"

그들은 보비의 이름을 부르며 길 위아래로 왔다 갔다 했다. 처음에는 함께 소리쳐 불렀기 때문에 보비의 비명 소리를 듣지 못했다. 이윽고 비탈진 길의 약간 아래쪽 나무 아래에서 보비를 발견했을 때, 보비는 열 마리가 넘는 원숭이 무리에 둘러싸여 있었다. 원숭이들은 기다란 검은 손가락으로 아이의 티셔츠를 잡아당기고 있었다. 다스 부인이 흘린 쌀 튀밥이 그의 발밑에 흩어져 있었고, 원숭이 몇 마리가 손으로 긁어모으고 있었다. 아이는 아무 말도 못했다. 몸은 굳었고, 놀란 얼굴 위로 눈물이 줄줄 흘러내렸다. 맨살이 드러난 먼지투성이의 다리는 붉게 부어올랐는데, 조금 전에 그가 준 막대기를 받아든 원숭이가 그 막대기로 계속해서 다리를 때렸던 것이다.

　"아빠, 원숭이가 보비를 때리고 있어요." 티나가 말했다.

　다스 씨는 그의 반바지 앞부분에 손바닥을 닦았다. 긴장한 탓에 예기치 않게 카메라의 셔터를 누르고 말았다. 필름이 윙 하고 돌아가는 소리가 원숭이들을 자극했고, 그러자 막대기를 든 원숭이는 더 열중하여 보비를 때리기 시작했다. "어떻게 해야 하지? 원숭이들이 공격하면 어떡하지?"

　"카파시 씨." 그가 한쪽 곁에 서 있는 것을 알아차린 다스 부인이 날카롭게 소리 질렀다. "어떻게 좀 해봐요. 제발 어떻게 좀 해보세요!"

　카파시 씨는 나뭇가지를 집어들고 휘이휘이 하며 원숭이를 쫓아냈다. 그래도 남아 있는 원숭이들에게는 더 날카로운 소리를 지르며 발을 쿵쿵 굴려서 겁을 주었다. 원숭이들은 침착한 걸음걸이로 천천히 물러났는데, 고분고분했지만 겁을 집어먹은 표정은 아니었다. 카파시 씨는 보비를 안아 들고 엄마와 아빠, 형제들이 서 있는 곳으로 데려왔다. 보비를 안고 오는 동안 그는 아이의 귀에 대고 비밀을 속삭이고 싶은 유혹을 느꼈다. 하지만 보비는 얼이 빠진 상태로 두려움에 몸을 떨었으며, 막대기로 맞은 다리 부위에서는 살갗이 터져 피가 약간 스며 나왔다. 카파시 씨가 보비를 부모에게 건네자 다스 씨는 아이의 티셔츠에 묻은 흙을 털어주고 차양모를 바르게 씌워주었다. 다스 부인은 밀짚 가방에서 일회용 밴드를 찾아내서 아이의 무릎에 난 상처에 붙여주었다. 로니는 동생에게 껌 하나를 내밀었다. "얘는 괜찮아요. 겁이 좀 난 것뿐이에요. 그렇지, 보비?" 다스 씨가 아이의 머리를 쓰다듬으며 말했다.

"휴, 어서 여길 떠나자." 다스 부인이 말했다. 그녀는 가슴의 딸기 장식 위로 팔짱을 끼고 있었다. "이곳은 왠지 오싹해."

"그래. 호텔로 돌아가자, 당장." 다스 씨가 맞장구 쳤다.

"가엾은 보비." 다스 부인이 말했다. "잠깐 이리 오렴. 엄마가 머리를 만져줄게." 밀짚 가방 안으로 다시 손을 넣은 그녀는 이번에는 머리빗을 꺼냈다. 그리고 반투명한 차양모의 가장자리 주위의 머리를 빗기 시작했다. 머리빗을 휙 꺼낼 때 카파시 씨의 주소가 적힌 종잇조각이 바람에 펄럭이며 날아가 버렸다. 그 사실을 알아차린 사람은 카파시 씨뿐이었다. 그는 종잇조각이 미풍에 높이높이 날아 올라가, 지금은 원숭이들이 앉아 있는 나무 사이로 들어가는 것을 보았다. 원숭이들은 나뭇가지에 앉아서 아래에서 벌어지는 광경을 근엄한 표정으로 지켜보고 있었다. 카파시 씨 역시 그 광경을 지켜보았는데, 이것이 자신이 마음속에 영원히 간직할 다스 가족의 사진임을 알았다.

진짜 경비원

계단 청소부인 부리 마는 이틀 동안 밤잠을 이루지 못했다. 사흘째 되는 날 아침, 그녀는 침구를 털어서 진드기를 떼어냈다. 거처로 삼고 있는 우편함 밑에서 누비이불을 한 번 털었고, 그다음에는 골목 어귀에서 한 번 더 털었다. 그러자 채소 껍질을 쪼아 먹던 까마귀들이 사방으로 흩어졌다.

옥상으로 올라가는 사 층짜리 계단을 오르기 시작하면서 부리 마는 무릎 위에 한 손을 얹었다. 우기가 시작될 때마다 그무릎이 부어올랐기 때문이다. 이는 양동이와 누비이불, 빗자루로 쓰는 갈대 묶음, 모두를 끙끙대며 다른 한 팔로 들고 가야 한다는 것을 의미했다. 요즈음 부리 마는 계단이 점점 더 가팔라지고 있다는 생각이 들었다. 계단을 오를 때면 계단이 아니라 사다리를 오르는 듯한 느낌이었다. 그녀는 예순네 살로, 호두만한 크기로 머리를 짧게 묶었으며, 앞에서 본 모습도 옆에서 본 모습만큼이나 좁아 보였다.

사실, 부리 마에게서 삼차원적인 입체감이 느껴지는 것이라곤 목소리뿐이었다. 서러움이 배어서 귀에 거슬렸고, 커드처럼 시큼했으며, 코코넛의 육질을 갈아버릴 것처럼 날카로웠다. 그녀는 하루에 두 번씩 계단을 청소하면서, 그 목소리로 '분리 독립' 이후 캘커타로 이주하고 나서 자신이 겪은 곤경과 피해에 대해 시시콜콜 이야기했다. 그 혼란의 시기에 남편과 네 딸, 이층짜리 벽돌집, 자단나무 옷장, 여러 개의 귀중품 상자와 헤어지게 되었다고 했다. 그녀는 아직도 그 귀중품 상자들의 열쇠를 평생 모은 돈과 함께 사리의 끝단에 묶어서 간직하고 다녔다.

고난에 대한 것 말고 부리 마가 미주알고주알 말하기 좋아하는 이야깃거리는 좋았던 시절이었다. 이 층 층계참에 도착할 때쯤이면 그녀는 이미 그 건물에 있는 모든 사람의 주의를 자신의 셋째 딸 결혼식 날 밤으로 끌어들였다. "우린 그 애를 학교장에게 시집보냈어요. 장미 향 물로 밥을 지었지요. 시장도 초대했답니다. 모든 사람들이 백랍 그릇에 손가락을 씻었어요." 여기서 말을 멈추고 숨을 고른 다음, 팔 아래의 물건들을 다시 정돈했다. 또한 그 틈을 타 바퀴벌레를 계단 난간에서 쫓아냈으며, 그러고 나서 다시 말을 이었다. "겨자 바른 새우를 바나나 잎에 싸서 쪘어요. 별미를 아낌없이 준비했지요. 하지만 이게 우리에게 사치스러운 건 아니었어요. 일주일에 두 번씩 염소 고기를 먹던 집이었으니까요. 마당엔 물고기가 가득한 연못도 있었어요."

이제 부리 마는 옥상을 통해 계단으로 내리비친 햇빛을 볼 수 있었다. 고작 여덟 시밖에 되지 않았지만, 햇볕은 이미 발밑의 시멘트 계단을 달굴 정도로 강했다. 아주 오래된 건물이었다. 아직도 목욕물을 드럼통에 저장해서 사용해야 했고, 유리창에는 유리가 없었으며, 옥외 변소의 발판은 벽돌로 만든 것이었다.

"일꾼 한 사람이 우리 집으로 와서 대추야자와 구아바 열매를 따주었지요. 히비스커스를 가꾸어준 일꾼도 있었구요. 그래요, 거기서 난 인생의 참맛을 느꼈어요. 하지만 여기서는 밥솥에 저녁을 먹고 있네요." 긴 이야기에서 이 대목에 이르면 부리 마의 귀는 화끈 달아오르기 시작했고, 부어오른 무릎은 욱신욱신 쑤셔왔다. "내가 팔목에 팔찌 두 개만 차고 국경을 넘었다는 얘기를 했던가요? 하지만 내게도 대리석만 밟고 살던 시절이 있었어요. 믿거나 말거나, 그런 안락함을 당신들은 꿈도 꾸지 못할 거예요."

부리 마의 장황한 이야기에 다소간의 진실이 담겨 있는지는 아무도 확신하지 못했다. 첫째로, 전에 살았다는 집의 땅 넓이가 날마다 두 배로 늘어나는 것 같았다. 그 점은 옷장과 귀중품 상자 속의 내용물도 마찬가지였다. 그녀가 난민이라는 것을 의심하는 사람은 없었다. 벵골어 억양이 분명히 말해주었다. 그럼에도 이 특별한 아파트의 입주자들은 전에는 잘살았다는 부리 마의 주장을, 그녀가 수천 명의 다른 난민과 함께 마대 사이를 비집고 트럭 뒷자리에 앉아 벵골 동부 국경을 넘었다는 한결 더 그럴듯한 설명과 조화시킬 수가 없었다. 게다가 부리 마가 자기는 소달구지를 타고 캘커타에 왔다고 주장하는 때도 있었다.

"트럭이야, 달구지야? 뭘 타고 왔어?" 아이들이 골목에서 경찰과 강도 놀이를 하다 말고 종종 그녀에게 물었다. 그러면 부리 마는 사리의 끝단을 흔들어서 열쇠 묶음을 달그락거리면서 대답했다. "그런 건 왜 물어? 왜 베틀후추 잎에서 석회를 긁어? 인도와 동남아시아 지역에서는 베틀후추 잎에 석회를 발라 빈랑나무의 열매와 함께 씹는다. 쓸데없는 일이라는 뜻이다. 믿거나 말거나, 내 인생은 너희들은 꿈도 꾸지 못할 커다란 슬픔으로 이루어져 있다구."

그렇게 그녀는 사실을 왜곡했으며, 모순된 말을 했다. 거의 모든 것을 꾸며댔다. 그러나 그녀의 호기로운 말은 매우 설득력 있고 그 안타까움은 너무도 생생하여 묵살하기가 그리 쉽지 않았다.

어떤 지주였기에 계단 청소부가 되었을꼬? 삼 층에 사는 달랄 씨는 출퇴근길에 부리 마를 지나칠 때마다 항상 궁금해했다. 그는 칼리지가의 배관 물품 상가 구역에서 고무 튜브, 파이프, 밸브 부속품 등을 도매로 판매하는 업자의 회계원으로 일했다.

가엾어라, 가족 잃은 슬픔을 애도하는 방법으로 이야기를 지어냈을 거야, 주부들 대부분의 집단적인 추측이었다.

"부리 마의 입은 거짓으로 가득해. 하지만 그녀도 시대 변화의 피해자야." 이 말은 차터지 노인의 후렴구였다. 그는 독립 이후 자신의 집 발코니 밖으로 나가본 적이 없고 신문을 펼쳐본 적도 없었다. 그런데도, 아니 어쩌면 그렇기 때문에 그의 의견은

진짜 경비원

항상 높이 존중받았다.

결국 이런 추측이 떠돌았다. 부리 마는 예전에 동부에서 부유한 자민다르토지 소유권을 인정받고 국가의 지조 징수를 맡던 영주나 지주에게 고용된 일꾼이었고, 그렇기 때문에 자신의 과거를 그토록 정교하고 실감 나게 과장할 수 있었을 것이라는 얘기였다. 하지만 쉰 듯한 목소리로 기만을 일삼는 그녀의 행위는 아무에게도 피해를 입히지 않았다. 모든 사람들이 그녀가 뛰어난 연예인이라는 데 동의했다. 우편함 아래를 거처로 제공받는 대가로 부리 마는 그 삐뚜름한 계단을 티끌 하나 없이 깨끗하게 청소해주었다. 입주자들은 무엇보다도 부리 마가 매일 밤 접이식 문 뒤에서 자며 자신들과 바깥 세계 사이에서 경비를 서준다는 점이 마음에 들었다.

이 특별한 공동주택의 입주자들 가운데 훔쳐갈 만한 물건을 둔 사람은 아무도 없었다. 집에 전화기가 있는 사람은 이 층에 사는 과부인 미스라 부인뿐이었다. 그런데도 입주자들은 부리 마를 고맙게 생각했다. 골목길에서 방범 활동을 하고, 집집마다 돌아다니며 빗이나 숄을 팔러 오는 떠돌이 행상인을 막아주고, 삽시간에 인력거를 불러올 수 있고, 침을 뱉거나 오줌을 누거나 문제를 일으킬 속셈으로 그 구역으로 들어온 수상쩍은 인물들을 빗자루를 몇 번 휘두름으로써 거뜬히 몰아낼 수 있기 때문이었다.

간단히 말해서 지난 몇 년 동안 부리 마가 한 일은 진짜 경비원의 역할과 거의 비슷해졌다. 보통의 상황에서는 여자가 할 일이 아니었지만 그녀는 그 책무를 충실히 수행했으며, 로우어서 큘러 로드나 조드푸르 파크 같은 멋진 동네에 있는 저택의 수위 못지않게 꼼꼼히 야간 경비를 했다.

옥상에 올라간 부리 마는 누비이불을 빨랫줄에 걸었다. 옥상 난간의 한쪽 구석에서 대각선 반대쪽 구석까지 친 빨랫줄은 그녀의 시야에 들어온 텔레비전 안테나와 광고판, 멀리서 보이는 하우라 다리의 아치를 가로지르며 뻗어 있었다. 부리 마는 사방 모든 곳의 지평선을 살펴보았다. 그런 다음 물탱크의 밑 부분에 있는 꼭지를 틀었다. 얼굴을 씻고, 발을 씻고, 손가락 두 개로 이를 문질렀다. 그러고 난 뒤 빗자루로 누비이불의 양쪽 면을 두드리며 털었다. 때때로 이불 털기를 멈추고, 가늘게 뜬 눈으로 시멘트 바닥을 내려다보며 자신의 밤잠을 방해한 범인을 확인하려고 했다. 그 일에 너무 몰두한 나머지 삼 층의 달랄 부인이 옥상에 있는 것을 한참 뒤에야 알아차렸다. 달랄 부인이 소금에 절인 레몬 껍질을 햇볕에 말리려고 쟁반에 담아 들고 올라온 것이었다.

"이 누비이불 속에 있는 놈들 때문에 밤에 잠을 이룰 수가 없어요." 부리 마가 말했다. "그놈들이 어디에 있는지 좀 말해줄래요?"

달랄 부인은 부리 마를 좋아해서, 가끔 스튜에 넣어 먹으라며 부리 마에게 생강 페이스트를 가져다주었다. "아무것도 안 보이는데요." 잠시 후에 달랄 부인이 말했다. 그녀는 눈꺼풀이 얇고 발가락은 아주 가늘었는데, 발가락에는 반지를 끼고 있었다.

"그럼 놈들은 날개가 달렸나 봐요." 부리 마가 결론을 내렸다. 그녀는 빗자루를 내려놓고 구름이 흘러가는 것을 지켜보았다. "짓눌러서 죽이기 전에 놈들이 날아가 버렸네요. 하지만 내 등을 좀 봐주세요. 그놈들이 물어서 자주색이 되었을 거예요."

달랄 부인은 부리 마의 사리를 들추었다. 싸구려 흰색 옷감이었는데, 가장자리는 더러운 연못 색깔이었다. 달랄 부인은 이제 가게에서는 팔지 않는 스타일로 재단된 블라우스의 위와 아랫부분의 피부를 살펴보았다. 그러고 나서 말했다. "부리 마, 당신 상상이에요."

"상상이라니요? 진드기가 날 뜯어 먹는다니까요."

"어쩌면 땀띠일 수도 있어요." 달랄 부인이 자신의 생각을 말했다.

이 말에 부리 마가 사리의 끝단을 흔들어서 열쇠 뭉치를 달그락거리며 말했다. "땀띠는 나도 알아요. 그런데 이건 아니에요. 사흘 동안, 아니 아마도 나흘 동안 잠을 못 잤어요. 며칠 동안이었는지는 잘 모르겠네요. 난 깨끗한 침대를 사용했지요. 우리 집 침대보는 모슬린이었어요. 믿거나 말거나, 우리 집 모기장은 비단처럼 부드러웠답니다. 그런 안락함은 당신은 꿈도 꾸지 못할 거예요."

"난 꿈도 꾸지 못할 거예요." 달랄 부인이 그대로 따라서 말했다. 그녀는 얇은 눈꺼풀을 내려뜨리며 한숨을 쉬었다. "난 꿈도 꾸지 못할 거예요, 부리 마. 나는 화장실 부품을 파는 남자와 결혼해서 초라한 방 두 개짜리 집에서 살고 있어요." 달랄 부인은 고개를 돌려 누비이불을 보았다. 그리고 바느질된 부분을 손가락으로 죽 훑었다. 그러고 나서 물었다.

"부리 마, 이 누비이불을 침구로 쓴 지는 얼마나 됐죠?"

부리 마는 손가락 하나를 입술에 대더니, 잠시 후에 기억이 나지 않는다고 대답했다.

"왜 지금까지 그 얘길 하지 않았어요? 우리가 당신에게 깨끗한 누비이불 하나 마련해줄 수 없을 거라고 생각해요? 이왕이면 방수포로 만든 이불이 좋겠죠?" 달랄 부인은 모욕감을 느낀 것처럼 보였다.

"필요 없어요." 부리 마가 말했다. "이불은 이제 깨끗해요. 빗자루로 털었으니까요."

"따지는 얘기는 듣고 싶지 않아요." 달랄 부인이 말했다. "당신은 새 침구가 필요해요. 누비이불과 베개가요. 겨울이 오면 담요도 필요할 테고요." 말을 하면서 달랄 부인은 엄지손가락으로 나머지 손가락의 지문을 짚어나가며 필요한 품목을 열거했다.

"축제 때면 가난한 사람들이 우리 집에 와서 음식을 배불리 먹었지요." 부리 마가 말했다. 그녀는 옥상의 다른 쪽에 쌓여 있는 석탄 더미에서 석탄을 덜어내 양동이에 채우고 있었다.

"남편이 퇴근해서 돌아오면 말을 좀 해보겠어요." 달랄 부인이 계단을 내려가면서 큰 소리로 말했다. "오후에 우리 집에 들러주세요. 피클도 드리고, 등에 바를 파우더도 좀 드릴게요."

"땀띠가 아니라니까요." 부리 마가 말했다.

우기에는 땀띠가 흔한 게 사실이었다. 그러나 부리 마는 자신의 잠자리를 짜증나게 하는 것이, 자신의 잠을 훔쳐간 것이, 머리숱이 적은 두피와 피부를 매운 고추처럼 화끈거리게 하는 것이 땀띠 같은 평범한 이유가 아니라고 생각하는 편이 좋았다.

이런 것들을 곰곰이 생각하면서 계단을 청소했는데(그녀는 항상 맨 위 계단에서부터 맨 아래 계단까지 청소해나갔다) 그때 비가 쏟아지기 시작했다. 비는 너무 큰 슬리퍼를 신고 뛰는 아이처럼 철썩철썩 소리 내며 옥상을 때렸고, 그 때문에 달랄 부인의 레몬 껍질이 배수구로 쓸려 들어갔다. 비는 행인들이 우산을 펴기도 전에 옷깃과 호주머니와 구두에 마구 쏟아져 내렸다. 그 특별한 공동주택과 인근 건물에 사는 사람들은 삐걱거리는 덧문을 닫고 창문 빗장을 속치마 끈으로 묶었다.

그때까지 부리 마는 위에서부터 계속 청소를 하며 이 층 층계참까지 내려왔다. 그녀는 사다리 같은 계단을 올려다보다가 떨어지는 물소리가 더 크게 귓가에 울리는 것을 보고 자신의 누비이불이 요구르트처럼 되어가고 있다는 것을 깨달았다.

하지만 그때 달랄 부인과의 대화가 떠올랐다. 그래서 계속해서 같은 속도로 일하며 먼지와 담배꽁초와 마름모꼴 포장지를 계단에서 쓸어냈고, 이윽고 맨 밑의 우편함에까지 이르렀다. 바람이 들어오지 못하도록 바구니를 뒤져서 신문지를 꺼낸 다음, 접이식 문의 다이아몬드 모양 구멍에 신문지 뭉치를 쑤셔 넣었다. 그리고 나서 석탄 양동이 위에 점심거리를 올려놓고 야자수 잎을 꼬아 만든 부채로 불길을 조절하며 끓였다.

그날 오후, 평소에 하던 대로 부리 마는 머리를 다시 묶고 사리의 끝단을 풀어서 평생 모은 돈을 세어보았다. 신문지로 만든 임시 요에서 이십 분 동안 낮잠을 자고 막 일어난 참이었다. 비는 그쳤고, 젖은 망고 이파리에서 피어오르는 시큼한 냄새가 온 골목에 낮게 퍼져 있었다.

오후 시간에 부리 마는 종종 이웃 주민들을 찾았다. 그녀는 이 집 저 집을 들락거리는 것을 좋아했다. 주민들은 자기들로서는 언제나 부리 마를 환영한다고 했다. 그들은 밤 시간을 제외하고는 대문의 빗장을 지르지 않았다. 아이들을 나무라거나 지출한 돈을 계산하거나 저녁밥을 지을 쌀에서 돌을 골라내는 따위의 일상적인 일들을 했다. 때때로 부리 마에게 차를 대접하거나 크래커 통을 건넸다. 그러면 부리 마는 아이들의 캐럼보드손가락으로 칩을 튕겨서 하는 인도의 전통 보드게임 놀이를 도와주었다. 가구에 앉으면 안 된다는 것을 알았으므로 출입구나 복도에 쭈그려 앉았다. 그리고 사람들이 외국 도시에 가면 자동차를 구경하는 경향이 있는 것과 비슷한 마음으로 주민들의 몸짓과 예절을 관찰했다.

이 특별한 오후에 부리 마는 달랄 부인의 초대를 받아들이기로 마음먹었다. 신문지 위에서 낮잠을 자고 났는데도 등은 여전히 가려웠고, 이제는 땀띠 파우더를 얻고 싶은 마음이 들었다. 빗자루를 집어 들고(빗자루가 없으면 자기 자신답게 여겨지지 않았다) 막 위층으로 올라가려는 순간, 인력거 한 대가 접이식 문 앞에 멈춰 섰다.

달랄 씨였다. 회계원으로 일한 세월이 그의 눈 밑에 자주색 초승달을 만들어놓았다. 그러나 오늘은 눈빛이 밝았다. 그는 치아 사이로 혀끝을 가볍게 움직이며 조그만 도자기 세면대 두 대를 허벅지 사이에 낀 채 들고 있었다.

"부리 마, 당신이 해줄 일이 있어요. 이 세면대를 우리 집으로 옮기게 좀 도와줘요." 그는 접힌 손수건으로 이마와 목을 누르면서 인력거꾼에게 동전을 주었다. 부리 마는 그와 세면대를 들고 삼 층까지 올라가서 그의 집으로 옮겼다. 집 안으로 들어서고 나서야 그는 비로소 달랄 부인과 부리 마, 호기심에서 뒤따라온 다른 입주자들에게 이렇게 공표했다. 자신이 고무 튜브, 파이프, 밸브 부속품 등을 도매로 판매하는 업자의 회계원으로 일하던 시절은 이제 끝났다. 수입이 두 배로 늘어나 새로운 것을 갈망하던 도매업자가 바르다만에 두 번째 지점을 열었다. 도매업자는 수년간 달랄 씨의 근면한 업무 자세를 평가한 결과에 따라 그를 칼리지가 지점의 점장으로 승진시켰다. 그 흥분감에 도취되어 배관 물품 상가 구역을 통과하여 집으로 오던 달랄 씨는 세면대를 두 대 샀다.

"방 두 개짜리 집에서 세면대 두 개로 뭘 할 건데요?" 달랄 부인이 따져 물었다. 그녀는 이미 레몬 껍질 때문에 속이 상해 있었다. "전에 내가 말하지 않았던가요? 난 아직도 등유로 요리를 한다고요. 당신은 집에 전화 놓는 것도 싫다고 했잖아요. 당신이 결혼할 때 약속했던 냉장고는 언제나 볼 수 있는 거죠? 세면대 두 대로 모든 걸 때울 수 있다고 생각하는 거예요?"

그 후에도 이어진 부부 싸움 소리는 너무 커서 우편함이 있는 곳까지 들렸다. 말다툼은 어둠이 깔린 뒤 한동안 쏟아져 내린 두 번째 빗소리를 무색하게 할 만큼 요란스럽게 오래 계속되었다. 부리 마가 그날 두 번째로 맨 위에서부터 맨 아래까지 계단 청소를 하는 동안에 마음을 심란하게 만들 정도로 요란스러웠다. 그 때문에 그녀는 고난에 대한 얘기도, 좋았던 시절에 관한 얘기도 하지 못했다. 그녀는 신문지 요 위에서 그날 밤을 보냈다.

달랄 부부의 말다툼은 맨발의 일꾼들이 세면대를 설치하려고 온 다음 날 이른 아침까지도 얼마간 영향을 미쳤다. 밤새 몸을 뒤척이며 잠을 이루지 못한 달랄 씨는 세면대 하나는 자기 집 거실에 설치하고, 하나는 그 공동주택의 일 층 층계참에 설치하기로 결정했다. "이렇게 하면 모든 사람이 사용할 수 있잖아요." 그는 입주자들의 집을 돌아다니며 설명했다. 사람들은 기뻐했다. 수년 동안 모두 저장된 물을 머그잔에 받아와서 양치질을 했기 때문이다.

한편으로 달랄 씨는 이런 생각도 했다. 계단에 세면대가 있으면 분명 방문객들에게 좋은 인상을 줄 것이다. 이제 지점장이 되었으니, 이 건물에 누가 방문할지 어떻게 알겠는가?

일꾼들은 몇 시간 동안 힘들게 일했다. 계단 위아래로 뛰어다녔으며, 점심은 난간 기둥에 기댄 채 쭈그리고 앉아서 먹었다. 그들은 망치질을 하고 고함을 지르고 침을 뱉고 욕을 했다. 그들은 터번의 끝자락으로 땀을 닦았다. 결국 그들 때문에 그날

진짜 경비원

부리 마는 계단 청소를 하지 못했다.

　부리 마는 옥상으로 물러나 시간을 때웠다. 그녀는 옥상 난간을 따라 느릿느릿 걸음을 옮겼다. 그러나 신문지 위에서 잔 탓에 엉덩이가 아팠다. 사방 모든 곳의 지평선을 살펴본 다음 너덜너덜해진 누비이불을 여러 조각으로 찢었다. 그리고 나중에 그것으로 난간 기둥을 윤이 나게 닦아야겠다고 마음먹었다.

　초저녁에 입주자들이 모여서 낮 동안의 작업 결과를 보며 감탄했다. 부리 마조차도 흐르는 깨끗한 물에 손을 씻고 싶은 충동이 일었다. 그녀가 코를 킁킁거리며 말했다. "우리 집 목욕물은 꽃잎과 향유 향기가 났어요. 믿거나 말거나, 당신들은 꿈도 꾸지 못할 사치였지요."

　달랄 씨는 사용법을 보여주며 세면대의 여러 가지 특징을 설명했다. 그는 각각의 수도꼭지를 완전히 틀었다가 완전히 잠갔다. 그러고 나서 두 개의 수도꼭지를 동시에 틀어서 수압의 차이를 설명했다. 원한다면 두 수도꼭지 사이에 있는 조그만 꼭지를 당겨 세면대에 물을 채워서 쓸 수 있다는 것도 알려주었다.

　"아주 멋진 최신형 제품입니다." 달랄 씨가 결론을 맺었다.

　"시대의 변화를 단적으로 보여주는 물건이군." 차터지 노인이 발코니에서 내려다보며 수긍했다.

　그러나 주부들 사이에서 빠르게 분한 마음이 생겨났다. 아침에 이를 닦으려면 줄을 서서 차례를 기다려야 한다는 것에, 세면대를 사용한 다음에는 매번 수도꼭지를 닦아야 한다는 것에, 세면대의 좁은 가장자리에 자신들의 비누와 치약을 올려놓을 수 없다는 사실에 좌절감을 느꼈다. 달랄 부부는 자신들만의 세면대가 있지 않은가. 왜 나머지 사람들은 한 대를 공용으로 써야 하는가.

"우린 우리만의 세면대를 살 능력이 안 되는 거야?" 어느 날 아침, 한 사람이 마침내 소리를 질렀다.

"달랄 부부만이 이 공동주택의 환경을 개선할 수 있는 유일한 사람들인가?" 다른 사람이 질문을 던졌다.

달랄 부부에 관한 소문이 퍼지기 시작했다. 그들의 말다툼 이후, 달랄 씨는 아내를 달래려고 겨자기름 2킬로그램과 캐시미어 숄 하나, 열두 개짜리 백단 비누 한 묶음을 사주었다고 했다. 전화선을 신청했다고 했다. 달랄 부인은 자기 집의 세면대에서 하루 종일 손을 씻기만 한다고 했다. 이것만으로는 충분치 않았던지, 다음 날 아침 하우라 역으로 가는 택시 한 대가 비좁은 골목 안으로 어렵게 들어와 멈췄다. 달랄 부부가 열흘 동안 심라로 여행을 떠난다고 했다.

"부리 마, 난 잊지 않았어요. 당신에게 그 산간지대에서 만든 양털 담요를 사다 줄게요." 달랄 부인이 택시의 열린 창문을 통해 말했다. 입고 있는 사리의 청록색 테두리와 어울리는 같은 색상의 가죽 지갑을 무릎 위에 올려놓고 있었다.

"두 장 사올게요!" 아내 옆에 앉은 달랄 씨가 소리쳤다. 그는 지갑이 들어 있는지 확인하려고 호주머니를 더듬었다.

그 특별한 공동주택에 살고 있는 사람 가운데 접이식 문 옆에 서서 달랄 부부의 안전한 여행을 기원해준 사람은 부리 마뿐이었다.

달랄 부부가 떠나자마자 나머지 주부들은 자신들만의 주택 보수 계획을 세우기 시작했다. 그중 한 사람은 미장이에게 자신의 결혼 팔찌를 여러 개 주며 계단의 벽을 새로 산뜻하게 단장하기로 결정했다. 재봉틀을 저당 잡히고 해충 구제업자를 부른 사람도 있었다. 세 번째로 나선 주부는 은 세공인에게 가서 은제 푸딩 식기 한 벌을 팔았다. 그 돈으로 덧문을 노랗게 칠할 생각이었다.

일꾼들이 이 특별한 공동주택에 밤낮으로 찾아들기 시작했다. 그들이 일하는 데 걸리적거리지 않으려고 부리 마는 옥상으로 잠자리를 옮겼다. 하루 종일 너무 많은 사람들이 접이식 문을 들락거리고 너무 많은 사람들로 골목길이 붐볐으므로 그들의 동태를 파악하는 건 아무런 의미가 없었다.

며칠 뒤 부리 마는 바구니와 조리용 석탄 양동이도 옥상으로 옮겼다. 일 층의 세면대를 사용할 필요도 없었다. 늘 그랬던 것처럼 물탱크의 꼭지를 틀어서 간편하게 씻을 수 있기 때문이다. 그녀는 아직도 누비이불을 찢어서 만든 걸레로 난간 기둥을 윤이 나게 닦을 생각을 했다. 계속 신문지 위에서 잠을 잤다.

더 많은 비가 내렸다. 물이 뚝뚝 떨어지는 차양 밑에서 부리 마는 신문지로 머리 위를 덮은 채 쪼그리고 앉아 장마철 개미 떼가 입에 알을 물고 빨랫줄을 따라 줄지어 이동하는 모습을 지켜보았다. 눅눅한 바람에 등의 가려움증은 조금 가라앉았다. 그녀의 신문지 두께는 얇아져 갔다.

오전 시간도 길었지만, 오후는 더 길었다. 부리 마는 언제 마지막으로 차를 마셨는지 기억도 나지 않았다. 고난에 대해서도, 그전의 좋았던 시절에 대해서도 생각하지 않고 달랄 부부가 자신의 새 침구를 들고 언제 돌아올지만을 생각했다.

옥상에만 있는 것이 지루해졌고, 운동도 좀 할 필요가 있어서 부리 마는 오후가 되면 동네를 돌아다니기 시작했다. 손에는 갈대 빗자루를 들고 신문지의 잉크가 스며든 사리를 입은 채로 시장을 돌아다니며 군것질거리를 조금씩 사 먹는 데 평생 모은 돈을 쓰기 시작했다. 오늘은 쌀 튀밥 한 봉지, 내일은 캐슈너트 조금, 모레는 사탕수수 주스 한 컵. 어느 날은 칼리지가에 신문과 잡지를 파는 매점이 늘어선 곳까지 걸어갔다. 그다음 날은 더 멀리, 보바자에 있는 농산물 시장까지 걸어갔다. 바로 그곳에서, 쇼핑 아케이드 안에서 잭프루트와 감을 살펴보며 서 있는 동안, 부리 마는 사리의 끝단에서 뭔가가 낚아채이는 것을 느꼈다. 내려다보았을 때는 이미 약간 꺼내 쓴 평생 모은 돈과 열쇠 뭉치가 사라지고 없었다.

그날 오후에 부리 마가 돌아와 접이식 문을 열고 들어섰을 때 입주자들이 기다리고 있었다. 가시 돋친 고함 소리가 계단 위아래에 울려 퍼졌는데, 모두 같은 이야기였다. 일 층 층계참에 있던 세면대를 도둑맞았다는 것이다. 최근에 새로 회반죽을 바른 벽에는 커다란 구멍이 나 있고, 고무 튜브와 파이프가 서로 얽힌 채 그 구멍에서 튀어나와 있었다. 회반죽 덩어리가 층계참에 어지럽게 널려 있었다. 부리 마는 갈대 빗자루를 움켜쥔 채 아무 말도 하지 않았다.

　입주자들은 부리 마를 닦아세우면서 밀다시피 하며 계단을 지나 옥상까지 데려갔다. 그들은 옥상에서도 빨랫줄의 한쪽 끝까지 몰아붙인 다음, 이제는 고함을 지르기 시작했다.

　"모두 저 여자의 소행이야." 한 명이 부리 마에게 손가락질을 하며 소리 질렀다. "도둑놈들한테 정보를 준 거야. 대문을 지켜야 할 때 저 여자는 어디 있었지?"

　"며칠 동안이나 거리를 돌아다니며 낯선 사람들과 얘기를 했어." 다른 사람이 말했다.

　"우린 석탄도 나누어 썼고 잠잘 곳도 제공해주었어. 그런데 어떻게 이런 식으로 우리를 배신할 수가 있어?" 누군가 이해할 수 없다는 투로 말했다.

　누구도 부리 마에게 직접 말을 하지는 않았지만, 부리 마는 대답했다. "믿어주세요, 믿어주세요, 난 도둑들한테 정보를 주지 않았어요."

　"우린 수년 동안 당신의 거짓말을 참아왔어." 사람들이 대꾸했다. "그런데 지금 또 우리가 당신 말을 믿을 거라고 생각해?"

　그들의 비난은 집요하게 계속되었다. 그들은 이 일을 달랄 부부에게 어떻게 설명할지 고민스러웠다. 마침내 그들은 차터지 노인에게 조언을 구했다. 그들이 찾아갔을 때, 차터지 노인은 발코니에 앉아 혼잡한 교통의 흐름을 내려다보고 있었다.

　이 층 입주자 가운데 한 사람이 말했다. "부리 마가 우리 건물의 안전을 위태롭게 했습니다. 우리에겐 값나가는 물건들이 있어요. 남편 없이 혼자 사는 미스라 부인 집엔 전화기가 있고요. 이제 어떡해야 합니까?"

차터지 노인은 이 논쟁을 곰곰이 생각해보았다. 노인은 생각에 잠겨, 어깨에 두른 숄을 매만지며 지금 자신의 집 발코니를 둘러싼 대나무 비계를 가만히 응시했다. 노인이 기억하는 한 색을 칠한 적이 없었던 뒤편의 덧문은 이제 노란색으로 칠해져 있었다. 이윽고 그가 말했다.

"부리 마의 입은 거짓으로 가득해. 하지만 그건 새로운 사실이 아니지. 새로운 사실은 이 건물의 표정이 바뀌고 있다는 거야. 이 같은 건물이 필요로 하는 건 진짜 경비원이라네."

그러자 입주자들은 부리 마의 양동이와 넝마 조각과 바구니와 갈대 빗자루를 계단 밑으로 옮기고, 이어 우편함을 지나쳐 접이식 문을 통과하여 골목길에 내동댕이쳤다. 그러고 나서 부리 마도 내쫓았다. 모두 열을 내어 진짜 경비원을 찾기 시작했다.

부리 마는 내동댕이쳐진 물건 중에서 빗자루만 챙겨 들었다. "믿어주세요, 믿어주세요." 골목길에서 멀어지면서 한 번 더 중얼거렸다. 사리의 끝단을 흔들어보았으나 아무 소리도 나지 않았다.

진짜 경비원

섹시

아내로서는 최악의 악몽이었어. 락스미가 말했다. 결혼한 지 구 년이 된 사촌 형부가 다른 여자와 사랑에 빠졌다는 것이다. 사촌 형부는 델리에서 몬트리올로 가는 비행기에서 그 여자의 옆에 앉았고, 아내와 아들이 있는 집으로 가는 대신 그 여자와 함께 히스로 공항에 내렸다. 아내에게 전화를 걸어 그 여자와 나눈 대화가 자신의 인생을 바꿔버렸으며, 이 상황을 이해할 시간이 필요하다고 말했다. 그 일로 락스미의 사촌은 자리에 드러눕고 말았다.

"난 언니를 탓하지 않아." 락스미가 말했다. 그러면서 그날 계속해서 씹어 먹던 핫믹스에 손을 뻗었다. 미랜더에게는 먼지 긴 오렌지색 시리얼처럼 보였다. "생각해봐. 형부 나이의 절반밖에 안 된 영국 여자애래." 락스미는 미랜더보다 두세 살 위일 뿐이었지만 이미 결혼을 했다. 타지마할 앞의 하얀 돌 벤치에 남편과 함께 앉아 있는 사진을 미랜더의 칸막이 사무실과 붙어 있는 자신의 칸막이 사무실 안쪽에 붙여두었다. 락스미는 한 시간 이상 통화하며 사촌을 진정시키려 애썼다. 그걸 알아차린 사람은 아무도 없었다. 둘은 공영 라디오 방송국의 기금 모금 부서에서 일했기 때문에 하루 종일 전화통을 붙잡고 후원 약속을 간청하는 사람들로 둘러싸여 있었다.

"애가 너무 안됐어." 락스미가 덧붙였다. "며칠째 집에만 있대. 아이를 학교에 데려다줄 수도 없다는 거야."

"정말 안됐네." 미랜더가 말했다. 평소 락스미의 사적인 통화는(주로 저녁에 무슨 요리를 할지 남편과 나누는 통화였다) 라디오 방송국 회원에게 토트백이나 우산을 줄 테니 연간 후원금을 인상해달라고 요청하며 타이핑하는 미랜더의 정신을 산만하게 했다. 미랜더는 그들의 책상 사이에 놓인 합판 칸막이벽을 통해, 때때로 인도 말을 섞어 쓰는 락스미의 통화 내용을 또렷이 들을 수 있었다. 그러나 그날 오후에는 락스미의 통화를 듣지 않았다. 데브와 통화하며 그날 저녁에 어디서 만날지 얘기를 나누었다.

"그렇지만 애는 며칠 집에 있어도 괜찮을 거야." 락스미가 핫믹스를 조금 더 먹고 나서 서랍 속으로 치웠다. "그 애는 천재 끼가 좀 있어. 엄마는 펀자브 출신이고 아빠는 벵골 출신인 데다 학교에서는 또 프랑스어와 영어를 배우고 있으니 이미 네 개 언어를 할 줄 알아. 아마 두 학년을 월반해서 다니고 있을 걸."

데브도 벵골 출신이었다. 미랜더는 처음에는 벵골이라는 게 종교를 말하는 줄 알았다. 그러자 그가 〈이코노미스트〉에 실린 지도에서 인도에 있는 벵골이라는 곳을 가리켰다. 그는 그 잡지를 일부러 그녀의 아파트에 들고 왔는데, 그녀의 집에는 지도책이나 지도가 수록된 책이 없었기 때문이다. 그는 자신이 태어난 도시와 아버지가 태어난 도시를 손가락으로 가리켰다. 그 도시중 하나에는 독자의 시선을 끌기 위해 네모 표시가 있었다. 그박스가 뭘 나타내는지 묻자, 데브는 잡지를 둥글게 말면서 말했다. "당신은 신경 쓸 필요가 없는 거예요." 그러고 나서 그는 잡지로 미랜더의 머리를 장난스럽게 톡톡 쳤다.

그녀의 아파트를 떠나기 전에, 그는 아파트에 머물 때면 늘 피우는 담배꽁초 세 대와 함께 그 잡지를 쓰레기통에 던졌다. 그러나 그의 차가 그가 아내와 함께 사는 교외의 집을 향해 코먼웰스가 쪽으로 사라지는 것을 지켜본 다음, 미랜더는 쓰레기통에서 잡지를 꺼내 표지에 묻은 담뱃재를 털어냈다. 그런 다음 잡지를 반대 방향으로 말아서 평평하게 폈다. 사랑의 행위로 헝클어진 침대 안으로 들어가 벵골의 경계 지역을 살펴보았다. 아래에는 만이 있고 위로는 산이 있었다. 그 지도는 그라민 은행이라는 곳을 다룬 기사와 연관이 있었다. 데브가 태어난 도시의 사진이 나올지도 모른다는 바람에서 책장을 넘겼으나, 눈에 띄는 거라곤 그래프와 도표뿐이었다. 그럼에도 그녀는 계속 들여다보며 데브 생각에 흠뻑 빠졌다. 십오 분 전만 해도 그는 미랜더의 발을 어깨 위에 올린 채 그녀의 무릎을 그녀의 가슴 쪽으로 누르면서 말했다, 그녀와의 사랑은 질리지 않는다고.

미랜더는 그를 일주일 전에 필렌 백화점에서 만났다. 점심시간을 이용하여 그녀는 그곳 지하 매장에서 할인 판매하는 팬티 스타킹을 샀다. 그러고 나서는 에스컬레이터를 타고 이 백화점의 중심부라 할 수 있는 화장품부로 올라갔다. 그곳에는 비누와 크림이 보석처럼 진열되어 있었고, 아이섀도와 파우더가 보호 유리 너머에서 핀에 꽂힌 나비처럼 아른거렸다. 미랜더는 립스틱 외에는 사본 적이 없었지만 그 비좁고 사방이 막힌 듯한 미로를 걸어가는 것을 좋아했다. 보스턴은 여전히 낯설었지만, 그 미로는 웬지 낯익은 느낌이었다. 주요 길목마다 자리를 잡고 서서 광고 카드에 향수를 뿌려 공중에 흔들어 대는 여자들을 잘 상대하면서 지나가는 것을 좋아했다. 때때로 며칠이 지난 뒤 외투 호주머니에 들어 있는 광고 카드를 발견하기도 했다. 그러면 아직도 흐릿하게 남아 있는 그윽한 향기가 추운 아침 출근길에 전차를 기다리는 마음을 포근하게 해주었다.

그날, 향긋한 광고 카드 냄새를 맡으려고 걸음을 멈추다 미랜더는 카운터에 서 있는 한 남자를 보았다. 그는 꼼꼼한 여자 필체의 글자가 잔뜩 적힌 종이쪽지를 손에 들고 있었다. 여자 판매원이 그 쪽지를 한 번 보고 나서 서랍을 열기 시작했다. 판매원은 검은 상자에 든 직사각형 비누와 보습 마스크 팩, 병에 든 세포 활성액, 튜브 형태의 얼굴 크림 두 개를 꺼냈다. 남자는 구릿빛 얼굴이었고, 손등에는 검은 털이 눈에 띄게 나 있었다. 플라밍고 핑크색 셔츠에 감청색 정장과 반짝이는 가죽 단추가 달

섹시

린 낙타털 외투를 입고 있었다. 그는 돈을 지불하려고 돼지가
죽 장갑을 벗었다. 진홍색 지갑에서 빳빳한 지폐가 나왔다. 결
혼반지는 끼고 있지 않았다.

"손님, 필요한 게 있는지요?" 판매원이 미랜더에게 물었다. 그
녀는 거북이 등껍질 안경 너머로 미랜더의 안색을 살폈다.

미랜더는 자신이 뭘 원하는지 알지 못했다. 아는 거라곤 그
남자가 가버리지 않았으면 좋겠다는 것뿐이었다. 남자는 떠나
지 않고 미적거리면서 그 판매원과 마찬가지로 미랜더가 뭔가
말하기를 기다리는 것 같았다. 미랜더는 타원형의 진열대 위에
마치 가족사진을 찍으려고 자세를 잡은 것처럼 가지런히 늘어
선 크고 작은 병을 바라보았다.

"크림 하나 주세요." 이윽고 미랜더가 말했다.

"나이가 어떻게 되나요?"

"스물둘이에요."

판매원은 고개를 끄덕이고 나서 반투명 유리병을 열었다. "아
마 지금까지 쓰던 것보다 약간 더 진하게 느껴질 거예요. 제가
한번 발라볼게요. 모든 주름은 스물다섯까지 생겨요. 이후론
주름이 보이기 시작하는 것일 뿐이랍니다."

판매원이 미랜더의 얼굴에 크림을 토닥이는 동안 남자는 서
서 지켜보았다. 목 아랫부분에서 시작해 위로 빠르게 어루만지
듯이 발라나가야 하는 올바른 화장법을 미랜더가 듣는 동안,
그는 립스틱 회전 진열대를 빙글 돌렸다. 셀룰라이트젤이 나오
는 펌프를 눌러서 장갑을 끼지 않은 손등에 바르고 문질러보았

다. 그는 어떤 병을 열고 고개를 숙여 그 안을 들여다보았는데, 미랜더와 아주 가까이 있었으므로 크림 한 방울이 남자의 코에 떨어졌다.

미랜더는 빙긋 웃었다. 하지만 판매원이 커다란 붓으로 미랜더의 얼굴에 크게 붓질을 했기 때문에 미소는 애매해졌다. "이건 2번 볼연지예요." 판매원이 말했다. "얼굴에 약간 색조를 주는 거지요."

미랜더는 고개를 끄덕이며 진열대에 늘어선 각도 조절 거울 중 하나에 비친 자신의 얼굴을 흘끗 쳐다보았다. 은빛 눈동자에 피부가 백지장처럼 하얬는데, 에스프레소 커피콩처럼 검게 빛나는 머리카락과 대조를 이루었기 때문에 사람들은 예쁘지는 않을지라도 매력적인 면이 있다고 말하곤 했다. 머리는 위로 갸름하게 올라가는 달걀형이었다. 이목구비도 작았는데, 콧날은 너무 가늘어서 마치 빨래집게로 집어놓은 것 같았다. 이제는 얼굴이 환해졌다. 뺨은 발그레했고, 눈썹 아래 뼈에는 스모키 메이크업을 했다. 입술도 윤이 났다.

남자도 거울을 쳐다보며 재빨리 코에 묻은 크림을 닦아냈다. 미랜더는 그가 어느 나라 출신일지 궁금했다. 스페인이나 레바논 출신일지 모른다는 생각이 들었다. 그가 다른 병을 열면서 딱히 누구에게랄 것 없이 말했다. "이건 파인애플 냄새가 나는군요." 미랜더는 그의 말씨가 약간 달라 보인다는 것만 알아챘다.

"또 필요한 건 없어요?" 판매원이 미랜더의 신용카드를 받으면서 물었다.

섹시

"아뇨, 됐어요."

판매원은 빨간색 포장지로 크림을 여러 겹 쌌다. "아주 마음에 드실 거예요." 영수증에 서명을 하는 미랜더의 손이 떨렸다. 남자는 꼼짝도 하지 않았다.

"새로 나온 아이젤 샘플도 넣었어요." 판매원이 미랜더에게 조그만 쇼핑백을 건네며 말했다. 그녀는 카운터 너머로 신용카드를 돌려주기 전에 카드에 적힌 이름을 보았다.

"안녕히 가세요, 미랜더 님."

미랜더는 걷기 시작했다. 처음에는 걸음을 빨리했다. 잠시 후 다운타운 크로싱으로 나가는 문이 눈에 들어오자 걸음을 늦추었다.

"당신 이름의 일부는 인도식 이름이군요." 그 남자가 보조를 맞춰 걸으며 말했다.

미랜더가 솔방울과 벨벳 나비 리본으로 옆을 장식한 스웨터가 쌓인 원형 탁자 앞에서 걸음을 멈추자 그도 걸음을 멈추었다. "미랜더가요?"

"아니, 뒤의 몇 글자를 빼고 '미라'가요. 제 이모 이름이 미라예요."

그의 이름은 데브였다. 그는 사우스 스테이션 방향으로 머리를 기울이며, 거기에 있는 투자은행에서 일한다고 말했다. 미랜더는 자신이 만난 사람 가운데 콧수염을 길렀는데도 잘생겨 보이는 남자는 그가 처음이라는 결론을 내렸다.

그들은 싸구려 허리띠와 핸드백을 파는 가판대를 지나 파크가 역을 향해 함께 걸었다. 1월의 사나운 바람에 미랜더의 가르마가 헝클어졌다. 그녀는 외투 호주머니에서 지하철 표를 찾다가 그의 쇼핑백으로 눈길을 떨구었다. "그 여자 분 선물이에요?"

"누구 말이에요?"

"미라 이모."

"이건 아내 거예요." 그는 미랜더의 시선을 붙든 채 그 말을 천천히 입 밖에 내었다. "아내는 몇 주 동안 인도에 가 있을 겁니다." 그는 눈동자를 굴렸다. "아내는 이런 물건에 중독돼 있어요."

왠지, 아내가 이곳에 없으니 그리 나쁜 일 같지 않았다. 처음엔 거의 매일 밤을 함께 보냈다. 데브는 아내가 매일 아침 여섯 시에 인도에서 전화를 걸기 때문에 미랜더의 아파트에서 온 밤을 보낼 수는 없다고 했다. 아침 여섯 시가 인도 시각으로는 오후 네 시라고 했다. 그래서 그는 새벽 두 시나 세 시, 어떤 때는 네 시가 다 되어서 차를 몰고 교외에 있는 집으로 갔다. 낮 동안 그는 거의 한 시간마다 직장에서, 또는 휴대폰으로 미랜더에게 전화를 했다. 미랜더의 하루 일과를 알고 난 뒤로는 그녀가 전차를 타고 아파트로 돌아오는 시간에 맞춰 매일 오후 다섯 시 삼십 분에 전화 메시지를 남겼다. 문을 열고 집에 들어서자마자 목소리를 들을 수 있게 하기 위해서라고 했다. "난 당신 생각을 하고 있어요." 테이프에서 그가 말하곤 했다. "보고 싶어 참을 수가 없어요." 그녀의 아파트에서 시간을 보내는 게 좋다고 했다. 폭이 빵 상자 정도밖에 되지 않는 부엌 조리대, 직직거리는 소리가 나는 조금 경사진 바닥, 누를 때마다 늘 약간 당혹스러운 소리를 내는 로비의 버저, 이러한 것들이 다 좋다고 했다. 미랜더가 자라고 대학까지 다닌 미시간에 남지 않고 아는 사람 하나 없는 보스턴으로 떠나온 것을 존경한다고 했다. 미랜더가 자신이 보스턴으로 떠나온 이유는 바로 그 점 때문이므로 전혀 존경할 게 못 된다고 말하자 그는 고개를 저었다. "난 외롭다는 게 어떤 건지 알아요." 그가 갑자기 진지한 표정으로 말했고, 그 순간 미랜더는 그가 자신을 이해한다고 느꼈다. 퇴근하고 혼자 영화를 보거나 서점에 들러 잡지를 읽거나 매일 한두 시간씩 에일와이프 역에서 남편을 기다리는 락스미와 술 한잔 하고 나서 전차에 몸을 싣는 밤에 자신이 느끼는 기분을 이해할 것 같았다. 좀 덜 진지한 때면 데브는 미랜더의 다리가 상체보다 길어 좋다고 말했다. 그녀가 알몸으로 방을 걸어갈 때 처음 알았다고 했다. "당신이 처음이에요." 그는 침대에 누워 감탄스럽게 바라보며 말했다. "내가 만난 여자 중에 이렇게 다리가 긴 사람은 당신이 처음이에요."

이런 말을 해준 사람은 데브가 처음이었다. 고등학교 때 데이트를 했던 남자들보다 키와 덩치가 좀 더 클 뿐이고 다른 차이는 느껴지지 않던 대학 때의 데이트 상대들과는 달리, 데브는 항상 데이트 비용을 자신이 부담하고 문을 열어주며 레스토랑에서는 손에 키스하려고 테이블 위로 상체를 숙이는 최초의 남자였다. 아주 커다란 꽃다발을 아파트로 들고 와서 여섯 개의

술잔에 나누어 꽂을 수밖에 없게 한 사람도 그가 처음이었고, 사랑을 나눌 때 이름을 되풀이하여 속삭여준 남자도 그가 처음이었다. 만난 지 며칠 되지 않았을 때 미랜더는 직장에서 일을 하다가 문득 데브와 함께 찍은 사진이 있다면 칸막이 사무실 안쪽에 붙여놓고 싶다는 마음이 일었다. 락스미가 타지마할 앞에서 남편과 함께 찍은 사진을 붙여놓았듯이. 락스미에게 데브 이야기는 하지 않았다. 락스미뿐 아니라 누구에게도 말하지 않았다. 인도 사람이라는 이유만으로 락스미에게 얘기해주고 싶은 마음이 있었다. 그러나 락스미는 요즈음 늘 사촌 언니와 통화 중이었다. 사촌 언니는 아직도 침대에 드러누워 있고, 형부는 아직도 런던에 있으며, 그들의 아들은 여전히 학교에 가지 않았다. "언니, 뭘 좀 먹어야지." 락스미가 설득했다. "건강을 잃으면 안 되잖아." 사촌 언니와 통화하지 않을 때 남편과 조금 더 짧은 통화를 했는데, 그 통화는 저녁 식사로 닭고기를 먹을 것인가, 양고기를 먹을 것인가를 놓고 말다툼을 벌이는 것으로 끝이 났다. "미안해요." 어느 순간, 미랜더는 락스미가 사과하는 소리를 들었다. "요즘 답답한 일이 너무 많아서 내가 좀 편집증을 보이나 봐."

미랜더와 데브는 말다툼을 하지 않았다. 그들은 니켈로디언 극장에 가서 영화를 보는 내내 키스를 했다. 데이비스 스퀘어에서 돼지고기 바비큐와 옥수수빵을 먹었다. 데브는 셔츠 옷깃 안으로 종이 냅킨을 크라바트처럼 밀어 넣은 채 음식을 먹었다. 그들은 스페인 식당의 바에서 상그리아를 홀짝였는데, 빙긋 웃는 돼지 머리가 둘의 대화를 주재했다. 보스턴 미술관으로 가서 그녀의 침실에 붙일 수련 포스터를 샀다. 어느 토요일 오후에는 심포니 홀에서 열린 오후 콘서트에 참석한 다음, 데브는 자신이 이 도시에서 가장 좋아하는 곳으로 미랜더를 데려갔다. 크리스천 사이언스 센터에 있는 마파리움1935년에 만들어진 대형 유리 지구본이었다. 그들은 밝게 빛나는 스테인드글라스 판으로 만들어진 방의 내부로 들어갔다. 지구의 내부 같은 모양이었으나, 동시에 지구의 외부처럼 보이기도 했다. 방 한가운데에는 투명한 다리가 있었는데, 거기에 서면 세계의 중심에 서 있는 듯한 기분이 들었다. 데브는 빨간색으로 칠해진 인도를 가리켰다. 〈이코노미스트〉에 나온 지도보다 훨씬 더 자세했다. 그는 시암이나 이탈리아령 소말리랜드 같은 많은 나라들이 이제는 똑같은 형태로 존재하지 않는다고 설명했다. 지금은 이름이 바뀌었다는 것이다. 공작의 가슴처럼 푸른 바다는 수심에 따라 두 가지 색으로 구분되어 있었다. 그는 지구에서 가장 깊은 지점인 수심 11킬로미터 깊이의 마리아나제도 위쪽을 보여주었다. 그들은 다리 너머를 살펴보다가 발밑의 남극 군도를 보았으며, 목을 길게 빼고 머리 위의 커다란 금속 별을 쳐다보았다. 데브가 말을 하면 그의 목소리가 유리에 부딪혀서 심하게 반향했다. 때로는 커다랗게, 때로는 부드럽게, 때로는 미랜더의 가슴에 내려앉듯이, 때로는 그녀의 귀를 완전히 피해 가듯이 반향했다. 한 무리의 관광객이 그 다리 위로 걸어오자, 미랜더는 그들이 헛기침하는 소리를 마이크를 통해서 듣는 것처럼 들을 수 있었다. 음향효과 때문에 그렇다고 데브가 설명했다.

미랜더는 락스미의 사촌 형부가 비행기 안에서 만난 여자와 함께 지낸다는 런던을 찾아보았다. 또 데브의 아내는 인도의 어느 도시에 있을까 생각해보았다. 미랜더가 다녀온 곳 중에서 가장 먼 곳은 어렸을 때 한 번 가본 바하마였다. 그녀는 유리판에서 바하마를 찾아보았으나 찾을 수가 없었다. 관광객이 떠나고 다시 둘만 남게 되었을 때, 데브가 미랜더에게 다리의 한쪽 끝에 서보라고 말했다. 다리의 이쪽 끝에서 저쪽 끝까지는 9미터나 되지만, 서로가 속삭이는 소리까지 들을 수 있다고 했다.

"믿기지 않는걸요." 미랜더가 말했다. 여기 들어오고 나서 미랜더가 처음 한 말이었다. 그녀는 스피커가 자신의 귀에 끼워진 것 같은 느낌이 들었다.

"어서 가봐요." 그가 다리의 다른 쪽 끝으로 걸어가며 재촉했다. 목소리를 낮추고 속삭였다. "아무 말이나 해봐요." 그녀는 그 말을 하는 그의 입술 모양을 지켜보았고, 동시에 들었다. 그 소리는 너무도 또렷하여 겨울 외투 속에서, 피부 속에서 느꼈으며, 또한 아주 가까우면서도 온기로 가득해서 자신의 몸이 달아오르는 것을 느꼈다.

"안녕." 그녀는 무슨 말을 해야 할지 몰라서 그렇게 속삭였다.

"당신은 섹시해요." 그 말을 받아 그가 속삭였다.

그다음 주에 직장에서 락스미는 자신의 사촌 형부가 바람을 피운 것은 이번이 처음이 아니라고 미랜더에게 말해주었다. "사촌 언니는 형부가 정신을 차리게 해주기로 결심했어." 어느 날

섹시

저녁, 함께 퇴근 준비를 할 때 락스미가 말했다. "언니는 아들 때문이라는 거야. 아들 때문에 형부를 기꺼이 용서하려는 거야." 미랜더는 락스미가 컴퓨터를 끄기를 기다렸다. "형부는 기어서 집에 돌아올 거야. 언니는 형부가 그러는 걸 받아줄 테고." 락스미는 그렇게 말하면서 고개를 저었다. "나는 안 그럴 거야. 남편이 다른 여자를 바라보기만 해도 우리 집 자물쇠를 바꿔버릴 거야." 그녀는 칸막이 사무실에 붙여놓은 사진을 살펴보았다. 남편은 벤치에 앉은 채 그녀의 어깨에 팔을 두르고 있었고, 무릎을 그녀 쪽으로 기울이고 있었다. 그녀가 미랜더에게로 얼굴을 돌렸다. "너도 그렇지?"

미랜더는 고개를 끄덕였다. 데브의 아내는 다음 날 인도에서 돌아오기로 되어 있었다. 그날 오후, 그는 직장으로 미랜더에게 전화를 걸어서 아내를 데리러 공항에 가보아야 한다고 말했다. 그는 가능한 한 빨리 전화하겠다고 약속했다.

"타지마할은 어떻게 생겼어?" 미랜더가 락스미에게 물었다.

"세계에서 가장 낭만적인 곳." 기억을 떠올리는 락스미의 얼굴이 환해졌다. "영원한 사랑의 기념비."

데브가 공항에 가 있는 동안에 미랜더는 필렌 백화점에 가서 정부가 갖추어야 한다고 생각되는 것들을 샀다. 버클이 어린아이의 치아보다도 작은 검정 하이힐을 발견했다. 그리고 가장자리에 부채꼴 장식을 덧댄 새틴 슬립과 무릎까지 내려오는 실크 가운을 발견했다. 또 평소에 직장에 입고 다니는 팬티스타킹 대신에 솔기가 있는 일반 스타킹을 발견했다. 미랜더는 쌓아놓은 옷을 뒤지고 옷걸이가 있는 곳을 돌아다니면서 하나씩 하나씩 밀쳐가며 찾은 끝에 마침내 어깨끈 대신에 조그만 체인이 달린, 자신의 눈동자 색과 어울리고 몸에 달라붙는 은빛 소재로 만든 칵테일 드레스를 발견했다. 쇼핑을 하면서는 데브를 생각했고, 마파리움에서 그가 해준 말을 생각했다. 남자가 섹시하다고 말해준 것은 그때가 처음이었다. 눈을 감으면 여전히 그의 속삭임이 그녀의 몸속을, 피부 아래를 떠도는 것을 느낄 수 있었다. 그녀는 벽마다 거울이 달린 한 칸짜리 커다란 탈의실에 들어가 반질반질한 얼굴에 머리털은 거칠고 희끗희끗한 나이 든 여자 옆으로 갔다. 여자는 맨발에 속옷만 입은 채 서서 보디 스타킹의 검은색 천을 손가락으로 팽팽히 당겨보고 있었다.

"아무 이상이 없는지 항상 확인해야 해요." 여자가 조언해주었다.

미랜더는 가장자리를 부채꼴로 장식한 새틴 슬립을 꺼냈다. 그리고 가슴에 대보았다.

여자가 마음에 들어 하며 고개를 끄덕였다. "오, 좋아요."

"그럼 이건요?" 미랜더는 은빛 칵테일 드레스를 들어 보였다.

"아주 멋져요." 여자가 말했다. "남자가 곧장 벗기려 들 거예요."

미랜더는 전에 데브와 함께 갔던 사우스엔드에 있는 식당에 둘이 함께 있는 모습을 그려보았다. 그곳에서 데브는 푸아그라와 함께 샴페인과 라즈베리로 만든 수프를 주문했다. 그녀는 칵

섹시

테일 드레스를 입은 자신의 손에 정장 차림의 데브가 상체를 숙여 키스하는 모습을 상상해보았다. 그런데 지난번에 만나고 며칠이 지난 일요일 오후에 데브는 운동복 차림으로 그녀의 아파트에 찾아왔다. 아내가 돌아온 다음, 그는 일요일마다 차를 몰고 보스턴으로 가서 찰스 강변을 달린다는 핑계를 꾸며냈다고 했다. 그 첫 일요일에 그녀는 무릎까지 내려오는 가운을 입고 문을 열었지만, 데브는 그 옷에는 전혀 신경 쓰지 않았다. 그는 운동복과 운동화 차림으로 미랜더를 안아서 침대로 옮기고는 아무 말 없이 그녀의 몸속으로 들어왔다. 나중에 담뱃재를 털 수 있는 받침 접시를 그에게 가져다주려고 방을 나가면서 그 가운을 다시 걸쳐 입었으나, 그는 긴 다리를 보는 즐거움을 앗아간다고 불평하면서 벗으라고 요구했다. 그래서 그다음 일요일에는 신경 쓰지 않고 청바지를 입었다. 그녀는 새틴 슬립을 서랍 속, 양말과 속옷 뒤에 넣어두었다. 은빛 칵테일 드레스는 꼬리표도 떼지 않은 상태로 옷장에 걸어두었다. 아침이면 종종 그 드레스가 옷장 바닥에 떨어져 있곤 했다. 체인이 금속 옷걸이에서 쉽게 흘러내리기 때문이었다.

그럼에도 미랜더는 일요일을 기다렸다. 일요일 아침이면 식품점에 가서 바게트와 작은 용기에 담긴 데브가 좋아하는 것, 이를테면 절인 청어 통조림, 감자 샐러드, 크림치즈 페스토 토르테 등을 사왔다. 그들은 침대에서 음식을 먹었다. 손가락으로 청어를 집었고, 손으로 바게트를 찢었다. 데브는 자신의 어린 시절 이야기를 해주었다. 학교에서 집에 돌아오면 쟁반에 받쳐서 주는 망고 주스를 마셨고, 그런 다음에는 호수 옆에서 크리켓을 했으며, 위아래 모두 흰색 옷을 입었다고 했다. 그가 열여덟 살 되던 해에 '비상사태'라는 것이 선포되어 뉴욕 주 북부에 있는 대학으로 오게 된 사연을 얘기해주었으며, 또한 영어로 교육을 받았어도 영화에 나오는 미국 말투를 이해하기까지 수년이 걸렸다는 얘기도 해주었다. 그런 이야기를 하면서 그는 담배를 세 개비 피웠고, 꽁초를 침대 옆의 받침용 접시에 비벼 껐다. 때때로 그는 그녀에게 질문을 했는데, 그동안 애인은 몇 명이었는지(세 명), 첫 경험은 몇 살 때였는지(열아홉 살) 따위의 질문이었다. 점심을 먹고 나면 그들은 빵 부스러기가 널린 침대보 위에서 사랑을 했다. 그러고 나서 데브는 십이 분 동안 낮잠을 잤다. 미랜더는 낮잠을 자는 성인을 본 적이 없었지만, 데브는 인도에서 자라면서 습관이 몸에 뱄다고 했다. 인도는 날이 너무 덥기 때문에 사람들이 해가 지기 전에는 집 밖을 나서지 않는다는 것이었다. "게다가 우리 둘이 함께 잠들 수 있게 해주잖아요." 커다란 팔찌를 두르듯이 데브는 한쪽 팔로 미랜더를 감싸면서 장난스럽게 소곤거렸다.

그렇지만 미랜더는 한 번도 잠든 적이 없었다. 침대 옆 탁자의 시계를 바라보기도 했고, 그녀의 손가락에 깍지를 낀 데브의 손가락에 얼굴을 갖다 대보기도 했다. 각각의 주먹 부위 쪽 손가락에는 털이 예닐곱 가닥씩 나 있었다. 육 분이 지난 후, 그녀는 고개를 돌려 그의 얼굴을 바라보면서 그가 정말로 자고 있는지 확인하기 위해 숨을 내쉬며 몸을 쭉 펴보았다. 그는 늘 자고 있었다. 그가 숨을 쉴 때 갈비뼈가 오르내리는 모습이 피부를 통해 보였다. 그렇지만 그는 배에 살이 찌기 시작하고 있었다. 그는 자신의 어깨에 난 털이 불만이라고 했지만, 미랜더는 그가 완벽하다고 생각했으며 다른 생각은 조금도 하고 싶지 않았다.

십이 분이 다 지날 때에 데브는 그동안 계속 깨어 있었던 것처럼 눈을 뜨고 미소를 지었는데, 아주 흡족한 표정이어서 미랜더는 자기도 그런 기분을 느껴보고 싶어졌다. "일주일 중 가장 달콤한 십이 분이었어요." 그는 숨을 내쉬며 미랜더의 종아리를 손으로 훑었다. 이어 침대에서 벌떡 일어나 운동복 바지를 입은 다음 운동화를 신고 끈을 맸다. 그는 화장실로 들어가 집게손가락으로 이를 닦았다. 인도인이라면 모두 할 줄 아는 방법이라는데, 그렇게 하면 입안의 담배 냄새가 없어진다고 했다. 미랜더는 데브와 작별의 키스를 할 때 종종 그의 머리에서 자신의 냄새를 느꼈다. 하지만 그녀는 오후 조깅을 하고 왔다는 핑계가 집에 도착했을 때 맨 먼저 샤워부터 할 수 있는 구실이 되리라는 것을 알고 있었다.

락스미와 데브를 빼고 미랜더가 아는 유일한 인도인은 그녀가 자란 동네에 살던 딕시트라는 가족이었다. 딕시트 씨는 매일 저녁, 평소에 입는 셔츠와 바지 차림 그대로 자연 발생적으로 생겨난 평평하고 구불구불한 도로를 따라 달리곤 했다. 굳이 그의 유일한 운동 복장을 들자면 싸구려 케즈 운동화 한 켤레가 전부였다. 딕시트 씨의 그런 모습은, 딕시트 씨네 아이들은 제외하고, 미랜더를 포함하여 동네 아이들에게 큰 즐거움을 주었다. 주말마다 그 가족(엄마, 아빠, 아들 둘, 딸 하나)은 차를 타고 아무도 모르는 어딘가로 떠났다. 동네의 아빠들은 딕시트 씨가 자기 집 잔디밭에 비료도 주지 않고 낙엽을 제때 긁어모으지도 않는다고 불만을 터뜨렸으며, 동네에서 유일하게 외벽에 비닐을 붙인 딕시트 씨의 집이 이 동네의 매력을 손상한다는 데 의견의 일치를 보았다. 엄마들은 암스트롱네 수영장 모임에 딕시트 부인을 초대하는 법이 없었다. 스쿨버스를 기다리면서 딕시트 네 아이들은 한쪽에 따로 서 있곤 했고, 그럴 때면 다른 아이들은 "딕시트네, 똥 파네"딕시트를 디그(dig, 파다)와 시트(shit, 똥)로 표현한 말 장난라고 숨죽여 말한 다음 크게 웃음을 터뜨리곤 했다.

어느 해에는 동네의 모든 아이들이 딕시트 씨 딸의 생일 파티에 초대되었다. 미랜더는 그 집에서 풍기던 강렬한 향료 냄새와 양파 냄새, 현관 문 옆에 가득 쌓여 있던 신발을 기억했다. 그러나 무엇보다도 뚜렷이 기억나는 것은 계단 밑의 나무 장부 쪽에 걸린 베갯잇 크기의 천 조각이었다. 중세 기사의 방패처럼 생긴 모양에 얼굴이 붉은 알몸의 여자가 그려져 있었다. 그 여자의 엄청 크고 하얀 눈은 관자놀이 쪽으로 약간 기울어 있었는데, 눈동자는 고작 점 하나로만 표현되어 있었다. 같은 크기의 점이 한가운데에 찍힌 원 두 개는 여자의 가슴을 나타냈다. 한 손은 단검을 휘두르고 있었다. 한 발은 땅바닥에서 버둥거리는 한 남자를 짓밟고 있었다. 목에는 피 흘리는 사람들의 머리로 엮은 목걸이를 두르고 있었는데, 그 머리들은 팝콘 목걸이처럼 줄줄이 엮여 있었다. 그 여자가 미랜더를 향해 혀를 쑥 내밀고 있었다.

"칼리 여신이란다." 딕시트 부인이 그림을 똑바로 맞추기 위해 장부촉을 약간 옮기면서 밝은 목소리로 설명했다. 딕시트 부인의 손에는 적갈색 헤나 염료로 지그재그 무늬와 별 무늬가 복잡하게 그려져 있었다. "어서 들어오렴, 케이크 먹을 시간이야."

그때 아홉 살이었던 미랜더는 너무 놀라서 케이크를 먹을 수가 없었다. 그 후로도 수개월 동안 미랜더는 딕시트 씨네 집 쪽의 도로를 걷는 것조차 너무 두려웠다. 그러나 하루에 두 번은 꼭 그곳을 지나쳐야 했는데, 한 번은 버스 정류장에 갈 때, 또 한 번은 집으로 돌아올 때였다. 한동안 그녀는 스쿨버스가 공동묘지를 지나칠 때 그랬던 것처럼, 그다음 집의 잔디밭에 이를 때까지 숨을 죽이고 다녀야 했다.

이젠 부끄러운 기억이었다. 지금은 데브와 사랑을 나눌 때 눈을 감으면 사막과 코끼리, 보름달 아래서 호수에 떠오른 대리석 건축물이 떠오르곤 했다. 어느 토요일에 미랜더는 특별한 일 없이 센트럴 스퀘어까지 걸어가서 한 인도 식당으로 들어갔다. 그리고 탄두리 치킨을 한 접시 주문했다. 치킨을 먹으면서 메뉴판 밑에 인쇄된 인도어, 예컨대 '맛있어요' '물' '계산서 좀 주세요' 등과 같은 말을 외우려고 노력했다. 그러나 그 말들은 머리에 잘 들어오지 않았다. 그래서 이따금 켄모어 스퀘어에 있는 서점의 외국어 코너에 들러, '독학' 시리즈 중에서 벵골어 알파벳을 찾아 공부해보았다. 한번은 자신의 이름 중에서 인도 이름에 해당하는 앞부분, 즉 '미라'를 자신의 수첩에 인도어로 써보려는 노력까지 했다. 손은 익숙지 않은 방향으로 움직이면서 예기치 않은 곳에서 펜을 멈추고, 돌리고, 뗐다. 책에 나와 있는 화살표를 따라서 왼쪽에서 오른쪽으로 직선을 그었고, 거기에 걸듯이 글자들을 그렸다. 어떤 것은 글자라기보다는 숫자에 더 가까워 보였고, 또 어떤 것은 옆으로 누운 삼각형 같았다. 몇 차례 시도를 한 다음에야 그 이름에 해당하는 글자를 책에 나온 글자와 대충 비슷해 보이게 쓸 수 있었다. 그러고 나서도 자기가 쓴 글자가 미라인지 마라인지 확실히 알 수가 없었다. 자신에게는 서투른 글씨일 뿐이지만 이 세상 어딘가에서는 중요한 의미가 있다는 것을 알았을 때 '마라'는 불교에서 수행을 방해하여 악한 길로 유혹하는 악마를 일컫는다 미랜더는 충격을 느꼈다.

주중에는 그래도 괜찮은 편이었다. 일이 바빴고, 회사 가까이에 있는 새로운 인도 식당에서 락스미와 점심을 함께 먹기 시작했다. 점심을 먹는 동안 락스미는 사촌 언니의 결혼 생활에 대한 근황을 얘기해주었다. 때때로 미랜더는 화제를 바꾸려 했는데, 그 사촌 언니 이야기가 대학 다니던 시절 남자 친구와 함께 혼잡한 팬케이크 가게에서 음식 값을 내지 않고 나왔을 때 든 기분을 새삼 느끼게 하기 때문이었다. 그때는 단지 그곳을 무사히 빠져나올 수 있을지 알아보려고 그렇게 했다. 하지만 락스미는 계속 그 얘기만 했다. "내가 만약 사촌 언니라면, 런던으로 날아가서 그 두 사람을 총으로 쏴버릴 거야." 어느 날 락스미가 말했다. 그녀는 파파덤을 반으로 잘라서 처트니 소스에 찍었다. "언니가 왜 이런 식으로 기다리기만 하는지 모르겠어."

미랜더는 기다리는 법을 알고 있었다. 저녁이면 식탁에 앉아 손톱에 투명한 매니큐어를 바르며 샐러드를 샐러드 볼에서 바로 떠먹었다. 그리고 텔레비전을 보며 일요일을 기다렸다. 토요일이 가장 힘들었는데, 토요일이 되면 일요일이 결코 오지 않을 것만 같았기 때문이다. 어느 토요일에는 데브가 밤늦게 전화를 했는데, 수화기를 통해 사람들이 웃고 얘기하는 소리가 배경 음으로 들려왔다. 사람들이 아주 많은 듯해서 콘서트홀에 있는지 물어보았다. 하지만 교외에 있는 자기 집이었다. "당신 목소리가 잘 안 들려요." 데브가 말했다. "집에 손님들을 초대했거든요. 나 보고 싶지 않아요?" 미랜더는 텔레비전 화면을 쳐다보았다. 전화벨이 울렸을 때 리모컨으로 소리를 죽여놓은 시트콤이 눈에 들어왔다. 그녀는 위층 방에서 한 손은 방문 손잡이를 잡은 채 휴대폰에 대고 속삭이는 데브의 모습을 상상해보았다. "미랜더, 나 보고 싶지 않아요?" 그가 다시 물었다. 그녀는 보고 싶다고 말했다.

그다음 날 데브가 왔을 때, 미랜더는 그의 아내는 어떻게 생겼냐고 물었다. 물어보자니 다소 불안해서 그가 마지막 담배를 다 피우고 꽁초를 받침용 접시에 힘껏 비벼 끌 때까지 기다렸다. 그들도 부부 싸움을 하는지 궁금했다. 그러나 데브는 그 질문에 놀라지 않았다. 훈제된 송어를 크래커 위에 올려놓으며,

아내는 뭄바이에서 활동하는 마드후리 딕시트라는 배우를 닮았다고 말했다.

잠시 미랜더의 심장이 멈추는 듯했다. 아냐, 내가 아는 그 딕시트 씨네 여자아이의 이름은 그게 아니었어. 피읖으로 시작하는 다른 이름이었어. 그럼에도 미랜더는 그 배우와 딕시트 씨의 딸이 관련이 있는 건 아닌지 궁금해졌다. 그 아이는 고등학교 시절 내내 두 갈래로 머리를 땋고 다닌 평범한 아이였다.

며칠 뒤 미랜더는 센트럴 스퀘어에 있는 인도 식품점에 갔다. 그곳에서는 비디오도 빌려주었다. 요란스러운 벨 소리를 내며 문이 열렸다. 저녁 먹을 시간대였기 때문인지 가게에 손님은 그녀뿐이었다. 가게의 한쪽 구석에 걸린 텔레비전에서는 비디오가 돌아가고 있었다. 해변에서 하렘 바지를 입은 젊은 여자들이 일렬로 늘어선 채 율동을 맞추어 동시에 엉덩이를 내밀고 있었다.

"뭘 도와드릴까요?" 금전등록기 앞에 서 있는 남자가 물었다. 남자는 사모사를 종이 접시에 담긴 암갈색 소스에 찍어 먹고 있었다. 그의 허리 높이에 있는 유리 카운터 아래에는 통통한 사모사, 포일에 덮인 다이아몬드 모양의 퍼지처럼 생긴 것, 시럽을 범벅으로 바른 밝은 오렌지색 페이스트리가 담긴 그릇들이 놓여 있었다. "찾으시는 비디오가 있습니까?"

미랜더는 수첩을 펼쳐서 자기가 '마터리 딕시트'라고 써놓았던 부분을 보여주었다. 카운터 뒤편의 선반에 진열된 비디오들을 쳐다보았다. 엉덩이만 간신히 가린 짧은 스커트를 입고 화려한 색상의 스카프 같은 것으로 가슴을 질끈 동여맨 여자들이 눈에 띄었다. 어떤 여자들은 돌담이나 나무에 기댄 채 상체를 뒤로 젖히고 있었다. 해변에서 춤추는 여자들이 아름다운 것처럼 그 여자들도 아름다웠다. 그들은 눈가에 콜을 발랐으며, 머리는 길고 까맸다. 그때 미랜더는 마드후리 딕시트도 아름답다는 것을 깨달았다.

"영어 자막본이 있습니다, 손님." 남자가 말했다. 그는 손가락 끝을 셔츠에 재빨리 닦고 나서 비디오를 세 개 꺼냈다.

"죄송해요." 미랜더가 말했다. "고맙지만, 됐어요." 그녀는 가게를 돌아다니며 라벨이 없는 상자와 깡통이 늘어선 선반을 살펴보았다. 냉장 보관함에는 피타 빵과 그녀가 모르는 채소가 가득 들어 있었다. 락스미가 늘 즐겨 먹는 핫믹스 봉지가 죽 늘어서 있는 선반만 알아볼 수 있었다. 그녀는 락스미에게 핫믹스를 몇 개 사다줄 생각을 했으나, 곧 망설여졌다. 인도 식품점에서 뭘 하고 있었는지 어떻게 설명해야 하나 부담스러웠다.

"아주 매워요." 그 남자가 고개를 저으며 말했다. 그의 눈이 미랜더의 몸을 훑고 지나갔다. "당신한테는 너무 매울 거예요."

2월이 되었는데도 락스미의 형부는 제정신으로 돌아오지 않았다. 그는 몬트리올로 돌아와 이 주 동안 아내와 격렬하게 다퉜고, 그러고 나서 여행 가방 두 개를 꾸려 다시 런던으로 날아갔다. 그는 이혼을 원했다.

미랜더는 자신의 칸막이 사무실에 앉아서 락스미가 사촌 언니에게 이 세상에는 더 좋은 남자가 많다고, 그런 사람이 난데

없이 나타나기를 기다리기만 하면 된다고 계속해서 얘기하는 걸 들었다. 그다음 날, 사촌 언니가 건강 회복을 위해 아들을 데리고 캘리포니아의 부모님 댁에 갈 거라고 얘기했다. 락스미는 언니에게 보스턴에서 주말을 보내고 가는 일정을 짜라고 설득했다. "잠깐 장소를 바꿔보는 게 도움이 될 거야." 락스미가 부드러운 목소리로 설득을 계속했다. "게다가 난 몇 년이나 언니를 못 봤잖아."

미랜더는 데브가 전화해주기를 바라는 마음으로 전화기를 응시했다. 마지막으로 통화한 지 벌써 나흘이 지났다. 그녀는 락스미가 전화번호 안내국에 전화해서 미용실 전화번호를 묻는 소리를 들었다. "긴장을 좀 풀 수 있는 서비스를 받으려고요." 락스미가 미용실에 전화해서 말했다. 그런 다음 전신 마사지와 얼굴 마사지, 손톱 관리, 발톱 관리를 예약했다. 이어 그녀는 포시즌스에 점심을 예약했다. 사촌 언니의 기운을 북돋아주려는 마음이 앞선 나머지 락스미는 조카에 대해서는 깜빡 잊었다. 그녀가 칸막이 합판을 손가락으로 가볍게 두드렸다.

"토요일에 바쁜 일 있어?"

마른 남자아이였다. 등에 노란 배낭을 메고, 청어 가시 같은 브이 자 줄무늬 회색 바지에 빨간 브이넥 스웨터를 입고, 검은 가죽 구두를 신고 있었다. 숱이 무성한 머리는 눈썹 위까지 내려오게 깎았으며 눈 밑에는 다크서클이 있었다. 이러한 모습이 미랜더의 눈에 가장 먼저 띄었다. 아이가 일곱 살밖에 되지 않았는데도 담배를 엄청 피우고 잠은 아주 조금밖에 자지 못한 것처럼 초췌해 보였다. 아이는 스프링으로 제본된 커다란 스케치북을 가슴에 꼭 안고 있었다. 이름은 로힌이었다.

"나라 수도를 물어봐주세요." 아이가 미랜더를 빤히 쳐다보며 말했다.

미랜더도 아이를 빤히 쳐다보았다. 토요일 아침 여덟 시 반이었다. 그녀는 커피를 한 모금 마셨다. "뭘 물어봐달라고?"

"애가 좋아하는 놀이예요." 락스미의 사촌 언니가 설명했다. 그녀도 아들처럼 말랐으며, 얼굴은 길쭉했고 아들과 마찬가지로 눈 밑에 다크서클이 있었다. 녹슨 금속 같은 적갈색 외투가 두 어깨에 무겁게 걸려 있었다. 관자놀이께에 흰머리가 몇 가닥 났을 뿐이고 전체적으로는 검은색인 머리는 발레리나처럼 뒤로 빗어 넘어가 있었다. "나라 이름을 말하면 애가 그 나라의 수도를 말할 거예요."

"너도 차 속에서 저 애가 외우는 걸 들었어야 했는데." 락스미가 말했다. "쟤는 유럽 수도는 이미 다 외웠어."

"놀이가 아니에요." 로힌이 말했다. "학교에서 한 친구랑 시합을 하고 있어요. 우린 세계 모든 나라의 수도를 외우기로 했어요. 반드시 이길 거예요."

미랜더가 고개를 끄덕였다. "알았어. 그럼 인도의 수도는?"

"그건 너무 시시해요." 아이는 장난감 병정처럼 양팔을 돌리며 저쪽으로 행진했다. 이어 다시 행진을 하며 락스미의 사촌 언니에게 돌아와서 그녀의 외투 주머니를 잡아당겼다. "엄마, 어려운 걸 물어봐줘."

"세네갈." 그녀가 말했다.

"다카르!" 로힌은 의기양양하게 소리친 다음 달리기 시작했고, 점점 더 크게 원을 그리며 달렸다. 이윽고 부엌으로 달려 들어갔다. 미랜더는 아이가 냉장고 문을 열었다가 닫는 소리를 들었다.

"로힌, 허락 없이 뭘 만지면 안 돼." 락스미의 사촌 언니는 피곤한 목소리로 크게 말했다. 미랜더에게 애써 웃음을 지어 보였다. "걱정하지 말아요. 두세 시간 지나면 잠들 거예요. 아이를 맡아줘서 고마워요."

"세 시에 돌아올게." 락스미가 사촌 언니와 함께 복도 쪽으로 사라지면서 말했다. "누가 우리 차 옆에 이중 주차를 해놨어."

미랜더는 문의 체인을 걸어 잠갔다. 그리고 로힌을 살펴보려고 부엌으로 갔다. 아이는 이제 거실의 식탁 앞에 있었다. 아이는 식탁 앞에 놓인 감독 의자에 무릎을 꿇고 앉아 있었다. 그는 미랜더의 손톱 관리 용품 바구니를 식탁 한쪽으로 밀친 다음, 배낭의 지퍼를 열고 크레용을 꺼내 식탁 위에 늘어놓았다. 미랜더는 아이의 뒤에 서 있었다. 아이가 파란색 크레용을 쥐고 비행기의 윤곽을 그리는 모습을 지켜보았다.

"참 멋지구나." 미랜더가 말했다. 아이가 대답을 하지 않자 그녀는 커피를 마시려고 부엌으로 가서 한 잔 더 따랐다.

"나도 좀 주세요." 로힌이 큰 소리로 말했다.

미랜더는 다시 거실로 나왔다. "뭘?"

"커피요. 커피포트에 많이 있는 거 봤어요."

미랜더는 식탁으로 걸어가서 아이의 맞은편에 앉았다. 아이는 때때로 새 크레용을 집으려고 거의 일어서다시피 했다. 체중이 가벼운 아이는 감독 의자에 별달리 눌린 자국을 내지 못했다.

"넌 너무 어려서 안 돼."

로힌이 스케치북 위로 몸을 잔뜩 숙였기 때문에 조그마한 가슴과 어깨가 스케치북에 거의 닿을 정도였다. 그 상태에서 아이는 고개를 한쪽으로 기울이며 말했다. "스튜어디스 누나는 줬어요." 아이가 말했다. "스튜어디스 누나가 우유를 넣고 설탕을 듬뿍 넣어서 커피를 타주었어요." 아이가 몸을 일으켰다. 그러자 비행기 옆에 한 여자의 얼굴이 나타났다. 긴 곱슬머리에 눈은 별표 모양인 여자였다. "그 누나의 머리카락은 매우 빛났어요." 아이는 그렇게 말하고 나서 덧붙였다. "아빠도 비행기 안에서 예쁜 여자를 만났어요." 아이는 미랜더를 쳐다보았다. 그녀가 커피를 홀짝이는 모습을 지켜보는 그 얼굴이 어두워졌다. "조금만 마시면 안 될까요? 네?"

아이는 차분하고 우울한 표정이었지만, 미랜더는 혹시 아이가 마구 성질을 부리는 유형은 아닐지 생각해보았다. 가죽 구두를 신은 발로 자기를 차면서 커피를 달라고 비명을 지르고, 엄마와 락스미가 데리러 올 때까지 소리 지르고 울부짖는 아이의 모습을 상상해보았다. 부엌으로 들어가서 아이가 요청한 대로 커피 한 잔을 준비했다. 아이가 잔을 떨어뜨릴지도 모른다는 생각에 없어도 그만인 머그잔을 골랐다.

"고마워요." 미랜더가 머그잔을 식탁 위에 내려놓자 아이가 말했다. 아이는 안전하게 양손으로 머그잔을 잡고서 짧게 몇 모금 홀짝거렸다.

미랜더는 아이가 그림을 그리는 동안 함께 앉아 있었다. 그런데 그녀가 손톱에 투명한 매니큐어를 바르려고 하자 아이가 반대하며 못하게 했다. 대신 아이는 배낭에서 세계 연감을 꺼내 퀴즈를 내달라고 부탁했다. 그 세계 연감에는 대륙별로 국가가 분류되어 있었다. 한 쪽에 여섯 국가가 실려 있었는데, 수도는 볼드체로 쓰여 있고, 뒤이어 인구와 정치체제와 기타 통계자료가 간략히 수록되어 있었다. 미랜더는 아프리카 부분에서 한 쪽을 펼쳐 목록을 훑어 내려갔다.

"말리." 그녀가 아이에게 물었다.

"바마코." 아이가 곧바로 대답했다.

"말라위."

"릴롱궤."

마파리움에서 아프리카를 보았던 기억이 떠올랐다. 아프리카의 많은 부분이 녹색이었던 것이 생각났다.

"계속하세요." 로힌이 말했다.

"모리타니."

"누악쇼트."

"모리셔스."

아이는 잠시 멈추었다가 눈을 질끈 감고 나서 떴다. 그러고는 모른다고 인정했다. "생각나지 않아요."

"포트루이스." 미랜더가 말해주었다.

"포트루이스." 아이는 그 말을 구호처럼 여러 차례 나지막이 반복해서 말했다.

아프리카를 다 끝내자 로힌은 텔레비전 만화를 보고 싶다며 미랜더에게 같이 보자고 했다. 만화가 끝나자 아이는 부엌으로 따라 들어와서 그녀가 커피를 끓이는 동안 옆에 서 있었다. 몇 분 뒤에 화장실에 갈 때는 아이가 따라오지 않았다. 그러나 화장실 문을 열었을 때 아이가 밖에 서 있는 것을 보고는 놀랐다.

"화장실 쓸 거니?"

아이는 고개를 저었으나 그래도 화장실 안으로 들어왔다. 변기 덮개를 내리고 그 위로 올라가 세면대 위의 좁은 유리 선반을 살펴보았다. 거기에는 미랜더의 칫솔과 화장품이 놓여 있었다.

"이건 어디에 쓰는 거예요?" 아이는 미랜더가 데브를 처음 만난 날에 받은 아이젤 샘플을 집어들고 물었다.

"부었을 때 쓰는 거야."

"어디가 부었을 때요?"

"여기." 미랜더가 손가락으로 가리키며 말했다.

"울고 난 다음에요?"

"그럴 거야."

로힌은 아이젤 튜브를 열어서 냄새를 맡아보았다. 아이는 튜브를 짜서 손가락에 한 방울 떨어뜨리더니 손등에 비볐다. "냄새가 톡 쏴요." 아이는 색깔이 변하기를 기대하는 것처럼 손등을 자세히 관찰했다. "우리 엄마도 눈이 부었어요. 엄마는 감기 때문이라고 하지만 실은 울어서 그런 거예요. 몇 시간 동안 계속해서 울 때도 있었고, 어떤 때는 저녁까지 줄곧 울었어요. 너무 많이 울어서 눈이 황소개구리처럼 부어오르기도 했어요."

미랜더는 아이에게 뭘 좀 먹여야 하지 않을까 생각했다. 부엌을 살펴보니 쌀 과자 한 봉지와 약간의 상추가 눈에 띄었다. 그녀가 밖에 나가 식품점에 가서 뭘 좀 사오자고 말했지만, 로힌은 별로 배고프지 않다면서 쌀 과자를 하나 받아들었다. "아줌마도 하나 드세요." 아이가 말했다. 둘은 쌀 과자를 사이에 두고 식탁에 나란히 앉았다. 아이는 스케치북의 새 장을 펼쳤다.

"그림 그려주세요."

그녀는 파란색 크레용을 골랐다. "뭘 그리면 좋을까?"

아이는 잠시 생각에 잠겼다. "아, 이게 좋겠어요." 아이는 거실에 있는 소파, 감독 의자, 텔레비전, 전화기 같은 물건들을 그려달라고 부탁했다. "이렇게 하면 기억할 수 있어요."

"뭘 기억한다는 거야?"

"우리가 함께 보낸 날." 아이는 다시 쌀 과자를 집었다.

"왜 기억하고 싶은 거니?"

"우린 앞으로 다시는 만나지 못할 테니까요."

그 표현이 정확해 깜짝 놀랐다. 약간 우울한 기분을 느끼면서 아이를 바라보았다. 로힌은 우울해 보이지 않았다. 아이가 스케치북을 톡톡 내리치며 말했다. "어서 그려요."

미랜더는 소파와 감독 의자와 텔레비전과 전화기를 최선을 다해 열심히 그렸다. 아이가 곁으로 다가와 있었는데, 너무 바짝 다가와 있어서 때로는 미랜더 자신이 그리고 있는 것을 보기 어려울 정도였다. 아이는 조그마한 갈색 손을 그녀의 손 위에 얹었다. "이제 나를 그려줘요."

미랜더는 아이에게 크레용을 건넸다.

아이는 고개를 저었다. "아니에요. 이제 나를 그려주세요."

"난 못해." 그녀가 말했다. "그려도 너처럼 보이지 않을 거야."

커피를 주지 않겠다고 했을 때의 표정과 똑같은 우울한 표정이 로힌의 얼굴에 다시 번지기 시작했다. "제발!"

그녀는 머리 윤곽과 눈썹 위까지 내려오는 숱이 많은 머리털의 윤곽을 시작으로 아이의 얼굴을 그려갔다. 아이는 진지하고도 우울한 표정을 지은 채 꼼짝 않고 앉아 있었다. 아이의 시선은 한쪽에 고정되어 있었다. 미랜더는 자신이 아이의 얼굴을 비슷하게 그릴 수 있다면 참 좋겠다고 생각했다. 서점에서 자신의 이름을 벵골어로 써보았던 그날 그랬던 것처럼 손은 눈을 따라 움직였지만 알 수 없는 방식으로 어설프게 움직일 뿐이었다. 그리는 얼굴은 전혀 아이 같지 않았다. 코를 한창 그리고 있을 때 아이가 꼼지락거리며 식탁에서 일어났다.

"지루해요." 이렇게 말하며 침실을 향해 걸음을 옮겼다. 문을 여는 소리가 들렸고, 이어 서랍장을 열고 닫는 소리가 들렸다.

미랜더가 침실로 따라 들어왔을 때, 아이는 옷장 안에 들어가 있었다. 잠시 뒤 그는 머리가 헝클어진 모습으로 은빛 칵테일 드레스를 손에 들고 나왔다. "이게 바닥에 있었어요."

"옷걸이에서 떨어진 거야."

로힌은 그 드레스에 눈길을 주고 나서 미랜더의 몸을 바라보왔다. "입어보세요."

"뭐라고?"

"이걸 입어보라고요."

미랜더가 그 옷을 입을 이유는 없었다. 필렌 백화점의 탈의실에서 입어본 것을 제외하면 한 번도 그 옷을 입지 않았으며, 데브와 함께 있을 때도 입을 일이 절대 없으리라는 것을 스스로 잘 알고 있었다. 그와 함께 식당에 가는 일도 없을 것이고, 그가 테이블 위로 몸을 숙여 손에 키스하는 일도 없을 것임을 알고 있었다. 그들은 일요일마다 미랜더의 아파트에서 만날 것이고, 데브는 운동복 차림이고 그녀는 청바지 차림일 것이다. 그녀는 로힌에게서 그 드레스를 건네받고는 세게 흔들어 털었다. 그 옷은 몸에 달라붙는 소재로 만들어져 구겨지지 않아 그럴 필요가 없었는데도 말이다. 그녀는 옷장 안으로 손을 넣어 빈 옷걸이를 찾았다.

"제발 그 옷을 입어보세요." 로힌은 그렇게 말하며 갑자기 뒤로 와서 섰다. 아이는 가느다란 두 팔로 미랜더의 허리를 꼭 껴안고 얼굴을 등에 꼭 붙였다. "네?"

"좋아." 아이의 팔 힘에 놀라며 미랜더가 말했다.

아이는 흡족한 미소를 지으며 침대의 가장자리에 앉았다.

"넌 밖에 나가서 기다려야 해." 미랜더가 문을 가리키며 말했다. "옷 갈아입고 나갈게."

"엄마는 항상 내가 있는 데서 옷을 벗는데요."

"그러니?"

로힌이 고개를 끄덕였다. "그러고 나서 엄마는 그 옷들을 줍지도 않아요. 침대 옆 바닥에 마구 널려 있는데도 그냥 내버려 둬요. 어느 날엔 엄마가 내 방에서 잤어요." 아이가 말을 계속했다. "이제 아빠가 집에 없으니 엄마는 자기 침대에서 자는 것보다 그렇게 하는 게 더 기분이 좋다고 했어요."

"난 네 엄마가 아니야." 미랜더가 아이의 겨드랑이에 손을 넣어 침대에서 들어 내리려 하면서 말했다. 아이가 일어나지 않으려 하자 그녀가 불끈 들어 올렸다. 아이는 생각보다 무거웠는데, 양다리를 그녀의 엉덩이에 꼭 두르고 머리를 그녀의 가슴에 묻은 채 매달렸다. 아이를 밖에 내려놓고 문을 닫았다. 추가적인 예방책으로 걸쇠까지 잠갔다. 그녀는 문 뒷면에 붙어 있는 전신 거울을 들여다보면서 드레스로 갈아입었다. 발목 양말이 우스꽝스러워 보여서 서랍을 열고 스타킹을 찾았다. 그리고 옷장 뒤쪽에서 아주 작은 버클이 달린 그 하이힐을 꺼내서 신었다. 빗장뼈 위로 보이는 드레스의 체인은 종이 클립만큼이나 가벼웠다. 드레스는 약간 넉넉한 편이었다. 혼자서는 지퍼를 채울 수가 없었다.

로힌이 문을 두드리기 시작했다. "이제 들어가도 돼요?"

미랜더가 문을 열었다. 로힌은 손에 연감을 든 채 뭔가를 나지막이 중얼중얼 외웠다. 그녀를 본 순간 아이의 눈이 크게 벌어졌다. "지퍼 채우는 걸 도와주겠니?" 그렇게 말하며 미랜더는 침대 가장자리에 앉았다

로힌이 지퍼를 올려서 채워주었고, 그러자 미랜더가 일어서

서 빙그르르 돌았다. 로힌은 연감을 내려놓았다. "아줌마는 섹시해요." 아이가 또렷이 말했다.

"뭐라고 했니?"

"아줌마는 섹시해요."

미랜더는 다시 앉았다. 아이가 별 뜻 없이 한 말이라는 걸 알았지만, 가슴이 쿵쿵 뛰었다. 어쩌면 로힌은 모든 여자들에게 섹시하다는 말을 쓰는지도 몰랐다. 아마 그 말을 텔레비전에서 들었거나, 잡지 표지에서 보았을 것이다. 마파리움에 갔던 날, 다리를 사이에 두고 데브의 맞은편 끝에 서 있던 때를 머리에 떠올렸다. 그때는 그 말이 무슨 뜻인지 안다고 생각했다. 그때 그 말은 쉬이 마음에 와 닿았다.

미랜더는 팔짱을 끼고 로힌의 눈을 쳐다보았다. "계속해봐."

아이는 말이 없었다.

"그게 무슨 뜻이니?"

"뭐가요?"

"그 말 말이야. 섹시, 무슨 뜻이니?"

아이가 갑자기 부끄러워하며 고개 숙였다. "말할 수 없어요."

"왜?"

"비밀이에요." 아이는 입을 꼭 다물었다. 너무 힘을 주어 다문 탓에 입술의 일부가 하얘졌다.

"그 비밀을 말해줘. 알고 싶어."

로힌이 침대로 와서 미랜더의 옆에 앉았다. 그리고 구두 뒤축으로 매트리스의 가장자리를 차기 시작했다. 아이는 누가 간지

섹시

럼을 태우기라도 하는 듯 마른 몸을 움찔거리며 신경질적으로 키득거렸다.

"말해줘." 미랜더가 재촉했다. 그녀는 몸을 숙여서 아이의 발목을 잡아 발을 움직이지 못하게 했다.

로힌이 눈을 가늘게 뜨고 쳐다보았다. 아이가 다시 매트리스를 차려고 애를 쓰자 미랜더가 아이를 꾹 눌렀다. 아이는 침대 위로 벌렁 넘어지더니 등을 반듯이 펴고 누웠다. 아이가 입가에 손나발을 만들더니 조그맣게 말했다. "그건 알지 못하는 사람을 사랑한다는 뜻이에요."

데브의 말을 들었을 때 그랬듯이, 미랜더는 로힌의 말을 피부속에서 느꼈다. 그러나 몸이 달아오르는 대신 그저 멍하고 얼이빠진 기분이었다. 인도 식품점에서 느꼈던, 그러니까 데브의 아내와 닮았다는 마드후리 딕시트의 사진을 보지 않았는데도 그 배우가 아름답다는 것을 깨달았던 순간의 기분이 떠올랐다.

"아빠가 그런 거예요." 로힌이 말을 이었다. "아빠는 알지 못하는 사람, 섹시한 사람 옆에 앉았어요. 그리고 지금은 엄마 대신 그 여자를 사랑하고 있어요."

아이는 구두를 벗고 바닥에 가지런히 내려놓았다. 그런 다음 이불을 들추더니 연감을 들고 침대로 기어 들어갔다. 잠시 후에 연감이 손에서 떨어졌고, 아이는 눈을 감았다. 미랜더는 아이가 잠자는 모습을 지켜보았다. 아이의 숨결에 따라 이불이 오르내렸다. 아이는 데브와는 달리 십이 분 뒤에 깨어나지 않았고, 이십 분이 지나도 일어나지 않았다. 은빛 칵테일 드레스를 벗고,

청바지로 갈아입고, 하이힐을 옷장 뒤쪽에 넣고, 스타킹을 말아서 서랍 뒤쪽에 넣어둘 때까지도 아이는 눈을 뜨지 않았다.

미랜더는 다 치우고 나서 다시 침대에 앉았다. 그리고 입가에 묻은 하얀 쌀 과자 가루가 보일 만큼 아이에게로 가까이 몸을 기울였다. 이어 아이의 연감을 집어들었다. 그녀는 연감의 책장을 넘기면서 로힌이 몬트리올의 집에서 엿들었을 엄마와 아빠의 다툼을 상상해보았다. "그 여자 예뻐?" 아이의 엄마가 몇 주 동안 계속 입고 지낸 목욕 가운을 입은 채로, 예쁜 얼굴에 잔뜩 독이 올라 있는 표정으로 아이의 아빠에게 물었을 것이다. "그 여자 섹시해?" 아이의 아빠는 처음에는 부인하며 화제를 바꾸려 했을 것이다. "말해봐." 로힌의 엄마는 악을 썼을 것이다. "그 여자가 섹시하냐고." 결국 아이의 아빠는 인정했을 것이고, 아이의 엄마는 마구 널린 옷가지에 둘러싸인 채 침대에서 울고 울고 또 울었을 것이다. 그래서 두 눈은 황소개구리의 눈처럼 부어올랐을 것이다. "어떻게 당신은⋯⋯" 아이의 엄마가 흐느끼며 물었을 것이다. "어떻게 당신은 알지도 못하는 여자를 사랑할 수 있는 거지?"

그 장면을 상상하는 동안 미랜더 자신의 내부에서 울음이 새어나오기 시작했다. 그날 마파리움에 있을 때 모든 국가는 서로 만질 수 있을 만큼 가까워 보였고, 데브의 목소리는 유리에 부딪혀 심하게 울렸다. 9미터나 떨어진 다리 저쪽 끝에서 그의 말이 귀에 들어왔는데, 그 소리는 아주 가까우면서도 온기로 가득해서 며칠 동안이나 그녀의 피부 아래를 떠돌아다녔다. 미랜더의 울음이 더 커졌고, 멈출 수가 없었다. 그러나 로힌은 여전히 잠을 자고 있었다. 아이가 이제 여자의 울음소리에 익숙해진 것이라고 짐작했다.

일요일에 데브가 지금 출발한다며 전화했다. "거의 다 준비됐어요. 두 시면 도착할 거예요."

미랜더는 텔레비전 요리 프로그램을 보고 있었다. 한 여자가 한 줄로 늘어놓은 사과를 가리키며 어떤 것이 굽기에 가장 좋은지 설명하고 있었다. "오늘은 오지 말아요."

"왜?"

"감기 걸렸어요." 거짓말이었다. 하지만 전혀 사실이 아닌 것은 아니었다. 울었더니 코가 막히고 눈이 충혈되었던 것이다. "아침 내내 침대에 누워 있었어요."

"그러고 보니 맹맹한 콧소리가 나네요." 잠시 침묵이 흘렀다. "뭐, 필요한 거 없어요?"

"다 준비해두었어요."

"물을 많이 마시도록 해요."

"데브?"

"미랜더, 왜?"

"우리가 마파리움에 갔던 날, 생각나요?"

"물론."

"우리가 서로 어떤 말을 속삭였는지 기억해요?"

"기억나요." 데브가 장난스럽게 속삭였다.

"당신이 한 말, 기억나요?"

잠시 침묵이 흘렀다. "'이제 당신 아파트로 돌아가요'라고 했어요." 그가 조용히 웃었다. "그럼 다음 주 일요일?"

전날 울면서 미랜더는, 자기는 그동안의 일들을 절대 잊지 않을 거라고 믿었다. 벵골어로 자신의 이름을 쓰는 법까지도 말이다. 로힌 옆에서 잠들다 눈을 떴을 때 아이는 미랜더가 쓰레기통에서 꺼내어 침대 밑에 숨겨두었던 〈이코노미스트〉에 비행기를 그리고 있었다. "데바지트 미트라가 누구예요?" 아이가 주소라벨을 보며 물었다.

미랜더는 운동복 차림에 운동화를 신고서 전화기에 대고 웃고 있는 데브의 모습을 그려보았다. 그는 잠시 후에 아래층으로 내려가서 오늘은 조깅을 하지 않을 거라고 아내에게 말할 것이다. 스트레칭을 하다가 근육이 삐끗했다고 말하면서 편안한 자세로 앉아 신문을 읽을 것이다. 미랜더는 자기도 모르게 그를 그리워했다. 앞으로 일요일에 한두 번은 더 그를 만나겠다는 생각을 했다. 그때 자신이 깨달은 것들을 그에게 말해주리라 마음먹었다. 이건 그녀에게도 그의 아내에게도 공정하지 않으며, 자신과 아내 모두 더 나은 대접을 받을 가치가 있으며, 따라서 이러한 관계를 더 끌고 가는 건 온당치 않다고 말해줄 생각이었다.

그런데 그다음 일요일엔 눈이 내려서 데브가 아내에게 찰스강을 따라 달리기를 하겠다는 말을 할 수가 없었다. 그다음 주 일요일엔 눈은 녹았지만 미랜더가 락스미와 함께 영화를 보러 갈 계획을 세웠다. 데브에게 전화로 이 얘기를 전하자, 데브는 그 계획을 취소하라고 부탁하지 않았다. 세 번째 일요일엔 일찍 일어나서 산책을 나갔다. 날은 추웠지만 햇볕이 좋았다. 그래서 코먼웰스가까지 줄곧 걸었으며, 이어 데브가 키스를 했던 식당들을 지나 계속해서 크리스천 사이언스 센터까지 내처 걸었다. 마파리움은 닫혀 있었다. 미랜더는 가까운 곳에서 커피를 한 잔 사서 교회 바깥의 광장에 있는 벤치에 앉았다. 그리고 그 건물의 거대한 기둥과 육중한 돔을 바라보았고, 도시 위로 드넓게 펼쳐진 새파란 하늘을 가만히 바라보았다.

센 아주머니의 집

9월에 개학한 이후로 거의 한 달 동안 엘리엇은 센 아주머니의 집에 맡겨졌다. 작년에는 얼굴에 주근깨가 나고 날씬한 애비라는 대학생이 봐주었는데, 그녀는 표지에 그림이 없는 책을 읽었으며 엘리엇에게 고기를 넣은 음식을 만들어주지 않았다. 그전에는 린든 부인이라는 나이 많은 여자가 매일 오후 학교에서 집으로 돌아오는 엘리엇을 맞이했다. 린든 부인은 엘리엇이 혼자서 놀 때 보온병에 담긴 커피를 홀짝이며 낱말 맞히기 놀이에 몰두하곤 했다. 애비는 학위를 받고 나서 다른 대학으로 옮겨갔고, 린든 부인은 보온병에 커피보다 위스키가 담긴 적이 더 많다는 것을 엘리엇의 엄마가 발견했을 때 결국 해고되었다. 센 아주머니는 슈퍼마켓 바깥의 색인 카드에 볼펜 글씨로 단정하게 적어놓은 글을 통해서 그들에게 왔다. "교수의 아내로 책임감이 강하고 친절함. 자택에서 아이 돌봐드림." 엘리엇의 엄마는 센 아주머니에게 전화를 걸어 이전에는 아이를 돌봐주는 사람들이 집으로 왔다고 말했다. "엘리엇은 열한 살이에요. 혼자서 먹고 혼자서 놀 수 있어요. 갑자기 긴급한 일이 벌어질 때를 대비해서 집에 어른을 두려는 것일 뿐이에요." 그러나 센 아주머니는 운전을 할 줄 몰랐다.

"보시다시피 우리 집은 아주 깨끗하고 아이가 지내기에도 아주 안전해요." 처음 만났을 때 센 아주머니는 이렇게 말했다. 그 집은 캠퍼스의 가장자리에 위치한 대학 아파트였다. 로비에 볼품없는 황갈색의 사각형 타일이 깔려 있었고, 일렬로 늘어선 우편함은 테이프나 흰색 라벨로 표시되어 있었다. 아파트 안으로 들어가니 진공청소기의 그림자가 누런 서양배 색깔의 플러시 카펫 위에 얼어붙어 있었다. 어울리지 않는 다른 카펫의 자투리가 소파와 의자 앞에 놓여 있었는데, 사람의 발길이 닿을 곳을 예상해서 깔아두는 매트처럼 보였다. 소파 옆에 놓인 드럼 모양의 하얀 램프 갓에는 새로 샀을 때부터 씌워진 비닐이 아직도 그대로 있었다. 텔레비전과 전화는 가장자리를 부채꼴로 장식한 노란 천으로 덮여 있었다. 쟁반 위에는 차를 담아놓은 키 큰 회색 주전자와 머그잔과 버터 비스킷이 함께 놓여 있었다. 센 아저씨는 키가 작고 다부진 남자로 눈이 약간 튀어나와 보였는데, 직사각형 모양의 검은 테 안경을 쓰고 있었다. 약간 노력을 해서 책상다리를 하고 앉아 머그잔을 두 손으로 쥔 채 입에 거의 닿을 정도로 들고 있었는데, 차를 마시지 않을 때도 그랬다. 센 아저씨와 아주머니 모두 외출용 신발을 신고 있지 않았다. 엘리엇은 현관 문 옆에 놓인 조그만 책꽂이 선반에 여러 켤레의 신발이 가지런히 놓인 것을 보았다. 그들은 슬리퍼를 신고 있었다. "센 씨는 대학에서 수학을 가르친답니다." 센 아주머니가 그렇게 소개를 했는데, 마치 두 사람은 서로 잘 아는 사이가 아니라는 듯한 투였다.

센 아주머니의 나이는 서른 살 정도였다. 치아 사이에 조그만 틈이 있었고, 턱에는 마맛자국이 희미하게 남아 있었다. 하지만 눈은 아름다웠다. 눈썹은 짙고 생동감이 있었으며, 아이라인은 눈꺼풀의 자연스러운 폭 너머까지 뻗쳐 있었다. 오렌지색 페이즐리 무늬가 들어간 희미하게 빛나는 하얀 사리를 입고 있었는데, 가는 이슬비가 내리는 조용한 8월 오후보다는 밤 모임에 더 어울리는 옷이었다. 입술에는 옷에 어울리게 산호색 립글로스를 발랐는데, 색이 입술의 경계선 밖으로 약간 나와 있었다.

그렇지만 엘리엇이 생각하기에 정작 어색해 보이는 사람은 아랫단을 접은 베이지색 반바지 차림에 로프솔 신발을 신은 자기 엄마였다. 왠지 그 반바지와 약간 닮아 보이는 엄마의 짧게 깎은 머리는 너무 볼품없이 뻗었고 필요 이상으로 실용적인 것처럼 보였다. 그리고 모든 것이 조심스럽게 덮여 있는 그 방에서 엄마의 면도한 무릎과 넓적다리는 과도한 노출이었다. 엄마는 센 아주머니가 비스킷이 담긴 접시를 밀면서 권할 때마다 사양하며 많은 질문을 쏟아냈다. 그리고 그 대답을 엄마의 메모장에 기록했다. 이 아파트에 다른 애는 없나요? 센 부인, 전에 아이들을 돌본 적이 있나요? 이 나라에서 얼마나 살았나요? 엄마는 무엇보다도 센 아주머니가 운전을 할 줄 모른다는 점을 염려했다. 엘리엇의 엄마는 북쪽으로 80킬로미터 떨어진 직장에서 일했고, 아빠는 그녀가 마지막으로 소식을 들었을 때 서쪽으로 3000킬로미터 떨어진 곳에 살았다.

"사실, 제가 아내에게 운전 연습을 시키고 있습니다." 센 아저씨가 커피 테이블에 머그잔을 내려놓으며 말했다. 그가 말을 한 것은 그때가 처음이었다. "제 생각으론 12월이면 운전면허를 딸 것 같습니다."

"오, 그래요?" 엘리엇의 엄마가 그 내용을 메모장에 적었다.

"네, 요즘 운전을 배우고 있어요." 센 아주머니가 말했다. "하지만 제가 배우는 속도가 좀 느려요. 고향 집에서는 운전기사를 따로 뒀지요."

"전속 기사 말인가요?"

센 아주머니는 남편을 쳐다보았고, 남편은 고개를 끄덕였다.

엘리엇의 엄마도 고개를 끄덕이며 방 안을 둘러보았다. "그럼 이게 다…… 인도에서?"

"네." 센 아주머니가 대답했다. 인도라는 말이 가슴속 뭔가를 풀어주는 것 같았다. 그녀는 대각선으로 가슴을 가로지르는 사리의 가두리 부분을 단정하게 매만졌다. 함께 방 안을 둘러보는 그녀의 모습이 마치 램프 갓과 찻주전자, 카펫 위에 얼어붙은 그림자에서 거기 있는 다른 사람들은 보지 못하는 어떤 것을 보는 것만 같았다. "모두 다 거기서 왔어요."

센 아주머니의 집

엘리엇은 수업이 끝난 뒤 센 아주머니의 집에 가는 것을 싫어하지 않았다. 9월이 되자 엘리엇과 엄마가 일 년 내내 사는 조그만 해안가 집은 벌써 추웠다. 두 사람은 방에서 방으로 갈 때마다 휴대용 히터를 들고 다녀야 했고, 비닐과 드라이어로 창문을 막아야 했다. 해변은 혼자서 놀기에는 황량하고 따분한 곳이었다. 노동절이 지난 다음에도 그 해변에 머물러 있는 유일한 이웃인 젊은 부부에게는 아이가 없었고, 엘리엇은 깨진 홍합 껍데기를 양동이에 모으는 일에도, 모래밭 위에 라자냐 조각처럼 흩뿌려진 에메랄드빛 해초를 쓰다듬는 일에도 더는 흥미를 느끼지 못했다. 센 아주머니의 아파트는 따뜻했고, 때로는 더울 정도였다. 라디에이터가 압력 밥솥처럼 계속해서 쉬익쉬익 하는 소리를 냈다. 엘리엇은 센 아주머니 집의 문간에 들어서면 먼저 운동화를 벗으라고 배웠다. 그 운동화를 책꽂이에 일렬로 나란히 놓인 센 아주머니의 슬리퍼 옆에 놓았다. 슬리퍼마다 색이 다 달랐는데, 밑창은 판지처럼 평평했으며 엄지발가락을 끼워서 고정하는 가죽 고리가 있었다.

엘리엇은 특히 센 아주머니가 거실 바닥에 신문지를 깔고 앉아 음식 재료를 잘게 써는 모습을 구경하기 좋아했다. 아주머니는 일반 칼 대신에 먼 바다로 싸우러 나가는 바이킹 배의 뱃머리같이 생긴, 날이 휜 접이식 칼을 사용했다. 칼날은 폭이 좁은 나무 칼자루의 한쪽 끝에 접을 수 있는 구조로 장착되어 있었다. 강철 재질은 은색보다는 검은색에 가까웠고, 전체적으로 균일하게 윤이 나지는 않았다. 칼의 윗부분에는 톱니가 있었는데,

톱니는 뭔가를 갈 때 쓴다고 아주머니가 말해주었다. 매일 오후 센 아주머니는 칼날을 접어 안전하게 보관했는데, 그러면 휜 칼날은 칼자루와 비스듬히 만났다. 아주머니는 예리한 칼날을 가까이하면서도 한 번도 칼날에 상처를 입는 일 없이 콜리플라워, 양배추, 버터넛 스쿼시 등 모든 채소를 두 손 사이에 놓고 마구 썰어나갔다. 처음에는 반으로 썰고, 이어 반의 반으로 썰고, 다시 빠른 솜씨로 더 잘게 썰어서 꽃 모양, 네모꼴, 작은 조각, 길쭉한 조각 등을 만들어냈다. 아주머니는 순식간에 감자 껍질을 벗길 수 있었다. 어떤 때는 책상다리를 하고, 어떤 때는 발을 벌린 자세로 앉은 채 요리 재료를 썰어서 주위에 놓아둔 여러 개의 체와 얕은 물그릇에 넣었다.

센 아주머니는 일을 하는 동안 텔레비전에서도 눈을 떼지 않고 엘리엇에게도 눈을 떼지 않았지만, 칼날에는 전혀 눈길을 주지 않는 것 같았다. 그렇지만 자신이 채소를 썰고 있을 때는 엘리엇이 주위에 오지 못하게 했다. "그냥 가만히 앉아 있어. 이 분만 더 있으면 끝날 테니까." 아주머니는 소파를 가리키며 말했다. 소파에는 항상 녹색과 검정색으로 구성된 침대보가 씌워져 있었는데, 그 침대보에는 등에 가마를 실은 코끼리들이 줄지어 걸어가는 그림이 그려져 있었다. 매일 벌어지는 이 일은 한 시간쯤 걸렸다. 센 아주머니는 엘리엇이 심심하지 않게 하려고 신문의 만화를 보여주고, 땅콩버터를 바른 크래커를 주고, 때로는 아이스캔디나 접이식 칼로 길게 썬 당근을 주었다. 할 수만 있었다면 밧줄을 쳐서 출입 금지 구역을 만들었을 것이다. 그렇지만 자신이 세운 그 규칙을 깬 적이 한 번 있었다. 더 필요한 게 있었지만 엉망으로 널브러진 물건들 때문에 자리에서 일어서기가 곤란했던 것이다. 그래서 엘리엇에게 부엌에서 뭘 좀 가져다 달라고 부탁했다. "애야, 부탁 하나 들어주겠니? 냉장고 옆 캐비닛에 이 시금치를 담을 만큼 큰 플라스틱 그릇이 있는데, 좀 가져다줄래? 조심해. 애야, 조심해야 해." 엘리엇이 다가오자 그녀가 주의를 주었다. "그냥 거기 내려놓아라. 고마워, 엘리엇. 거기 커피 테이블 위에 내려놔. 거긴 내 손이 닿으니까."

그 접이식 칼을 인도에서 가져왔는데, 인도에는 그런 칼이 집집마다 하나씩은 있는 것 같았다. "집안에 결혼식이 있을 때……" 센 아주머니가 어느 날 엘리엇에게 말했다. "아니면 큰 축하 잔치가 있을 때 엄마는 저녁에 모든 동네 여자들에게 꼭 이렇게 생긴 칼을 들고 우리 집으로 모이라는 말을 전했어. 그러면 아주 많은 아주머니들이 우리 집 옥상에 둥글게 모여 앉아 밤새도록 웃고 떠들면서 채소를 50킬로그램씩이나 썰곤 했단다." 자신이 다듬어놓은 요리 재료를 조심스레 챙기는 센 아주머니의 옆얼굴이 눈에 들어왔다. 주위에는 색종이 조각처럼 썰린 오이와 가지, 양파 등이 수북이 쌓여 있었다. "동네 아주머니들의 수다를 듣는 그런 밤에는 잠을 이룰 수가 없어." 아주머니는 잠시 하던 일을 멈추고 거실 창문 속에 들어온 소나무 한 그루를 바라보았다. "센 아저씨가 나를 이곳으로 데려왔는데, 여기는 너무 조용해서 잠을 이루지 못할 때도 있단다."

어떤 날에는 아주머니가 거실에 앉아 닭의 내장에서 울퉁불

퉁한 노란 지방을 떼어내고, 이어 허벅지와 다리 사이를 잘랐다. 칼로 뼈를 갈라낼 때 황금 팔찌가 한쪽으로 쏠리고 팔뚝이 발개졌으며, 아주머니는 귀에 들릴 정도로 거칠게 콧김을 뿜어냈다. 한순간 양손으로 닭을 잡은 채 동작을 멈추고 창밖을 내다보았다. 닭의 지방과 힘줄이 손가락에 달라붙었다.

"엘리엇, 만약에 내가 지금 있는 힘을 다해 비명을 지른다면 여기로 와줄 사람이 있을까?"

"아주머니, 무슨 일 있어요?"

"아무것도 아냐. 그냥 누가 와줄까 물어본 것뿐이야."

엘리엇이 어깨를 으쓱하며 말했다. "아마 오겠죠."

"우리 집에서는 그렇게만 하면 돼. 집집마다 전화가 있는 건 아니야. 하지만 목소리를 조금만 높이거나 어떤 식으로든 슬픔이나 기쁨을 표현하면 온 동네 사람들뿐 아니라 다른 동네 사람들도 반은 와서 소식을 함께 나누고, 일을 처리할 수 있도록 도와준단다."

그 무렵에는 엘리엇도 센 아주머니가 말하는 집이 그녀가 앉아서 채소를 써는 이 아파트가 아니라 인도를 의미한다는 것을 이해했다. 엘리엇은 8킬로미터밖에 떨어져 있지 않은 자기 집과 해 질 녘에 해변을 따라 조깅을 하면서 이따금 손을 흔들어주는 젊은 부부를 생각해보았다. 노동절에 그 부부는 파티를 열었다. 사람들이 테라스에 모여 먹고 마셨다. 떠들썩한 웃음소리가 지쳐버린 파도의 한숨 소리보다 더 크게 퍼졌다. 엘리엇과 엄마는 초대받지 못했다. 그날은 엄마가 직장에 나가지 않는 아주

센 아주머니의 집

드문 날이었는데도 둘은 아무 데도 가지 않았다. 엄마는 빨래를 하고, 수표장의 잔액을 맞추어보고, 엘리엇의 도움을 받아 차의 내부를 청소했다. 엘리엇은 엄마에게 전에도 가끔 그런 것처럼 이번에도 몇 킬로미터 떨어진 자동 세차장으로 가서 세차를 하자고 말했다. 그러면 비누와 물과 회전하는 커다란 캔버스 천 리본이 차의 앞 유리에 철퍼덕 부딪히며 차를 닦는 동안 물 묻히는 일 없이 차 안에 안전하게 앉아 있을 수 있지 않느냐고 했다. 그러나 엄마는 너무 피곤하다며 호스로 차에 물을 뿌렸다. 저녁이 되자 이웃집 테라스에 모인 사람들이 춤을 추기 시작했다. 그러자 엄마는 전화번호부에서 그 부부의 번호를 찾아내 전화를 걸어 좀 조용히 해달라고 요청했다.

"이웃 사람들이 전화를 걸어줄 거예요." 이윽고 엘리엇이 센 아주머니에게 말했다. "하지만 아주머니가 너무 시끄럽다고 불평하는 전화일 거예요."

엘리엇은 소파에 앉아서도 아주머니에게서 나는 특이한 좀약 냄새와 쿠민 냄새를 맡을 수 있었다. 그리고 땋은 머리 한가운데에 가르마를 냈으며, 가르마 사이에 불연지처럼 주홍색 가루를 찍어 바른 것을 볼 수 있었다. 엘리엇은 처음에는 아주머니의 머리에 상처가 난 게 아닐까, 뭔가에 물린 것은 아닐까 생각했다. 그러나 어느 날 아주머니가 화장실의 거울 앞에 서서 주홍색 가루를 압정의 머리를 이용하여 진지한 표정으로 새로 찍어 바르는 것을 보았다. 그 주홍색 가루는 조그만 잼 단지에 들어 있었다. 압정의 머리 부분으로 눈썹 위에 점 하나를 찍을 때 가루 몇 알이 아주머니의 콧날 위로 떨어졌다. "나는 매일 이 가루를 발라야 해." 무엇하러 그러느냐고 묻자 아주머니가 설명했다. "결혼하고 나서 평생 말이야."

"결혼반지처럼요?"

"맞아, 엘리엇, 결혼반지와 똑같은 거야. 설거지를 하다 잃어버릴 염려가 없다는 점만 다를 뿐이야."

엘리엇의 엄마가 데리러 오는 여섯 시 이십 분이 되기 전에 센 아주머니는 항상 채소를 썬 흔적을 다 치웠다. 접이식 칼은 깨끗이 씻고 헹구고 말려서 접은 다음에 발판 사다리를 타고 올라가서 찬장 속에 안전하게 보관해두었다. 모든 껍질과 씨와 찌꺼기는 엘리엇의 도움을 받아 신문지에 싸서 구겼다. 아주머니는 요리 재료가 가득 든 그릇과 체를 조리대 위에 나란히 놓고는 양념과 반죽을 적당히 넣고 섞었다. 이윽고 몇 가지 국과 수프가 가스레인지의 붉은색을 띤 푸른 불꽃 위에서 부글부글 끓었다. 특별한 경우는 아니었고, 손님을 기다리는 것도 아니었다. 그냥 센 아주머니와 센 아저씨를 위한 저녁 식사일 뿐이었다. 그것을 말해주듯, 거실의 한쪽 끝에 있는 네모난 포마이카 식탁 위에는 냅킨이나 은그릇 없이 접시 두 개와 유리잔 두 개만 놓여 있었다.

엘리엇은 구겨진 신문지를 쓰레기통에 깊숙이 넣으면서 자기와 센 아주머니가 입 밖에 내지 않은 어떤 규칙을 어기고 있다고 느꼈다. 아마도 센 아주머니가 이 모든 일을 매우 급하게 처리했기 때문일 것이다. 손가락 끝을 모아 소금과 설탕을 집고, 흐르는 물에 렌즈콩을 씻고, 닦아야 할 곳은 스펀지나 행주로 빠짐없이 닦고, 찬장의 문을 잇따라 닫곤 하는 동작이 급박하게 이루어졌다. 그러다가 출근하면서 입은 옷 그대로 투명 스타킹에 어깨 패드를 넣은 정장 차림으로 센 아주머니 아파트의 구석구석을 살펴보는 엄마의 모습을 갑자기 보는 것은 엘리엇에게는 가벼운 충격이었다. 대개 엄마는 멀찍이 현관문 옆에 선 채로 엘리엇에게 소리쳐 운동화를 신고 물건을 챙기라고 말하곤 했다. 그러나 센 아주머니는 그렇게 내버려두지 않았다. 매일 저녁 억지로 권하다시피 엄마를 소파에 앉힌 다음, 장미 시럽을 넣은 연분홍빛 요구르트나 건포도를 넣고 빵가루를 입힌 민스미트, 세몰리나 할바 같은 먹을 것을 대접했다.

"센 부인, 전 괜찮아요. 점심을 늦게 먹었거든요. 이렇게 수고하실 필요 없어요."

"수고라니요. 그냥 엘리엇에게 하는 것처럼 하는 거예요. 전혀 수고스럽지 않답니다."

엘리엇의 엄마는 센 아주머니가 재료를 섞어서 만든 음식을 한입 깨물면서 시선을 위로 던진 채 할 말을 생각했다. 엄마는 두 무릎을 꼭 붙이고 있었고, 실내에서도 절대 벗지 않는 엄마의 하이힐이 서양배 색깔의 카펫을 짓누르고 있었다. "참 맛있네요." 엄마는 한 번이나 두 번 깨물어 먹고 나서 접시를 내려놓으며 말하곤 했다. 엘리엇은 엄마가 그런 맛을 좋아하지 않는다는 것을 알았다. 언젠가 차 안에서 엄마가 엘리엇에게 말해주었다. 또한 엄마가 직장에서 점심을 먹지 않는다는 것도 알고 있었다. 둘이 해안가 집으로 돌아오면 엄마가 맨 먼저 하는 일이 와인 한 잔과 함께 치즈를 넣은 빵을 먹는 일이었기 때문이다. 어떤 때에는 그걸 너무 많이 먹어서, 보통 저녁 식사로 주문하는 피자가 왔을 때 엄마는 전혀 식욕을 느끼지 못하기도 했다. 그럴 때면 엘리엇이 피자를 먹는 동안 엄마는 식탁에 앉아 와인을 한 잔 더 마시면서 오늘 하루는 어땠냐고 물었다. 그러다가 엄마는 남은 음식의 뒤처리를 엘리엇에게 맡기고 테라스로 나가서 담배를 피웠다.

매일 오후 센 아주머니는 엘리엇이 근처에 사는 두세 명의 아이들과 함께 스쿨버스에서 내리는 큰길 옆의 소나무 숲에 서 있었다. 엘리엇은 센 아주머니가 몇 년 동안 보지 못한 사람을 설레는 마음으로 기다리듯 그곳에서 꽤 오랫동안 서 있었다는 느낌을 항상 받았다. 미풍에 관자놀이께에 난 아주머니의 머리카락이 흩날렸고, 가르마 사이의 주홍색 줄이 선명해 보였다. 감청색 선글라스를 쓰고 있었는데, 얼굴에 비해 약간 컸다. 매일 바꿔 입는 사리는 올웨더코트의 단 아래에서 펄럭였다. 넓게 트인 지역에 들어선 대여섯 채의 똑같은 벽돌 건물 단지를 둘러싼, 둥그렇게 굽은 아스팔트 길 위에는 도토리와 애벌레가 여기저기 떨어져 있었다. 버스 정류장에서 아파트로 걸어가면서 센 아주머니는 호주머니에서 비닐봉지를 꺼내 껍데기를 간 오렌지 조각이나 껍질을 벗기고 소금을 조금 뿌린 땅콩을 엘리엇에게 주었다.

그들은 곧장 차가 있는 곳으로 갔고, 센 아주머니는 이십 분 동안 운전 연습을 했다. 차는 갈색 세단으로, 좌석은 비닐 재질 이었다. 차에는 크로뮴 버튼이 달린 AM 라디오가 있었고, 뒷좌 석 뒤편으로 화장지 한 통과 성에 제거기가 놓여 있었다. 센 아 주머니는 엘리엇을 아파트에 혼자 남겨두면 마음이 놓이지 않 아서 같이 있는다고 말했지만, 엘리엇은 아주머니가 혼자 운전 하는 게 두려워서 자신을 옆에 앉혀두고 싶어 한다는 것을 알 고 있었다. 아주머니는 시동을 걸 때 나는 굉음을 두려워했으 며, 슬리퍼를 신은 발로 가속페달을 밟으며 엔진의 속도를 올릴 때는 소리를 차단하려고 손으로 귀를 막았다.

"센 아저씨는 일단 내가 운전면허증을 따기만 하면 모든 게 나아질 거라고 말한단다. 어떻게 생각하니, 엘리엇? 정말 나아 질까?"

"원하는 곳을 갈 수 있잖아요." 엘리엇이 말했다. "어디든 갈 수 있으니 좋잖아요."

"차를 몰고 캘커타까지도 갈 수 있을까? 엘리엇, 거기까지 가 려면 시간이 얼마나 걸릴까? 시속 80킬로미터로 16000킬로미터 를 간다면 말이야."

엘리엇은 암산을 잘 못했다. 센 아주머니가 운전석과 백미러 를 조정하고 선글라스를 머리 위로 올리는 모습을 지켜보았다. 아주머니는 라디오의 주파수를 교향곡이 나오는 방송국으로 맞추었다. "이거 비토벤이야?" 아주머니가 물었다. 이름의 첫음

절을 '베'라고 하지 않고 벌을 연상시키는 '비'라고 발음했다. 그녀는 자기 쪽의 창문을 내리면서 엘리엇에게도 그렇게 해달라고 했다. 이윽고 브레이크 페달을 밟은 채, 마치 잉크가 새는 커다란 펜을 다루듯이 조심스럽게 자동변속기의 레버를 잡고 주차 위치에서 천천히 아래로 내렸다. 아파트 단지를 한 바퀴 돌고 나서 한 번 더 돌았다.

"어떤 것 같니, 엘리엇? 합격할 수 있을까?"

아주머니는 자꾸만 정신을 딴 데 팔았다. 라디오에서 나오는 소리를 들으려고, 도로에 있는 뭔가를 보려고 아무런 말도 없이 갑자기 차를 멈추었다. 사람이 옆에 지나가면 손을 흔들기도 했다. 5미터쯤 앞에 새가 앉아 있는 것을 보면 집게손가락으로 눌러 경적을 울리고 그 새가 날아가기를 기다렸다. 인도에서는 운전석이 왼쪽이 아니라 오른쪽에 있어, 아주머니가 말했다. 그들은 천천히 그녀를 지나고, 세탁소 건물을 지나고, 진녹색 쓰레기통을 지나고, 일렬로 늘어서 주차된 차들을 지났다. 둥글게 굽은 아스팔트 길이 큰길과 만나는 소나무 숲으로 다가갈 때마다 아주머니는 몸을 앞으로 내밀고 차들이 쌩쌩 지나가는 것을 보며 온몸에 힘을 실어 브레이크를 밟았다. 큰길은 중앙에 샛노란 선이 그려진 폭이 좁은 왕복 이 차선 도로였다.

"불가능해, 엘리엇. 내가 어떻게 저기로 가겠어?"

"차가 오지 않을 때까지 기다리면 되잖아요."

"왜 아무도 속도를 줄이지 않지?"

"지금은 차가 없어요."

센 아주머니의 집

"하지만 오른쪽에서 오는 차는 어떡하고? 보이지? 그 뒤엔 트럭이 있잖아. 아무튼 센 아저씨 없이 나 혼자 큰길에 나가면 안 된다고 했어."

"회전한 다음에 속도를 높이면 돼요." 엘리엇이 말했다. 엄마는 그렇게 했다. 의식하지 않고 자연스레 그렇게 하는 것 같았다. 저녁에 엄마 옆에 앉아서 해안가 집으로 돌아갈 때 보면 아주 간단해 보였다. 길은 길일 뿐이고 다른 차들은 풍경의 일부일 뿐이었다. 그러나 나무 사이로 눈부시게 내리쬐는 온기 없는 가을 햇살 아래서 센 아주머니 옆에 앉아 있을 때면, 차량의 흐름이 평소와 다르지 않은데도 아주머니의 주먹 쥔 손이 하얘지고, 손목이 떨리는 것을 볼 수 있었다. 아주머니는 영어로 하는 말도 더듬거렸다.

"모든 사람이, 이 사람들이, 세상에 세상에, 너무 많아."

엘리엇은 센 아주머니를 기쁘게 하는 것 두 가지를 알게 되었다. 하나는 가족들로부터 편지를 받는 일이었다. 운전 연습이 끝나고 우편함을 확인하는 게 아주머니의 습관이었다. 직접 열쇠로 우편함을 열어도, 그 안에서 우편물을 찾는 일은 엘리엇에게 부탁하곤 했다. 찾는 우편물이 뭔지 말하고는 엘리엇이 센 아저씨의 이름으로 온 고지서와 잡지를 뒤적이는 동안 눈을 감고 두 손으로 눈을 가린 채 기다렸다. 처음에는 센 아주머니가 긴장하는 모습을 이해할 수 없었다. 엘리엇의 엄마는 시내에 우편사서함을 설치했지만, 우편물 수거는 드문드문 했다. 그래서 한번은 집의 전기가 사흘이나 끊긴 적도 있었다. 몇 주가 지난 뒤에야 엘리엇은 센 아주머니가 기다리던 파란색의 항공 우편물을 찾았는데, 표면의 감촉이 약간 오돌토돌했으며, 머리가 벗겨진 남자가 물레 앞에 앉아 있는 모습의 우표가 잔뜩 붙었고, 우표에는 소인이 짙게 찍혀 있었다.

"이거예요, 센 아주머니?"

그때 처음으로 아주머니가 그의 머리를 잡고 껴안아주었다. 엘리엇의 얼굴이 사리에 묻히고 좀약과 쿠민 냄새가 감쌌다. 아주머니는 엘리엇의 손에 든 편지를 와락 붙잡았다.

아주머니는 아파트 안으로 들어서자마자 슬리퍼를 이쪽저쪽으로 벗어 던진 다음, 머리에 꽂은 핀을 뽑아서 톡, 톡, 톡 손을 세 번 움직여 그 항공우편 봉투의 위와 옆을 뜯었다. 편지를 읽는 동안 두 눈이 좌우로 재빨리 움직였다. 편지를 다 읽자마자 전화기에 씌워둔 자수 수예품을 옆으로 치우고 다이얼을 돌려 통화했다. "거기, 센 씨 좀 바꿔주시겠어요? 아내인데요, 아주 중요한 일이에요."

이어서 모국어인 인도어로 얘기했는데, 엘리엇의 귀에는 아주 빠르고 시끄럽게 들렸다. 편지의 내용을 한 자 한 자 그대로 읽는 게 분명했다. 편지를 읽으면서 목소리는 더 커졌고 음조도 바뀐 듯했다. 분명히 눈앞에 서 있었지만, 센 아주머니는 서양배 색깔의 카펫이 깔린 이 방 안에 존재하지 않는 것 같았다.

집 안에만 있기에는 아주머니에게 아파트가 갑자기 너무 좁아 보였다. 그들은 큰길을 건너고 지름길로 걸어가서 대학교의

사각형 안뜰까지 갔다. 석탑 종이 매시간 정각에 울렸다. 학생
회관을 배회하다가 구내식당에서 식판을 하나 챙겨 든 다음, 판
지로 만든 종이배에 담아서 주는 프렌치프라이를 하나 샀다. 그
리고 둥근 식탁에 앉아 잡담하는 학생들 사이에서 먹었다. 엘리
엇은 종이컵에 담긴 탄산음료를 마셨고, 센 아주머니는 설탕과
크림을 넣은 따뜻한 물에 티백을 담갔다. 간단히 요기를 하고
나서 미술관으로 들어가 젖은 페인트 향과 진흙 향이 짙게 밴
서늘한 복도에서 조각과 실크스크린 작품을 감상했다. 그리고
센 아저씨가 강의하는 수학관을 지나갔다.

마지막으로 염소鹽素 냄새가 나는 소란스러운 체육관으로 가
서 사 층에 있는 대형 유리창을 통해 눈부신 청록색 풀장을 끝
에서 끝까지 가로지르며 수영하는 사람들을 지켜보았다. 센 아
주머니는 핸드백에서 인도에서 온 편지를 꺼내 앞뒤를 살펴보
았다. 그리고 그 편지를 펴서 다시 읽었다. 아주머니의 입에서
이따금 한숨이 새어나왔다. 다 읽고 나서는 한동안 수영하는
사람들을 멍하니 바라보았다.

"친언니가 딸을 낳았어. 내 남편이 종신 교수가 될 거라고 가
정하고, 그때 조카를 만난다면 이미 걔는 세 살이야. 이모가 무
척 낯설겠지. 우리가 기차에 나란히 앉는다 해도 내 얼굴을 못
알아볼 거야." 그녀는 편지를 핸드백에 집어넣고 나서 엘리엇의
머리에 손을 얹었다. "오후에 아줌마랑 있으면 엄마 생각이 나
지 않니?"

엘리엇은 그런 생각을 해본 적이 없었다.

"그래, 엄마 생각이 날 거야. 네 나이에 이렇게 오랜 시간을 엄마랑 떨어져 있는 걸 생각하면 좀 미안한 생각이 들어."

"밤에 보는데요, 뭐."

"내가 너만 한 나이였을 땐 어느 날 이렇게 멀리 떠나올 줄 전혀 몰랐단다. 넌 그때의 나보다 조숙하구나, 엘리엇. 이미 냉정한 현실을 겪고 있으니."

셴 아주머니를 기쁘게 하는 또 하나는 바다 생선이었다. 아주머니가 원하는 것은 조개류도 아니고, 몇 달 전 어느 저녁에 엘리엇의 엄마가 같은 직장에서 일하는 한 남자(이 남자는 그날 밤을 엄마의 침실에서 보냈으나 이후로 다시 보지 못했다)를 초대했을 때 구이 재료로 쓴 살코기도 아니었다. 아주머니는 언제나 온전한 생선을 원했다. 어느 날 저녁, 엄마가 엘리엇을 데리러 왔을 때, 셴 아주머니는 참치 크로켓을 내놓으며, 원래는 베트키라는 생선으로 만들어야 한다고 설명했다. "참 아시워요." 셴 아주머니가 '아쉬워요'라는 말을 약간 어색하게 발음하며 미안해했다. "바다에 이렇게 가까이 사는데도 생선이 많지 않다는 게 말이에요." 지난여름에는 해변에 있는 수산 시장에 자주 갔다고 했다. 인도의 생선과는 맛이 영 다르지만, 그래도 신선하기는 하다고 덧붙였다. 그러나 지금은 날씨가 추워져서 배가 정기적으로 나가지 않았고, 그래서 몇 주 동안 온전한 생선을 구할 수 없을 때도 있었다.

"슈퍼마켓에 가보세요." 엄마가 말했다.

셴 아주머니의 집

센 아주머니는 고개를 저었다. "슈퍼마켓에는 서른두 개의 통조림이 있어서 그중 하나로 고양이에게 저녁을 서른두 번 먹일 수는 있겠지만, 내가 좋아하는 생선은 한 마리도 찾을 수 없어요. 단 한 마리도." 센 아주머니는 하루에 두 번씩 생선을 먹으며 자랐다고 했다. 캘커타에서는 사람들이 아침에 맨 먼저 하고 자기 전에 맨 마지막으로 하는 일이 생선을 먹는 것이라고 덧붙였다. 운이 좋으면 방과 후에 간식으로도 먹을 수 있다고 했다. 인도 사람들은 생선의 꼬리도 먹고 알도 먹고, 심지어 머리까지 먹는다고 했다. 새벽부터 자정까지 어느 때나, 어느 시장에서나 생선을 구할 수 있었다. "생선을 살 때 할 일이라곤 집을 나서서 조금 걸어가는 게 전부였어. 그러면 늘 생선이 있었어."

며칠에 한 번씩 센 아주머니는 전화번호부의 광고란을 펼쳐 귀퉁이에 적어둔 번호로 전화해서 온전한 생선이 있는지 물어보았다. 있다고 하면 사러 갈 테니 보관해달라고 가게 주인에게 부탁했다. "센이에요. 네, '샘' 할 때 시옷, '뉴욕'의 니은. 제 남편이 들를 거예요." 그런 다음 학교에 있는 센 아저씨에게 전화를 걸었다. 그러면 몇 분 뒤에 센 아저씨가 집에 와서 엘리엇의 머리를 토닥여주곤 했다. 그러나 센 아주머니에게 키스는 하지 않았다. 아저씨는 포마이카 탁자에 앉아 우편물을 읽고 차를 한 잔 마신 다음 밖으로 나갔다. 그리고 삼십 분쯤 지나 앞면에 웃는 바닷가재가 그려진 종이봉투를 들고 돌아왔다. 그것을 아주머니에게 건네고 저녁 강의를 하러 대학으로 돌아갔다. 어느 날, 아저씨는 종이봉투를 센 아주머니에게 건네며 말했다. "당분간 생선은 못 먹을 것 같아. 냉장고에 있는 닭고기를 요리하는 게 좋겠어. 앞으론 사무실에 계속 있어야 할 것 같으니까.”

그 후 며칠 동안 센 아주머니는 생선 가게에 전화를 걸지 않고 부엌 싱크대에서 닭다리를 해동하여 접이식 칼로 잘랐다. 하루는 깍지콩과 정어리 통조림으로 스튜를 만들었다. 그런데 그 다음 주에 생선 가게 주인이 전화했다. 아주머니가 생선을 원할 거라고 생각하고선, 그날 하루 동안 그녀의 이름으로 보관해두겠다고 했다. 센 아주머니는 기분이 우쭐해졌다. “엘리엇, 가게 아저씨, 참 좋은 분이지 않니? 전화번호부에서 내 이름을 찾았다는 거야. 그랬더니 센이라는 이름은 한 명뿐이었대. 그렇지만 엘리엇, 캘커타 전화번호부엔 센이라는 이름이 얼마나 많은지 아니?”

아주머니는 엘리엇에게 신발을 신고 재킷을 입으라고 말했다. 그런 다음 학교에 있는 센 아저씨에게 전화를 걸었다. 엘리엇은 책꽂이 옆에 벗어둔 운동화를 신고 끈을 맨 다음, 아주머니가 현관으로 나와서 나란히 놓인 여러 켤레의 슬리퍼 가운데 하나를 고르기를 기다렸다. 몇 분이 지나고 아주머니의 이름을 큰 소리로 불렀다. 대답이 없자 엘리엇은 운동화 끈을 풀고 거실로 돌아갔다. 센 아주머니는 소파에 앉아 울고 있었다. 두 손에 얼굴을 묻었는데, 손가락 사이로 눈물이 떨어졌다. 손가락 사이로 센 아저씨가 회의에 참석해야 해서 못 온다며 웅얼웅얼 말했다. 그러더니 천천히 일어나서 자수 수예품을 다시 전화기에 씌웠다. 엘리엇은 처음으로 운동화를 신은 채 서양배 색깔의 카펫 위를 걸어서 센 아주머니에게로 다가갔다. 아주머니는 엘리엇을 빤히 쳐다보았다. 아래쪽 눈가가 발갛게 부어올라 있었다. "엘리엇, 내가 너무 많은 걸 요구하는 거 같니?"

대답도 하기 전에 아주머니는 엘리엇의 손을 잡고 침실로 데려갔다. 침실의 문은 보통 닫혀 있었다. 그 방에는 머리맡에 나무판이 없는 침대가 있었고, 그것 말고는 전화기가 놓인 작은 탁자와 다리미판과 옷장이 전부였다. 그녀는 옷장의 문을 거칠게 열었다. 그 안에는 금실과 은실로 수를 놓고 겹으로 두껍게 짠 비단 사리 등 온갖 질감과 온갖 색조의 사리가 가득했다. 얇고 투명한 사리도 있었고, 가장자리를 따라 술이 여러 개 달린 휘장처럼 두꺼운 사리도 있었다. 옷장 안에 있는 것들은 옷걸이에 걸려 있었고, 서랍 안에 있는 것들은 납작하게 개켜져 있거나 두꺼운 두루마리처럼 둘둘 말려 있었다. 그녀가 서랍 안의 사리를 자세히 들추며 살펴보자 몇 벌이 서랍 가장자리 너머로 떨어졌다. "언제나 입어볼 수 있을까? 이건? 이건?" 서랍에서 사리를 하나씩 꺼내 침대 위로 던졌고, 이어 옷걸이에 걸린 것도 여러 벌 집어들었다. 헝클어진 침대보 더미처럼 침대 위에 사리가 쌓였다. 방 안에는 좀약 냄새가 진동했다.

"친척들은 '사진 좀 보내줘' 하고 편지를 쓴단다. '새로운 생활을 담은 사진 좀 보내줘' 하면서 말이야. 그런데 어떤 사진을 보내겠니?" 몹시 지친 기색으로 아주머니는 이제는 앉을 공간이 별로 없는 침대의 모서리에 앉았다. "엘리엇, 다들 내가 여왕처럼 사는 줄 알아." 아주머니는 방 안의 텅 빈 벽을 둘러보았다.

"내가 단추만 누르면 집이 깨끗해지는 줄 알아. 내가 궁전에서 산다고 생각한단 말이야."

전화벨이 울렸다. 센 아주머니는 몇 차례 벨이 울리도록 내버려둔 다음에야 침대 옆 작은 탁자에 놓인 전화기를 집어들었다. 통화 중에 몇 가지만 대답하는 것 같았으며, 이따금 옆에 놓인 사리의 끝자락으로 얼굴을 훔쳤다. 통화를 끝내고 꺼내놓은 사리를 잘 개지도 않은 채 서랍 안으로 쑤셔 넣었다. 그러고 나서 두 사람은 신발을 신고 차가 있는 곳으로 가서 센 아저씨를 기다렸다.

"오늘은 당신이 운전을 하지그래?" 잠시 후에 도착한 센 아저씨가 손등으로 차의 후드를 톡톡 치며 물었다. 그들은 엘리엇 앞에서는 언제나 영어로 얘기를 주고받았다.

"오늘은 안 할 거예요. 다음에 할게요."

"차들이 달리는 도로에서 운전하는 걸 꺼리면 어떻게 합격하겠어?"

"오늘은 엘리엇이 있잖아요."

"엘리엇은 매일 함께 있잖아. 이럴 때 운전을 해보는 건 당신 자신을 위한 거야. 엘리엇, 아주머니를 위한 거라고 말해주렴."

그러나 아주머니는 거부했다.

그들은 차를 타고 가는 동안 아무 말이 없었다. 엘리엇과 엄마가 매일 저녁 해안가의 집으로 돌아갈 때 타고 가는 바로 그 길이었다. 그럼에도 센 아저씨와 아주머니의 차 뒷좌석에 앉아서 가는 그 길은 낯설어 보였고, 평소보다 더 오래 걸렸다. 매일

센 아주머니의 집

아침 지루한 울음소리로 잠을 깨우는 갈매기들도 지금은 물을 박차고 날개를 퍼덕이며 하늘 높이 날아오르는 모습에 엘리엇은 흥분되었다. 그들은 줄곧 해변을 따라 달렸다. 지난여름 열린 레모네이드와 무명조개를 팔던 허름한 가게들이 지금은 문을 닫고 철수했다. 딱 한 곳만 문을 열었다. 생선 가게였다.

센 아주머니가 차 문의 잠금장치를 풀면서 센 아저씨에게 고개를 돌렸다. 하지만 그는 안전벨트를 풀지 않고 있었다. "당신도 갈 거예요?"

센 아저씨는 지갑에서 지폐 몇 장을 꺼내 아주머니에게 건넸다. "이십 분 뒤에 회의가 있어." 그가 말했다. 말을 하면서 그는 계기반을 쳐다보았다. "시간 낭비하지 말고 와야 해."

엘리엇은 센 아주머니를 따라 조그맣고 눅눅한 가게 안으로 들어갔다. 벽은 그물과 불가사리와 부표로 장식되어 있었다. 목에 카메라를 맨 관광객 한 무리가 카운터 옆에 어지러이 모여 있었다. 몇몇은 속을 채워서 조리한 조개를 맛보았고, 어떤 사람들은 쉰 가지 북대서양 물고기를 보여주는 커다란 도표를 손가락으로 가리켰다. 센 아주머니는 카운터에 있는 기계에서 표를 뽑아 들고 줄을 서서 기다렸다. 엘리엇은 바닷가재 옆에 섰다. 흐릿한 수조 속에서 층층이 쌓인 채 움직이고 있었는데, 녀석들의 커다란 집게발은 노란 고무줄로 묶여 있었다. 엘리엇은 센 아주머니가 자기 차례가 되자 웃으며 한 남자와 얘기 나누는 모습을 지켜보았다. 얼굴은 새빨갛고 치아는 누런 남자는 검은색 고무 앞치마를 입고 있었다. 그는 양손에 한 마리씩 고등어의 꼬리 부분을 잡고 있었다.

"지금 나한테 팔려는 것, 싱싱한 게 틀림없죠?"

"그럼요. 싱싱한 놈은 딱 보면 알잖아요."

저울의 눈금도 그 남자의 말에 동조하듯이 파르르 떨었다.

"씻어드릴까요, 센 부인?"

아주머니가 고개를 끄덕였다. "머리도 그대로 두세요."

"집에서 고양이를 기르나 보죠?"

"고양이는 없어요. 남편뿐이에요."

나중에 아주머니는 아파트로 돌아와 찬장에서 접이식 칼을 꺼내고 카펫 위에 신문지를 깐 다음 자신의 보물을 살펴보았다. 흐릿하게 피가 밴 구겨진 종이 포장지에서 고등어를 한 마리씩 꺼냈다. 꼬리를 다듬고 배를 갈라서 내장을 빼냈다. 가위로 지느러미를 잘랐다. 아가미 밑으로 손가락 하나를 넣었다. 아가미는 아주 빨개서 아주머니의 눈썹 위 주홍색 점이 무색해 보일 정도였다. 그녀는 새까만 줄이 난 고등어의 끝 부분을 잡고 접이식 칼로 몸통에 중간중간 금을 그어 표시를 했다.

"왜 그렇게 해요?" 엘리엇이 물었다.

"몇 토막이나 나오나 보려고. 적절히 잘 자르면 이것 하나로 세 끼는 만들 것 같아." 아주머니는 머리를 잘라서 파이 접시 위에 올려놓았다.

11월에도 센 아주머니가 운전 연습을 거부하는 날이 자주 있었다. 접이식 칼을 찬장에서 꺼내는 일도, 거실 바닥에 신문지를 까는 일도 없었다. 생선 가게에 전화하지 않았고, 닭고기를 해동하지도 않았다. 말없이 엘리엇을 위해 땅콩버터를 바른 크래커를 준비했으며, 그런 다음에는 구두 상자에서 오래전의 항공 편지들을 꺼내서 자리에 앉아 읽었다. 엘리엇이 집에 돌아갈 때가 되면 그의 엄마에게 소파에 앉아서 먼저 뭘 좀 드시라고 말하는 일도 없이 짐을 함께 챙겨주었다. 마침내 엄마가 센 아주머니의 달라진 행동을 알아차렸는지 차 안에서 물었고, 엘리엇은 모르겠다고 대답했다. 엘리엇은 센 아주머니가 실내를 서성거리고 비닐이 씌워진 램프 갓을 마치 처음 본다는 듯이 뚫어져라 쳐다본다는 말을 엄마에게 하지 않았다. 센 아주머니가 텔레비전을 켜놓지만 보지는 않는다는 것과 찻물을 끓여놓고 커피 테이블 위에서 차가 식도록 그냥 내버려둔다는 말을 엄마에게 하지 않았다. 어느 날 그녀는 라가라고 부르는 음악 테이프를 틀었다. 바이올린을 아주 천천히 뜯다가 얼마 후에는 아주 빠르게 연주하는 것 같은 음악이었는데, 센 아주머니는 해가 지는 늦은 오후에 들어야 하는 음악이라고 말했다. 한 시간 가까이 음악이 연주되는 동안 아주머니는 눈을 감은 채 소파에 앉아 있었다. 음악이 끝나고 나서 말했다. "비토벤보다 더 슬프지?" 또 어떤 날에는 자신의 모국어로 얘기하는 사람들의 말을 녹음한 카세트테이프를 틀었다. 가족이 준비해준 이별 선물이라고 했다. 웃으며 각자 맡은 부분을 말하는 목소리가 새로 나올 때마다 센 아주머니는 그 사람이 누군지 알려주었다. "셋째 삼촌, 사촌, 아버지, 할아버지." 어떤 사람은 노래를 불렀고,

어떤 사람은 시를 낭송했다. 마지막 목소리의 주인공은 어머니였다. 그 목소리는 다른 사람들의 목소리보다 더 조용하고 더 진지하게 들렸다. 한마디 말이 끝나고 나면 다시 말을 시작하기 전에 잠시 멈추었는데, 이때 센 아주머니는 통역을 해주었다. "염소 값이 2루피나 올랐다. 시장에서 산 망고가 별로 달지 않구나. 대학가에 물난리가 났다." 아주머니는 테이프를 껐다. "내가 인도를 떠나던 날 일어난 일들이야." 다음 날 그 테이프를 다시 틀었다. 이번에는 할아버지가 말하는 부분에서 테이프를 멈췄다. 지난 주말에 편지를 한 통 받았다고 말해주었다. 할아버지가 돌아가셨다고 했다.

일주일이 지나고 센 아주머니는 다시 요리를 시작했다. 어느 날, 거실 바닥에 앉아서 양배추를 썰고 있는데 센 아저씨의 전화가 왔다. 엘리엇과 센 아주머니와 함께 해변으로 가고 싶어 했다. 모처럼 외출하는 센 아주머니는 붉은 사리를 입고 붉은 립스틱을 칠했다. 가르마의 주홍색 줄을 새로 단장했으며 머리도 다시 땋았다. 목에는 스카프를 둘렀고, 선글라스는 머리 위로 올려 썼으며, 핸드백 속에는 소형 카메라를 챙겨 넣었다. 센 아저씨는 주차장에서 차를 후진하면서 조수석의 등받이 윗부분에 팔을 얹었는데, 그 모습이 마치 센 아주머니의 몸에 팔을 두른 것처럼 보였다. "그 외투를 걸치기엔 날씨가 너무 추워졌어." 아저씨가 아주머니에게 불쑥 말했다. "언제 같이 좀 더 따뜻한 옷을 사러 가야겠어." 생선 가게에 들러 고등어와 은대구와 농어를 샀다. 이번에는 센 아저씨가 함께 가게 안으로 들어갔다. 생선이 싱싱한지 묻고, 이렇게 저렇게 잘라달라고 말한 사람은 센 아저씨였다. 생선을 너무 많이 샀기 때문에 엘리엇도 한 봉지 들어야 했다. 생선이 든 봉지를 차의 트렁크에 넣은 뒤 센 아저씨는 배가 고프다고 말했고 센 아주머니도 그 말에 동조했다. 그들은 길을 건너서 포장 판매 창구가 아직 열려 있는 식당으로 갔다. 피크닉 테이블에 앉아 클램 케이크를 두 바구니 먹었다. 센 아주머니는 자신의 음식에 타바스코 소스와 후추를 꽤 나 많이 뿌렸다. "파코라 맛이죠?" 아주머니의 얼굴은 붉어졌고, 입술의 립스틱은 옅어졌다. 아주머니는 센 아저씨가 말하는 모든 것에 맞장구를 치며 웃었다.

식당 뒤편은 조그만 해변이었다. 음식을 다 먹고 잠시 해변을 걸었는데, 불어오는 바람이 너무 강해서 바람을 등지고 걸어야 했다. 센 아주머니가 손가락으로 바다를 가리키며, 물결 하나하나가 빨랫줄에 걸린 사리처럼 보이는 순간이 있다고 말했다. "터무니없는 말이긴 하지만!" 그렇게 말하며 웃음을 터뜨리고 나서 돌아섰다. 눈가에 눈물이 맺혀 있었다. "바람 때문에 걷기가 힘들어요." 대신에 아주머니는 모래밭 위에 서 있는 엘리엇과 남편을 사진 찍었다. "이제 돌아가며 찍어요." 그녀는 엘리엇을 자신의 체크무늬 외투로 바짝 끌어당기며 남편에게 카메라를 건넸다. 마지막으로 엘리엇이 카메라를 건네받았다. "흔들리지 않게 잘 잡고 찍어야 해." 센 아저씨가 말했다. 엘리엇은 카메라의 조그만 창을 통해 보면서 아저씨와 아주머니가 서로 더 가까이 다가가기를 기다렸으나, 그들은 그렇게 하지 않았다. 손을 잡지도 않았고, 허리에 서로 팔을 두르지도 않았다. 둘 다 입을 닫은 채로 미소 지었으며 바람 때문에 눈을 가늘게 뜨고 있었다. 센 아주머니의 붉은 사리가 외투 아래서 불꽃처럼 팔랑거렸다.

차에 돌아오니 따뜻했지만, 클램 케이크를 배불리 먹고 바람을 많이 맞은 탓에 몸이 노곤했다. 그들은 모래 언덕과 멀리서 보이는 배, 등대의 풍경, 복숭앗빛과 자줏빛이 어우러진 하늘을 감탄하며 바라보았다. 얼마 뒤 센 아저씨가 차의 속도를 늦추더니 길옆에 세웠다.

"무슨 일이에요?" 센 아주머니가 물었다.

"오늘은 당신이 운전해서 집에 가는 게 좋겠어."

"오늘은 싫어요."

"아니, 오늘 해봐." 센 아저씨가 차에서 내려 아주머니 쪽 차문을 열었다. 세찬 바람이 차 안으로 들어왔고, 그 바람에 해변에 부딪치는 파도 소리도 실려 들어왔다. 마침내 아주머니는 운전석에 올랐다. 하지만 옷과 선글라스를 바로잡는 데 많은 시간을 보냈다. 엘리엇은 고개를 돌려 뒷유리를 통해 밖을 보았다. 길은 텅 비어 있었다. 센 아주머니는 라디오를 틀어 차 안을 바이올린 소리로 채웠다.

"음악은 필요 없어." 센 아저씨가 라디오를 껐다.

"정신 집중에 도움이 돼요." 그렇게 말하며 센 아주머니가 다시 라디오를 틀었다.

"깜빡이를 넣어." 셴 아저씨가 지시했다.

"그 정도는 나도 알아요."

약 2킬로미터까지는 지나쳐 달리는 차보다 훨씬 느리기는 했지만 별 문제 없었다. 그러나 마을이 가까워오고 멀리서 신호등이 보이기 시작하자 아주머니는 더욱 느리게 차를 몰았다.

"차선을 바꿔." 셴 아저씨가 말했다. "교차로에서 왼쪽 길을 타야 하니까."

셴 아주머니는 차선을 바꾸지 않았다.

"차선을 바꾸라니까." 아저씨가 라디오를 껐다. "듣고 있어?"

뒤따르던 차가 경적을 울렸고, 이어 다른 차가 경적을 울렸다. 그 소리에 저항하듯이 아주머니도 경적을 울리며 차를 잠시 멈춘 다음, 깜빡이를 켜지도 않고 길옆으로 차를 댔다. "더는 못하겠어요." 운전대의 맨 윗부분에 이마를 기대며 아주머니는 말했다. "난 싫어요. 운전이 싫어요. 이제 그만할래요."

그 후로 셴 아주머니는 운전을 하지 않았다. 다음번에 또 생선 가게에서 전화가 왔을 때는 셴 아저씨의 사무실로 전화를 하지 않았다. 그 대신 새로운 방법을 시도해보기로 마음먹었다. 대학과 해변 사이를 한 시간 간격으로 왕복하는 마을버스가 있었다. 대학교를 출발한 다음 두 군데에서 정차했는데, 첫 번째는 양로원이었고 두 번째는 서점, 구두 가게, 약국, 애완동물 가게, 레코드 가게 등이 입주한 이름 없는 쇼핑센터였다. 양로원의 현관 지붕 아래 벤치에는 아주 큰 단추가 달린 무릎 길이의 외투를 입은 양로원 할머니들이 둘씩 짝을 지어 앉아서 약용 캔디를 빨아 먹고 있었다.

"엘리엇." 마을버스에 올라 자리에 앉으면서 센 아주머니가 물었다. "넌 나중에 엄마가 늙으면 양로원에 모실 거니?"

"아마도요." 엘리엇이 말했다. "그렇지만 매일 찾아갈 거예요."

"지금은 그렇게 말하지만, 어른이 되면 지금은 알 수 없는 곳에서 네 인생이 전개될 거야." 아주머니는 손가락을 꼽아가며 말을 이었다. "아내가 생길 것이고, 아이들도 생길 거야. 그러면 그들은 네가 어디 다른 곳으로 데려가주기를 바라겠지. 그들 성격이 아무리 좋다 해도 언젠가는 네 엄마를 찾아뵙는 것을 두고 불평할 거야. 너도 그 일이 피곤하게 느껴질 테고. 빼먹는 경우가 점점 잦아질 테고, 그러면 네 엄마는 약용 캔디를 한 봉지 사려고 허약한 몸을 끌고 혼자서 버스에 올라야 할 거야."

생선 가게에 들어가서 보니, 얼음이 깔린 상자는 거의 비어 있었고, 바닷가재 수조도 마찬가지였다. 수조에는 녹빛의 찌꺼기가 물속을 떠다녔다. 그달 말부터 겨울 동안 가게 문을 닫는다는 안내문이 눈에 띄었다. 카운터 뒤에서 일하는 사람은 한 사람뿐이었는데, 어린 소년이었다. 아주머니의 이름으로 보관된 봉지를 건네는 소년은 센 아주머니를 알아보지 못했다.

"이거, 깨끗이 씻고 비늘을 벗긴 건가요?" 센 아주머니가 물었다.

소년은 어깨를 으쓱했다. "주인 아저씨는 일찍 퇴근했어요. 이 봉지를 아줌마에게 주라는 말만 했어요."

정류소에서 센 아주머니는 버스 시간표를 살펴보았다. 다음 버스가 올 때까지 사십오 분을 기다려야 했다. 둘은 길을 건너가서 전에 갔던 식당의 포장 판매 창구에서 클램 케이크를 샀다. 그러나 앉을 데가 없었다. 피크닉 테이블 위에 의자들을 거꾸로 뒤집어서 올려놓고 체인으로 묶었기 때문에 이제는 사용할 수가 없었다.

집으로 오는 버스 안에서 한 노파가 둘을 계속 쳐다보았다. 노파의 시선이 센 아주머니에서 엘리엇으로, 다시 그들의 발 사이에 있는 피가 밴 봉지로 옮아갔다. 검은 외투를 입은 노파는 마디가 굵은 핏기 없는 손으로 약국에서 타온 빳빳한 흰색 약봉지를 무릎 위에 들고 있었다. 그 밖의 승객은 애인 사이인 남녀 대학생 두 명뿐이었다. 같은 운동복 상의를 입은 그들은 서로 손가락을 깍지 긴 채 뒷자리에 구부정하게 앉아 있었다. 엘리엇과 센 아주머니는 봉지에 남은 클램 케이크 몇 개를 말없이 먹었다. 냅킨을 가져오지 않았기 때문에 센 아주머니의 입가에는 튀긴 밀가루 반죽의 흔적이 약간 남아 있었다. 버스가 요양원에 이르렀을 때 외투를 입은 노파가 일어서서 운전사에게 뭔가 얘기를 했다. 그러고 나서 버스에서 내렸다. 운전사가 고개를 돌려 센 아주머니를 흘낏 보았다. "봉지 안에 든 게 뭐요?"

센 아주머니는 깜짝 놀라며 운전사를 쳐다보았다.

"영어 할 줄 알아요?" 버스가 다시 움직이기 시작했고, 이제 운전사는 커다란 백미러를 통해 센 아주머니와 엘리엇을 쳐다보았다.

"예, 할 줄 압니다."

"그럼 그 봉지 안에 든 게 뭐요?"

"생선이에요." 셴 아주머니가 대답했다.

"그 냄새가 다른 승객들을 불편하게 하는 것 같소. 얘야, 그쪽 창문을 좀 열어야 할 것 같구나."

며칠이 지난 뒤 어느 날 오후에 전화벨이 울렸다. 아주 맛 좋은 넙치를 실은 배가 도착했다는 것이었다. 셴 부인, 이걸 좀 보관해놓을까요? 아주머니는 아저씨에게 전화를 했는데, 아저씨는 자리에 없었다. 두 번째 통화를 시도했고, 얼마 후 세 번째 시도를 했다. 이윽고 아주머니는 부엌으로 가서 접이식 칼과 가지와 신문지를 들고 나왔다. 엘리엇은 따로 말하지 않아도 소파에 가서 앉아 아주머니가 가지를 써는 모습을 지켜보았다. 먼저 가지를 길고 가늘게 자른 다음 조그만 네모꼴로 자르고, 이어 점점 더 작게 썰어서 각설탕 크기로 만들었다.

"이걸 생선과 그린 바나나로 만든 아주 맛있는 스튜에 넣는 거야." 아주머니가 말했다. "하지만 이번엔 그린 바나나 없이 요리해야겠구나."

"그럼 생선을 가지러 갈 거예요?"

"생선을 가지러 갈 거야."

"셴 아저씨가 데려다 주나요?"

"신발을 신으렴."

둘은 뒷정리를 하지 않고 아파트를 나섰다. 밖은 너무 추워서 엘리엇은 치아에서도 한기를 느낄 수 있었다. 그들은 차에 올랐고, 센 아주머니는 둥근 아스팔트 길을 몇 바퀴 돌았다. 차가 소나무 숲 옆에 이르면 매번 차를 멈추고 큰길의 교통 상황을 살폈다. 엘리엇은 센 아저씨를 기다리는 동안 운전 연습을 하는 것일 뿐이라고 생각했다. 그러나 그 순간, 아주머니는 깜빡이를 켜고 차를 돌렸다.

사고는 금세 일어났다. 2킬로미터쯤 간 다음 좌회전하는 곳에서 제때 회전하지 못하고 조금 일찍 핸들을 꺾었다. 마주 오던 차가 급히 방향을 틀어 간신히 피했지만 아주머니는 경적 소리에 너무 놀라 핸들을 제어할 수 없었고, 결국 반대편 모퉁이에 세워진 전봇대를 들이받고 말았다. 경찰관이 출동하여 운전면허증을 보여달라고 요구했으나, 보여줄 면허증이 없었다. "제 남편 센 씨가 대학에서 수학을 가르쳐요" 하는 게 설명이랍시고 할 수 있는 말의 전부였다.

피해는 가벼웠다. 센 아주머니는 입술이 찢어졌고, 엘리엇은 잠시 갈비뼈 부위가 아프다는 말을 했으며, 차의 범퍼가 약간 찌그러져서 펴야 했다. 경찰관은 센 아주머니의 머리도 찢어진 줄 알았지만, 주홍색 줄일 뿐이었다. 동료가 운전하는 차를 타고 현장에 도착한 센 아저씨는 필요한 서류를 작성하면서 경찰관과 길게 얘기를 나누었다. 그러나 차를 운전하며 아파트로 돌아가는 동안 센 아주머니에게는 한 마디도 하지 않았다. 아파트에 도착하여 차에서 내렸을 때 센 아저씨가 엘리엇의 머리를 토닥이며 말했다. "경찰 아저씨가 넌 참 운이 좋다고 말하더라. 상처 하나 입지 않았으니 얼마나 운이 좋으냐."

셴 아주머니는 슬리퍼를 벗어서 책꽂이에 내려놓은 다음, 아직 거실 바닥에 놓인 접이식 칼을 치우고 잘게 썰어놓은 가지를 신문지와 함께 쓰레기통에 버렸다. 엘리엇에게 먹으라고 땅콩버터를 바른 크래커를 준비하여 접시에 담아 커피 테이블에 올려놓은 다음, 텔레비전을 틀어주었다. "애가 그래도 배가 고프다고 하면 냉동실 통 속에 아이스캔디가 있으니, 그걸 주세요." 아주머니는 포마이카 탁자 앞에 앉아 우편물을 분류하는 셴 아저씨에게 말했다. 그런 다음 침실로 들어가 문을 닫았다. 다섯 시 사십오 분에 엘리엇의 엄마가 도착했을 때, 셴 아저씨는 사고의 자세한 경위를 얘기하며 그 보상으로 11월분 보수를 돌려주겠다고 제안했다. 수표를 끊으면서 셴 아주머니를 대신하여 사과했다. 아내는 쉬고 있다고 말했다. 하지만 엘리엇은 조금 전에 화장실에 가면서 아주머니가 우는 소리를 들었다. 엄마는 일이 그렇게 마무리된 것에 만족했다. 집으로 가는 차 안에서 어떻게 보면 다행스럽기까지 하다고 말했다. 엘리엇이 셴 아주머니와 함께 오후 시간을 보낸 것은 그날이 마지막이었으며, 동시에 아이 돌봐주는 사람과 시간을 함께한 것도 그날이 마지막이었다. 이후로 엄마는 그에게 열쇠를 주었으며, 엘리엇은 그 열쇠를 줄에 매달아 목에 걸고 다녔다. 긴급한 상황이 발생하면 이웃집에 전화하기로 했고, 방과 후에는 혼자서 해안가 집으로 돌아가기로 했다. 첫날, 집에 돌아와 막 외투를 벗으려 할 때 전화벨이 울렸다. 사무실에서 걸려온 엄마의 전화였다. "넌 이제

센 아주머니의 집

다 컸어, 엘리엇." 엄마가 말했다. "괜찮지?" 엘리엇은 부엌 창문 밖을 내다보았다. 잿빛 파도가 해변으로부터 물러나고 있었다. 그는 괜찮다고 말했다.

축복받은 집

그들은 첫 번째 것을 가스레인지 위의 찬장 안에서 발견했다. 개봉하지 않은 맥아 식초병 옆에 놓여 있었다.

"내가 뭘 찾았는지 알아?" 트윙클은 테이프로 봉한 이삿짐 상자가 끝에서 끝까지 늘어선 거실로 걸어오면서 말했다. 한 손에는 식초병을, 한 손에는 식초병과 크기가 거의 같은 그리스도 백자 상을 들고 흔들어 보였다.

산지브는 고개를 쳐들었다. 그는 무릎을 꿇은 채 앉아서 조그맣게 찢어낸 포스트잇 조각으로 페인트칠이 매끄럽지 않아 덧칠해야 할 부분을 걸레받이에 표시하고 있었다. "내다 버려."

"어떤 걸?"

"둘 다."

"하지만 이 식초는 요리할 때 쓸 수 있어. 새것이라고."

"당신, 식초로 요리한 적 한 번도 없잖아."

"이제 찾아볼 거야. 결혼 선물로 받은 책에서." 산지브는 바닥에 떨어진 포스트잇 조각을 다시 붙이려고 걸레받이 쪽으로 몸을 돌렸다. "유효기간을 살펴봐. 적어도 그 바보 같은 조각상은 버리도록 해."

"값어치 있는 것일 수도 있잖아. 안 그래?" 트윙클은 조각상을 거꾸로 들고 섬세하게 만든 차가운 옷자락을 집게손가락으로 어루만졌다. "예뻐."

"우린 기독교인이 아니잖아." 산지브가 말했다. 그는 아주 분명한 것도 트윙클에게는 말해줄 필요가 있다고 깨닫기 시작했다. 어제는 자기 쪽 책상의 끝 부분을 들지 않고 끌면 목재로 시공한 바닥이 긁힌다는 것을 말해주어야 했다.

트윙클은 어깨를 으쓱했다. "맞아, 우린 기독교인이 아니야. 우린 착한 힌두교 신자야." 그녀는 그리스도의 머리에 입을 맞추고 그 조각상을 벽난로 선반 위에 올려놓았다. 산지브가 보니 벽난로 선반은 먼지를 닦아야 했다.

주말이 되었어도 벽난로 선반은 여전히 먼지를 닦지 않은 상태였지만, 그사이에 선반은 기독교 용품을 꽤 많이 모아놓은 진열장이 되어버렸다. 거기에는 네 가지 색으로 이루어진 성프란체스코 입체 우편엽서가 있었는데, 약장 뒷면에 테이프로 붙여진 것을 트윙클이 발견했다. 그리고 나무 십자가 열쇠고리가 있었는데, 산지브가 트윙클의 서재에 선반을 추가로 설치하다가 맨발로 밟은 것이었다. 검은 벨벳을 배경으로 동방박사 세 사람을 그린 번호판 그림적힌 번호에 따라 색을 칠하는 그림 액자도 있었는데, 이것은 리넨 제품을 넣어두는 장에 처박혀 있었다. 타일 받침대도 있었다. 수염 없는 금발의 예수가 산상수훈을 전하는 모습이 그려진 이 받침대는 주방 붙박이 찬장의 서랍 속에 들어 있었다.

"전 주인들이 거듭난 기독교인 아니었을까?" 다음 날 트윙클이 그리스도 탄생 장면 모형을 반원 형태의 투명 플라스틱으로 밀봉한, 하얀 눈이 들어 있는 조그만 플라스틱 돔을 끼워 넣을 자리를 마련하면서 물었다. 이 돔은 부엌 싱크대의 파이프 뒤에서 발견했다.

산지브는 매사추세츠공과대학교에 다닐 때 공부했던 공학 교재들을 알파벳 순서로 배열하고 있었다. 하지만 이 책들을 전혀 들춰보지 않은 지도 몇 년이나 되었다. 대학을 졸업하고 보스턴에서 코네티컷으로 옮겨와 하트퍼드 근처의 회사에서 일했다. 그리고 최근에 자신이 부사장으로 거론된다는 것을 알게 되었다. 서른세 살인 그는 전속 비서를 두었고, 여남은 명이 그의 지휘 아래 일하면서 필요한 정보는 뭐든 기꺼이 제공했다. 그래도 대학 시절의 책을 방 안에 두는 이유는 즐겁게 회상하곤 하는 좋았던 시절을 떠올리게 하기 때문이었다. 그 시절, 그는 매일 저녁 매사추세츠가 다리를 건너 찰스 강 저편에 있는 단골 인도 식당에 가서 시금치를 넣은 무글라이 치킨을 주문해서 먹었고, 기숙사에 돌아와서는 자신이 풀어야 할 문제 목록을 깨끗이 정서하곤 했다.

"어쩌면 사람들을 개종시키려는 의도인지도 몰라." 트윙클이 생각에 잠긴 채 말했다.

"당신에겐 그 계획이 성공한 것 같군."

트윙클은 그 말을 무시하고 조그만 플라스틱 돔을 흔들어보았다. 말구유 위에서 눈이 소용돌이쳤다.

산지브는 선반에 진열된 물건들을 살펴보았다. 각각 나름의 방식으로 우스꽝스러워 어리둥절했다. 신성한 느낌이 확실히 부족했다. 평소에는 좋은 취향을 보여주는 트윙클이 이런 것들에 반했다는 게 더욱 어리둥절했다. 이런 물건들은 트윙클에게는 의미가 있을지 몰라도 그에게는 전혀 의미가 없었다. 오히려 짜증이 났다. "부동산 중개업자에게 전화를 하는 게 좋겠어. 집 안에 터무니없는 것들이 남아 있다고 말해. 다 치워달라고 해."

"오, 산지브." 트윙클이 앓는 소리를 냈다. "그러지 마. 다 내다 버리면 내 기분이 몹시 안 좋을 거야. 여기 살았던 사람들에겐 틀림없이 중요했을 물건들이라고. 저걸 내다 버리면 아마 난, 뭐랄까, 신성모독 같은 느낌이 들 거야."

"그렇게 소중한 거라면 왜 집 안 곳곳에 숨겨놓았겠어? 왜 이사 갈 때 챙기지 않았겠어?"

"다른 물건들이 더 있을 거야." 트윙클이 말했다. 두 눈이 옅은 황백색 벽을 천천히 더듬었다. 마치 그 뒤에 다른 물건들이 숨어 있기라도 하듯이. "우리가 또 뭘 발견할까?"

그러나 이삿짐 상자를 풀어서 겨울 옷가지와 자이푸르로 신혼여행 갔을 때 산 코끼리 행진이 새겨진 비단 그림을 꺼내 거

축복받은 집

는 동안 실망스럽게도 트윙클은 아무것도 발견하지 못했다. 그리고 거의 일주일이 지난 어느 토요일 오후에 그들은 실물보다 더 큰 그리스도의 수채화 포스터를 발견했다. 가시면류관을 쓰고 땅콩 껍질만 한 크기의 투명한 눈물을 흘리는 그리스도를 그린 포스터가 둘둘 말린 채 손님방의 라디에이터 뒤에 박혀 있었다. 산지브는 처음에는 창문의 블라인드인 줄 알았다.

"오, 이걸 걸어야 해. 아주 멋지잖아." 트윙클은 담배에 불을 붙이고 맛있게 피우기 시작했다. 아래층 스테레오에서 말러 교향곡 5번이 크게 흘러나왔는데, 그녀는 그 포스터가 지휘봉이라도 되는 것처럼 산지브의 머리 주위에서 흔들었다. "이것 봐, 지금 거실에 둔 당신이 좋아하는 기독교 소품들은 내가 참을게. 하지만 이건 안 돼." 산지브가 땅콩 크기만 하게 그려진 눈물 한 방울을 손가락으로 톡 튀기면서 말했다. "이건 우리 집에 걸 수 없어."

트윙클은 그를 빤히 쳐다보며 천천히 숨을 내쉬었다. 콧구멍에서 두 가닥의 푸른 연기가 가느다랗게 새어나왔다. 그녀는 포스터를 천천히 말아서 고무줄로 묶었다. 적갈색의 헤나 염료를 군데군데 바른 숱 많고 거친 머리카락을 묶기 위해 손목에 늘 차고 다니던 고무줄이었다. "그럼 내 서재에 둘게." 그녀가 말했다. "그렇게 하면 당신이 볼 일이 없을 테니까."

"집들이는 어떡하고? 그 사람들은 방을 다 구경하고 싶어 할 거야. 난 사무실 사람들도 초대했어."

트윙클은 눈알을 굴렸다. 산지브는 삼 악장을 연주 중인 곡에서 심벌즈의 울림이 큰 것으로 보아 이미 크레셴도에 이르렀다는 것을 알아차렸다.

"그럼 문 뒤에 붙여둘게." 트윙클이 자신의 생각을 말했다. "그러면 손님들이 방 안을 들여다보아도 이 포스터는 보지 못할 거야. 이제 만족해?"

산지브는 포스터와 담배를 들고 방을 나가는 트윙클을 지켜보았다. 그녀가 서 있던 자리의 바닥에 담뱃재가 떨어져 있었다. 그는 몸을 숙여 손가락으로 담뱃재를 집어서 둥글게 오므린 손바닥 위에 놓았다. 이제 사 악장의 부드러운 아다지에토가 시작되었다. 아침을 먹으면서 산지브는 이 곡을 해설한 글을 읽었는데, 말러는 이 부분의 악보 원고를 아내가 될 사람에게 보내며 청혼했다고 쓰여 있었다. 교향곡 5번에는 비극과 투쟁의 요소가 있는 게 사실이지만, 대체로 보아 사랑과 행복의 음악이라는 것이다.

화장실 변기의 물 내리는 소리가 들렸다. "저 음악 말인데……." 트윙클이 소리 질렀다. "사람들을 감동시키려고 한다면, 나라면 저 음악은 틀지 않겠어. 들으면 졸려."

산지브는 담뱃재를 버리려고 화장실로 갔다. 담배꽁초가 아직 변기 안에서 간당거렸지만, 수조의 물이 다시 채워지고 있었으므로 변기의 물을 다시 내리려면 잠시 기다려야 했다. 그는 약장 거울을 통해 자신의 긴 속눈썹을 자세히 살펴보았다. 여자 속눈썹처럼 길다고 트윙클이 곧잘 놀려대는 속눈썹이었다. 평균적인 몸매였지만, 뺨은 약간 통통한 편이었다. 속눈썹과 더

축복받은 집

불어 바로 이 점이 자신이 바라는 위엄 있는 옆얼굴을 갖추는
데 방해가 된다고 생각했다. 키도 평균이었는데, 성장이 멈춘
뒤 늘 2, 3센티미터만 더 컸더라면, 하는 아쉬움을 품고 있었다.
이런 이유로 트윙클이 하이힐을 신겠다고 고집을 부리면 짜증
이 났는데, 전날 밤 맨해튼에서 함께 저녁을 먹을 때도 그랬다.
그날은 이 집으로 이사 온 다음 처음 맞이하는 주말이었다. 이
제는 벽난로 선반 위에 꽤 많은 물건들이 들어찼고, 그래서 두
사람은 외식하러 나가는 차 안에서 이 문제로 다퉜다. 그러나
트윙클은 알파벳 시티의 이름 없는 바에서 위스키를 넉 잔 마시
고는 이 문제는 다 잊었다. 그녀는 세인트마크스 플레이스에 있
는 조그만 서점으로 산지브를 끌고 가서 거의 한 시간 동안 책
구경을 했고, 서점을 나와서는 사람들이 오가는 인도에서 탱고
를 추자고 졸랐다.

　이후로 트윙클은 산지브의 팔에 의지한 채 비틀거렸다. 7센티
미터 높이의 표범 무늬 스웨이드 펌프스를 신은 키는 산지브의
시선 위로 약간 올라와 있었다. 이런 식으로 그들은 여러 블록
을 걸어서 워싱턴 스퀘어의 주차장으로 돌아갔다. 산지브는 맨
해튼에 주차한 차들에 벌어진 어처구니없는 일에 관해 너무 많
은 얘기를 들었기 때문에 일부러 워싱턴 스퀘어에 주차했다.
"하지만 난 종일 책상 앞에 앉아 있기만 하는걸." 집으로 돌아
가는 차 안에서 산지브가 하이힐이 불편해 보이니 신지 않는
게 좋겠다고 말하자 트윙클은 퉁명스럽게 대꾸했다. "타이핑할
땐 굽 높은 구두를 신을 수 없잖아." 산지브는 더 논쟁하지 않았

지만, 그녀가 하루 종일 책상 앞에만 앉아 시간을 보내는 건 아니라는 사실을 알고 있었다. 그날 오후만 해도 조깅을 하고 돌아와 보니 그녀는 뜻밖에도 침대에 누워 책을 읽고 있었다. 왜 대낮에 침대에 누워 있느냐고 묻자, 지루해서 그렇다고 대답했다. 그때 산지브는 이렇게 말해주고 싶었다. 이삿짐 상자를 풀 수도 있었을 텐데. 다락방 청소를 할 수도 있었을 텐데. 화장실 창턱의 페인트칠을 다시 하고 그 위에 시계를 올려놓지 말라고 내게 주의를 줄 수도 있었을 텐데. 어질러진 것, 정리되지 않은 것에 그녀는 개의치 않았다. 옷장 앞에 어떤 옷이 걸려 있든, 주위에 어떤 잡지가 놓여 있든, 라디오에서 어떤 노래가 흘러나오든 만족하는 것 같았다. 다른 한편으로 호기심도 강했다. 그리고 지금, 트윙클의 호기심은 다음 보물을 발견하는 데 집중되어 있었다.

며칠 후, 산지브가 퇴근하여 집에 돌아왔을 때 트윙클은 담배를 피우면서 캘리포니아에 사는 여자 친구와 통화를 하고 있었다. 오후 다섯 시 전이어서 장거리 전화 요금이 가장 비싼 시간대였는데도 그녀는 개의치 않았다. "신앙심이 대단히 깊은 사람들이야." 이따금씩 담배 연기를 내뿜으며 말했다. "매일매일이 보물찾기 같아. 농담 아냐. 믿기지 않지? 침실마다 스위치는 성경에 나오는 장면으로 장식되어 있어. 노아의 방주 같은 것 말이야. 침실이 세 개인데, 하나는 내 서재로 써. 산지브는 곧장 철물점에 가서 그것들을 바꿔버렸어. 상상이 되니? 모조리 교체했다니까."

축복받은 집

이제는 그 친구가 말할 차례였다. 검은 고리바지와 노란 셔닐 스웨터를 입은 트윙클은 냉장고 앞에 구부정하게 앉아 고개를 끄덕이며 라이터를 더듬더듬 찾고 있었다. 산지브는 가스레인지 위에서 나는 향긋한 냄새를 맡고, 멕시코식 테라코타 타일 위에 꼬인 채로 길게 늘어뜨린 전화선을 조심스럽게 피해서 그쪽으로 갔다. 냄비 뚜껑을 열자 적갈색의 소스가 약간 넘쳐흐르며 맹렬히 끓고 있었다.

"생선 스튜야. 거기다 그 식초를 넣었어." 트윙클이 수화기 너머 친구의 말을 자르며 말했다. 그러면서 가운뎃손가락을 집게 손가락 위에 포개 보였다. "미안. 뭐라고 했지?" 그녀는 그렇게 사소한 것에 흥분하고 즐거워했으며, 새로운 맛의 아이스크림을 먹을 때나 우체통에 편지를 넣을 때같이 예상할 수 없는 일들 앞에서 두 손가락을 포개며 행운을 빌곤 했다. 산지브는 이해할 수 없었다. 마치 이 세상에 자신이 예상할 수 없는, 또는 알 수 없는 경이로움이 숨어 있다는 듯이 행동하는 모습을 보면 바보 같다는 생각이 들었다. 그는 그녀의 얼굴을 쳐다보았다. 소녀티를 벗지 못한 얼굴이라는 생각이 문득 들었다. 눈에는 근심 걱정이 없었고, 아름다운 용모는 어딘지 불안정해 보였다. 아직은 표정이 확실하게 자리 잡지 못한 얼굴 같았다. 그녀는 동요를 따서 애칭을 짓고 아직도 어린 시절의 그 이름을 버리지 못했다. 결혼 생활이 이제 두 달째로 접어들었는데, 산지브의 눈에 거슬리는 행동들이 있었다. 때때로 말을 할 때 침을 약간 뱉는 버릇이나, 밤에 속옷을 벗고 난 다음 세탁물 바구니에 넣지 않고 침대 발치에 놓아두는 버릇 따위가 그랬다.

두 사람은 겨우 넉 달 전에 만났다. 캘리포니아에 사는 트윙클의 부모와 여전히 캘커타에 살고 있는 산지브의 부모는 오랜 친구였는데, 그들은 대륙을 가로질러 둘이 만나는 자리를 마련했다. 같이 어울리는 친구 딸의 열여섯 번째 생일 파티에서 만나게 한 것이다. 그때 산지브는 사업차 팔로 알토에 있었다. 식당에서 그들은 둥근 테이블에 나란히 앉았다. 앞에는 돼지갈비와 계란말이와 치킨 날개가 담긴 커다란 접시가 돌아가고 있었는데, 두 사람은 그 음식이 모두 같은 맛이라는 데 의견의 일치를 보았다. 사춘기 때 우드하우스의 소설을 좋아했으며 지금도 여전히 그렇다는 점이 통했고 시타르를 싫어한다는 점도 같았다. 트윙클은 대화를 나누면서 산지브가 성실하게 자신의 찻잔을 채워주는 모습에 매력을 느꼈다고 나중에 고백했다.

그리하여 전화를 걸기 시작했고, 통화 시간이 점점 길어졌고, 방문이 시작되었다. 처음에는 그가 스탠퍼드로 갔고 다음에는 그녀가 코네티컷으로 왔다. 산지브는 주말에 트윙클이 피우고 나서 짓뭉갠 담배꽁초가 담긴 재떨이를 발코니에 그대로 두었다. 그러다가 방문을 앞두고서야 그녀를 맞이하려고 재떨이를 비우고 아파트를 진공청소기로 청소하고 침대보를 세탁했다. 심지어 식물의 잎사귀에 앉은 먼지를 털어내기도 했다. 그녀는 스물일곱이었고, 그가 추측하기로는 배우가 되려다 실패한 미국인에게 최근에 차였다. 혼자 살기엔 수입이 아주 많은 편인 산지브는 외로웠으며, 사랑을 해본 적이 한 번도 없었다. 중매쟁이

축복받은 집

의 재촉으로 두 사람은 하객 수백 명의 축하를 받으며 인도에서 결혼했다. 그가 어린 시절 기억으로부터 떠올릴 수 있는 하객은 거의 없었다. 크리스마스트리용 전등을 매단, 빨간색과 오렌지색으로 만들어진 천막 아래서 결혼식을 치렀는데, 그곳 맨더빌 로드에는 8월의 비가 끊임없이 내렸다.

"다락방은 청소했어?" 얼마 뒤 그가 트윙클에게 물었다. 그녀는 종이 냅킨을 접어서 접시 옆에 두고 있었다. 다락방은 이 집에서 유일하게 아직 전혀 청소를 하지 않은 곳이었다.

"아직 안 했어. 꼭 할게. 이게 맛이 좋아야 할 텐데." 트윙클이 김이 나는 냄비를 예수 받침대 위에 내려놓으며 말했다. 조그만 바구니에는 이탈리아 빵이 담겨 있었고, 아이스버그 상추, 강판에 간 당근에 드레싱과 크루통을 넣고 버무린 것, 그리고 적포도주가 있었다. 그녀는 부엌일을 썩 좋아하는 편이 아니었다. 슈퍼마켓에서 미리 구운 치킨을 사서 조그만 플라스틱 용기에 담아 파는, 언제 만들어졌는지 모르는 감자 샐러드와 함께 식탁에 차렸다. 인도 음식은 여간 성가신 게 아니야, 하고 투덜댔다. 마늘을 잘게 써는 일과 생강의 껍질을 벗기는 일을 싫어했으며 믹서도 다룰 줄 몰랐다. 그래서 주말에 제대로 된 카레를 만들기 위해 겨자기름과 계피와 정향으로 양념을 하는 사람은 산지브였다.

그러나 그녀가 오늘 요리한 게 무엇이든 무척이나 맛있고 매력적이기까지 하다는 것을 그는 인정해야 했다. 네모난 하얀 생선 살과 파슬리 조각과 신선한 토마토가 진한 적갈색 수프 속에서 반짝였다.

"이걸 어떻게 만들었지?"

"그냥 만들었어."

"어떻게 했는데?"

"냄비에 그냥 몇 가지 넣고 맨 나중에 그 맥아 식초를 쳤어."

"식초는 얼마나 쳤는데?"

그녀는 으쓱 어깻짓을 해 보인 다음, 빵을 조금 찢어서 자신의 그릇 속에 집어넣었다.

"모른다는 거야? 그게 말이 돼? 그런 건 적어둬야 해. 파티나 다른 일이 있어서 다시 만들어야 할 땐 어떡할 거야?"

"기억해낼 거야." 그녀는 마른 행주로 빵 바구니를 덮었는데, 그 순간 그는 행주에 십계명이 인쇄된 것을 알아차렸다. 그녀가 환한 미소를 지어 보이며 식탁 밑에서 그의 무릎을 살짝 꼬집었다. "알겠지? 이 집은 축복받은 거야."

집들이는 10월 마지막 주 토요일로 정해졌고, 서른 명 정도 초대했다. 모두 다 산지브가 아는 사람들이었는데, 사무실 직원들과 코네티컷 지역에 사는 인도인 부부들이었다. 인도인 부부 중 꽤 많은 수는 겨우 알고만 지내는 사이였지만, 그럼에도 그들은 그가 혼자 살 때 토요일이면 정기적으로 그를 초대해서 저녁을 함께 먹었다. 산지브는 왜 그들이 모임에 자신을 끼워주는지 궁금할 때가 많았다. 누구와도 공통점이 별로 없었다. 그렇지만 주말에는 다른 계획이 거의 없었으므로 항상 그 모임에 참석해서 양념한 병아리콩과 새우 커틀릿을 먹으면서 정치에 대해 잡담을 나누거나 논쟁했다. 아직까지 트윙클을 만나본 사람은 없었다. 데이트하던 시절에는 짧은 주말 시간을 혼자 살 때 어울렸던 사람들과 함께하며 허비하고 싶지 않았다. 트윙클은 브룩필드의 도자기 스튜디오에서 일한다고 알고 있는 전 남자 친구와 산지브 말고는 코네티컷 주에 아는 사람이 없었다. 그녀는 스탠퍼드 대학의 석사 학위논문을 거의 끝내가고 있었는데, 주제는 산지브는 들어본 적이 없는 아일랜드의 시인에 관한 연구였다.

산지브는 결혼식을 올리러 인도로 떠나기 전에 이 집을 혼자서 알아보았다. 집값도 괜찮았고, 교육 여건이 훌륭한 좋은 동네였다. 연철 난간이 있는 우아한 곡선형 계단, 짙은 색깔의 목재를 벽면에 붙인 징두리, 진달래 덤불이 바라보이는 일광욕실, 튜더식 분위기를 약간 풍기며 정면에 멋지게 부착된 단단한 황동 장식, 이 모든 것이 인상적이었다. 벽난로 두 개, 차를 두 대 넣을 수 있는 차고가 있었으며, 다락방이 하나 있었다. 다락방은 필요한 경우에는 여분의 침실로 개조해서 쓰기에 적합하다고 부동산 중개업자가 말했다. 그때는 이미 산지브가 마음을 굳혔고, 트윙클과 함께 이 집에서 영원히 살겠다는 결심을 했기 때문에 성경 장면 스티커가 붙은 스위치나 안방 침실의 창문에 부착된 투명한 성모마리아 판박이 스티커 따위는 눈에 들어오지 않았다. 이사를 하고 나서 그는 그 판박이 스티커를 긁어내려다가 유리를 닦고 말았다.

집들이가 있기 바로 전 주말에 그들은 잔디밭의 낙엽을 긁어 모으고 있었는데, 갑자기 날카로운 외마디 소리가 들려왔다. 트윙클이 죽은 동물이나 뱀을 보았을지 모른다고 생각하며 산지브는 갈퀴를 쥔 채 달려갔다. 그의 운동화가 갈색과 노란색의 낙엽을 바삭바삭 밟으며 달려가는 동안 10월의 청량한 바람이 귓전을 때렸다. 그녀에게 이르렀을 때, 트윙클은 잔디밭에 주저앉아 거의 들리지 않을 정도로 숨죽여 웃고 있었다. 제멋대로 자란 개나리 덤불 뒤로 키가 그들의 허리 높이 정도 되는 성모마리아 석고상이 있었다. 성모상의 머리 위에는 인도 신부와 같은 방식으로 파란색 머리쓰개가 씌워져 있었다. 트윙클은 자신의 티셔츠 옷단을 잡고 석고상의 이마에 묻은 먼지를 닦아내기 시작했다.

"이 석고상을 침대 발치에 놓고 싶은가 봐." 산지브가 말했다.

그녀는 놀란 표정으로 그를 쳐다보았다. 그녀의 배가 드러났고, 배꼽 주위에 소름이 돋은 게 눈에 띄었다. "당신, 무슨 생각을 하는 거야? 당연히 우리 침실에 둘 순 없지."

"그래?"

"당연하지, 산지브, 바보 같긴. 이건 실외용이야. 잔디밭에 두는 거라고."

"오 맙소사, 안 돼. 트윙클, 그건 안 돼."

"그렇지만 우린 그래야만 해. 그렇지 않으면 불운이 찾아올

축복받은 집

거야."

"이웃들이 다 볼 거야. 우리가 제정신이 아니라고 생각할 거라고."

"왜? 성모마리아 상을 우리 집 잔디밭에 두었다고 해서? 이 동네의 많은 사람들이 성모상을 자기 집 잔디밭에 모셔두잖아. 우리도 그러는 것뿐이야."

"우린 기독교인이 아니잖아."

"그 얘긴 언제까지 계속할 건데." 트윙클은 손가락 끝에 침을 묻혀 성모마리아의 턱에 묻은, 유난히 잘 지워지지 않는 얼룩을 열심히 문지르기 시작했다. "이건 먼지일까, 아니면 곰팡이일까?"

말이 잘 안 통했다. 알게 된 지 넉 달밖에 되지 않았으며 그가 결혼한 여자, 지금 인생을 함께하는 여자가 말이 잘 안 통하는 것이었다. 산지브는 후회의 감정이 스치는 것을 느끼며 어머니가 캘커타에서 보내준 신붓감들의 스냅사진을 떠올려보았다. 노래를 잘 부르고 바느질도 잘하고 요리책을 보지 않고도 렌즈콩 요리를 잘하는 여자들이라고 했다. 산지브는 그들을 신부 후보로 고려했으며, 좋아하는 순서로 번호를 매겨보기도 했다. 하지만 그러던 때에 트윙클을 만났다. "트윙클, 직장 동료들이 내 집 잔디밭에서 이 조각상을 보게 할 순 없어."

"신자라는 이유로 당신을 해고할 순 없는 법이야. 차별이야."

"내가 말하는 건 그게 아니잖아."

"남들 생각이 왜 그리도 중요해?"

233

"트윙클, 제발." 그는 피곤했다. 그가 갈퀴에 몸을 기댄 동안 그녀는 그 조각상을 끌고 타원형의 머틀 화단을 향했다. 화단 옆에는 벽돌 오솔길이 있었고, 오솔길 한쪽에는 가로등이 서 있었다. "산지브, 이것 봐. 아주 아름답잖아."

그는 낙엽을 모아놓은 곳으로 되돌아가 손으로 낙엽을 집어서 쓰레기 봉지에 넣었다. 머리 위 파란 하늘에는 구름 한 점 없었다. 잔디밭에 있는 나무 한 그루는 아직 잎을 가득 달고 있었다. 빨간색, 오렌지색 나뭇잎이 트윙클과 결혼식을 치렀던 천막을 떠올리게 했다.

그는 자기가 그녀를 사랑하는 건지 알지 못했다. 팔로 알토에서 어느 오후, 자리가 거의 빈 어두운 극장에 둘이 나란히 앉아 있는데 그녀가 처음으로 사랑하느냐고 물었다. 그는 그렇다고 대답했다. 영화가 시작되기 전이었다. 트윙클이 좋아한다는 독일 영화였는데, 알고 보니 대단히 우울했다. 그녀는 자신의 코끝을 그의 코끝에 밀착했고, 그는 마스카라를 칠한 그녀의 속눈썹 떨림을 느낄 수 있었다. 그가 그렇다고, 사랑한다고 대답한 그 오후에 그녀는 기뻐하며 팝콘 하나를 그의 입속에 넣어주었고, 손가락 하나를 잠깐 동안 그의 두 입술 사이에 댔다. 마치 정답을 내놓은 데 대한 보상인 것처럼.

비록 그녀가 직접 말하지는 않았지만 그는 그때 그녀도 자기를 사랑한다고 생각했다. 하지만 지금은 확신할 수 없었다. 사실 산지브는 사랑이 무엇인지 잘 몰랐다. 하지만 사랑이 아니라고 생각하는 것들은 있었다. 매일 밤 카펫이 깔린 빈 콘도로 돌아가 포크, 나이프 따위를 넣어둔 서랍에서 맨 위에 있는 포크 하나만을 꺼내 사용하는 것, 남자들이 결국엔 아내나 여자 친구의 허리에 팔을 두르고 이따금씩 몸을 기울여 어깨나 목에 키스를 하는 그런 주말 디너파티를 점잖게 거절하는 것, 이런 것들은 사랑과는 거리가 멀다고 마음속으로 정리했다. 상품 안내서에 추천된 주요 작곡가를 체계적으로 검토하여 클래식 음악 시디를 우편으로 주문하고, 항상 제때 대금을 송금하는 것, 이것도 사랑이 아니었다. 트윙클을 만나기 전 몇 달 동안 산지브는 이러한 것들을 깨닫기 시작했다. "넌 은행에 가족 세 명은 부양할 만한 돈이 있잖아." 매달 초에 주고받는 통화에서 어머니가 그에게 다시 한 번 상기해주었다. "널 돌봐주고 사랑해줄 아내가 필요해." 이제는 아내가 있었다. 예쁜 아내가 있었다. 적절히 높은 카스트 출신에다 곧 석사 학위를 받게 될 아내가 말이다. 그러니 사랑하지 못할 까닭이 어디 있는가?

그날 저녁 산지브는 뉴스 한 꼭지가 진행되는 동안 혼자서 진과 토닉을 따라서 마셨고, 다시 한 잔을 따라서 거의 다 마신 다음 거품 목욕을 하는 트윙클에게 갔다. 난생처음 해보는 잔디밭 갈퀴질에 온몸이 뻐근하고 아프다고 했다. 그는 노크하지 않았다. 그녀는 하늘색 마스크 팩을 얼굴에 쓴 채 담배를 피우고 얼음을 넣은 버번을 마시면서 두꺼운 페이퍼백 책을 넘기고 있었다. 책장은 물에 젖어 오그라지고 회색으로 변해 있었다. 그는 표지를 흘끗 쳐다보았다. 표지에는 암적색으로 '소네트'라고

만 쓰여 있었다. 그는 숨을 들이쉰 다음, 아주 차분한 목소리로 술을 다 마시고 나면 신발을 신고 밖으로 나가 앞 잔디밭에 있는 성모상을 치울 거라고 말했다.

"그럼 어디다 둘 건데?" 그녀가 눈을 감은 채 꿈꾸는 듯한 목소리로 물었다. 다리 하나가 거품 속에서 나오더니 우아하게 펴졌다. 그녀는 다리를 굽혀 발가락으로 어딘가를 가리키는 시늉을 했다.

"오늘은 차고에 넣어둘 거야. 그리고 내일 아침 출근길에 쓰레기 폐기장으로 들고 가서 버릴 거야."

"그러기만 해봐." 그녀가 벌떡 일어섰다. 책이 물속으로 빠졌고, 거품이 허벅지를 타고 흘러내렸다. "난 당신을 증오해." 그녀가 말했다. '증오'라는 말을 할 때 눈이 가늘어졌다. 그녀는 목욕가운을 집어들어 걸치고 허리끈을 단단히 졸라맸다. 그리고 우아하게 굽은 계단을 민첩하게 내려갔다. 목조 바닥에 젖은 발자국이 찍혔다. 그녀가 현관에 이르렀을 때 산지브가 말했다. "그 상태로 집을 나가겠다는 거야?" 관자놀이가 욱신거렸다. 평소와는 달리 독이 오른 목소리로 말을 했다.

"무슨 상관이야? 내가 어떤 꼴로 집을 나가든 무슨 상관이냐고?"

"이 시간에 어딜 갈 생각인데?"

"당신, 저 조각상을 내다 버리면 안 돼. 가만있지 않을 거야." 마스크 팩은 이제 건조해져 잿빛을 띠었고, 머리카락의 물이 그 팩의 윤곽을 따라 흘러내렸다.

축복받은 집

"천만에. 내다 버릴 거야."

"안 돼." 트윙클이 말했다. 그녀의 목소리가 갑자기 작아졌다. "이 집은 우리 집이야. 우리가 공동으로 소유한 집이라고. 저 조각상은 우리 재산의 일부야." 그녀는 몸을 떨기 시작했다. 흘러내린 목욕물이 발목 주위에 모여서 조그마한 웅덩이를 만들었다. 그는 그녀가 감기에 걸릴까 봐 창문을 닫으려고 걸음을 옮겼다. 그때 마스크 팩을 따라 흘러내리는 물방울의 일부가 눈물이라는 것을 알아차렸다.

"맙소사, 트윙클, 이러지 마. 난 그럴 뜻이 아니었어." 그녀가 우는 모습을 전에는 본 적이 없었다. 그녀의 눈에서 그런 슬픔을 본 적도 없었다. 그녀는 고개를 돌리지 않았고 눈물을 멈추려 하지도 않았다. 이상하게도 평화로워 보였다. 잠시 눈꺼풀을 닫고 있었다. 보호받지 못하고 노출된 그 눈꺼풀은 얼굴의 나머지 부분을 덮은 푸른빛에 비해 창백했다. 산지브는 마치 음식을 너무 많이 먹었거나 아니면 너무 적게 먹은 것처럼 속이 불편했다.

트윙클이 다가와 젖은 타월을 두른 팔로 산지브의 목을 끌어안은 채 그의 가슴에 대고 흐느꼈다. 셔츠가 젖기 시작했고, 마스크 팩은 그의 어깨 위에 떨어졌다.

결국 그들은 타협을 보았다. 그 조각상은 이 집의 옆쪽 후미진 곳에 두기로 했다. 그러므로 지나가는 사람들의 눈에는 잘 띄지 않지만, 집에 오는 사람들에게는 여전히 훤히 보였다.

집들이 음식은 꽤나 간단했다. 샴페인 한 상자, 하트퍼드에 있는 인도 식당에서 주문한 사모사, 닭고기와 아몬드와 오렌지 껍질을 넣은 밥을 준비했다. 산지브는 이 밥을 준비하는 데 오전과 오후 시간의 태반을 보냈다. 전에는 이렇게 큰 잔치를 벌여본 적이 없었다. 술이 충분하지 않을지도 모른다는 걱정이 들어 만일에 대비하여 샴페인 한 상자를 더 사기로 했다. 그래서 음식을 만들다가 밖에 나갔는데, 그사이 한 접시 분량의 밥을 태워버려서 다시 준비해야 했다. 트윙클은 바닥 청소를 했고, 인도 식당에서 사모사를 가져오겠다고 나섰다. 어쨌든 그녀는 그쪽 방향에 있는 미용실에서 손톱과 발톱 관리를 받기로 예약이 되어 있었다. 산지브는 집들이 동안만이라도 벽난로 선반 위의 물건을 치워둘 생각이 없냐고 물어보려 했지만, 그녀는 그가 샤워를 하는 동안에 밖으로 나갔다. 족히 세 시간은 밖에 나가 있었고, 그래서 나머지 청소는 산지브가 해야 했다. 다섯 시 반이 될 무렵에는 집 안 전체가 반짝거렸다. 트윙클이 하트퍼드에서 구입한 향기 나는 초들이 벽난로 선반 위 물건들을 비추었고, 화분의 흙 속에 꽂힌 채 타들어가는 가느다란 향들을 비추었다. 벽난로 선반을 지나칠 때마다 그는 움찔거렸다. 손님들이 깜박거리는 도자기 성인상을 보고, 마리아와 요셉을 본떠 디자인한 소금통과 후추통을 보고 눈썹을 추켜세울까 봐 두려웠다. 그렇지만 손님들은 샴페인을 홀짝이거나 사모사를 처트니 소스에 찍어 먹으면서, 벽 밖으로 돌출된 아름다운 창과 반짝이는 목조 바닥, 우아하게 굽은 멋진 계단, 그리고 목조 징두리 같은 데 깊은 인상을 받을 거라는 기대감이 있었다.

산지브가 근무하는 회사의 신임 컨설턴트인 더글러스와 그의 여자 친구 노라가 가장 먼저 도착했다. 둘 다 키가 크고 금발이었으며, 둘 다 같은 스타일의 금속 테 안경을 쓰고 검은색 긴 외투를 입고 있었다. 노라는 길고 뾰족한 깃털이 가득한 검은 모자를 썼는데, 그 모자는 길고 뾰족한 얼굴 윤곽과 잘 어울렸다. 왼손은 더글러스의 손을 잡고 있었고, 오른손에는 목에 빨간 리본을 두른 코냑 병이 들려 있었다. 노라는 그 병을 트윙클에게 주었다.

"산지브, 잔디밭이 참 멋지군요." 더글러스가 말했다. "우리가 나가서 낙엽을 좀 모아주어야겠는걸요. 그리고 이분은 틀림없이……"

"내 아내, 타니마."

"트윙클이라고 불러주세요."

"참 특이한 이름이군요." 노라가 말했다.

트윙클이 어깨를 으쓱했다. "그렇지도 않아요. 뭄바이엔 딤플 카파디아라는 여배우도 있어요. 그 배우의 여동생 이름은 심플이래요."

더글러스와 노라는 동시에 눈썹을 추켜세우더니, 그 우스꽝스러운 이름을 잘 기억해두겠다는 듯이 천천히 고개를 끄덕였다. "만나서 반가워요, 트윙클."

"샴페인 많이 드세요. 아주 많거든요."

"이런 걸 물어봐도 괜찮을지 모르겠습니다만……" 더글러스가 말했다. "들어오면서 보니 바깥에 조각상이 있더군요. 두 분 기독교인인가요? 난 두 분이 인도인이라고 알고 있는데요."

"인도에도 기독교인이 있어요." 산지브가 대답했다. "하지만 우린 기독교인이 아니에요."

"당신 옷이 참 마음에 들어요." 노라가 트윙클에게 말했다.

"난 당신 모자가 아주 좋아요. 집을 둘러보시겠어요?"

초인종이 또 울렸다. 이어서 다시 울리고, 또 다시 울렸다. 몇 분 지나지 않아 집 안에는 사람들과 대화, 낯선 향내가 들어찼다. 여자들은 하이힐에 스타킹을 신었으며, 크레이프나 시폰 직물로 만든 검은색 미니 드레스를 입고 있었다. 이들은 포장한 선물과 외투를 산지브에게 건넸는데, 산지브는 그 외투를 널따란 외투 옷장의 옷걸이에 조심스럽게 걸었다. 반면에 트윙클은 사람들에게 일광욕실의 오토만 의자 위에 소지품을 놓아두라고 말했다. 몇몇 인도 여자들은 어깨 윗부분을 우아한 주름 형태의 금줄 세공으로 장식한, 자신들의 사리 중에서 가장 멋진 사리를 입고 왔다. 남자들은 넥타이에 정장 차림이었고, 감귤향이 나는 애프터셰이브 로션을 바르고 왔다. 사람들은 방에서 방으로 서서히 옮겨가며 집 구경을 했고, 그동안 일 층 홀의 끝에서 끝까지 이르는 기다란 체리목 테이블 위에는 선물이 가득 쌓였다.

산지브는 사람들이 그와 그의 집에, 그의 아내에게 이처럼 많은 관심을 보인다는 사실에 어리둥절했다. 살면서 비슷한 일이 벌어진 때는 결혼식 날뿐이었다. 하지만 이 집들이는 달랐다.

이 사람들은 가족이 아니라 그저 우연히 알게 된 사람들이고, 따라서 어떤 의미에서는 그에게 아무런 신세도 지지 않은 사람들이었다. 그런데도 모두 그를 축하했다. 직장 동료인 레스터는 산지브가 늦어도 두 달 안에 부사장으로 승진할 것이라고 예견했다. 사람들은 사모사를 정신없이 먹었으며, 새로 페인트칠을 한 천장과 벽을 감탄하며 바라보았다. 그리고 공중에 걸어놓은 화분, 벽 밖으로 돌출된 창, 자이푸르에서 사온 비단 그림을 두고 성의껏 찬사의 말을 건네주었다. 그러나 그들은 무엇보다도 트윙클에게, 그리고 등이 깊게 파인, 양단으로 만든 그녀의 열은 감빛 살와르 카미즈긴 상의와 헐렁한 바지 차림의 인도 전통 의상에, 그녀가 머리 위에 솜씨 좋게 감아 올린, 끈에 꿴 하얀 장미 꽃잎에, 그녀의 목을 장식한, 중앙에 사파이어가 달린 진주 초커 목걸이에 큰 찬사를 보냈다. 트윙클이 선곡한 열정적인 재즈 음악이 흘러나오는 가운데 사람들은 그녀 주위로 커다랗게 원을 그리고 서서 그녀가 말하는 일화와 의견을 들으며 웃음을 터뜨렸다. 한편 산지브는 사모사를 오븐에 따뜻하게 데워 계속 내놓았고, 손님들의 술잔에 넣을 얼음을 준비했고, 조금은 힘들게 샴페인 병을 따고 또 땄으며, 자신은 기독교인이 아니라고 마흔 번이나 해명했다. 트윙클은 몇몇 무리로 나누어진 사람들을 따로따로 안내하며 우아한 곡선형 계단을 오르내리고, 잔디밭을 보여주고, 지하 저장고로 가는 계단을 들여다보게 했다. "당신 친구들이 내 서재에 있는 포스터를 아주 좋아해." 두 사람이 잠깐 서로 스치고 지나갈 때 트윙클이 산지브의 등에 살짝 손을 대며 의기양양하게 말했다.

산지브는 아무도 없는 부엌으로 갔다. 그리고 보는 사람이 아무도 없다고 생각하며 조리대 위의 접시에 놓인 치킨 조각을 손가락으로 집어 먹었다. 한 조각을 더 먹은 다음, 진을 병째 들고 한 모금 꿀꺽 마셔서 치킨을 씻어 내렸다.

"아주 멋진 집이야. 밥도 아주 맛있어." 마취과 의사인 수닐이 종이 접시에서 스푼으로 음식을 떠먹으며 부엌 안으로 걸어 들어왔다. "샴페인 더 있나?"

"자네 부인은 정말 굉장해." 프라발이 뒤따라 들어오며 덧붙였다. 그는 예일 대학의 물리학 교수로 아직 독신이었다. 산지브는 잠시 멍하니 그를 쳐다보다가 얼굴을 붉혔다. 언젠가 한 디너 파티에서 프라발이 소피아 로렌도 정말 굉장하고, 오드리 헵번도 정말 굉장하다고 말했던 게 떠올랐다. "자네 부인에겐 여동생이 없나?"

수닐이 밥이 담긴 접시에서 건포도를 골라 먹었다. "그럼 부인의 성은 '리틀 스타'인가?"

두 남자는 웃음을 터뜨렸다. 그런 다음 플라스틱 스푼을 열심히 움직여 접시에 담긴 밥을 다시 먹기 시작했다. 산지브는 술을 더 들고 오려고 지하 저장고로 내려갔다. 두 번째 샴페인 상자를 가슴에 안은 채 습기 차고 서늘하고 조용한 계단에서 잠시 멈춰 섰다. 머리 위에서는 파티가 흥겹게 이어지고 있었다. 그는 다시 계단을 올라가 샴페인 상자를 식탁 위에 올려놓았다.

"그래요, 전부 다 말이에요. 모두 이 집에서 발견한 거예요. 정

축복받은 집

말 엉뚱한 장소에서요." 트윙클이 거실에서 하는 말이 들렸다. "사실 우린 아직도 이런 것들을 계속 찾는답니다."

"그럴 리가!"

"정말이에요! 매일매일이 보물찾기 같아요. 아주 좋아요. 우리가 또 무얼 찾게 될지는 하느님만이 아시겠죠. 괜히 하는 말이 아니에요."

그렇게 해서 그 일이 시작되었다. 마치 무언의 합의를 한 것처럼 모든 사람들이 그 대열에 합류하여 각 방을 샅샅이 뒤지기 시작했다. 손님들이 알아서 옷장을 열어보고, 의자와 쿠션 밑을 들여다보고, 커튼 뒤를 손으로 만져보고, 책장에서 책들을 빼냈다. 사람들은 웃고 떠들면서 무리를 지어 곡선형 계단 위로, 아래로 날렵하게 움직였다.

"아직 다락방은 뒤져본 적이 없어요." 트윙클이 불쑥 말했고, 모든 사람들이 뒤를 따랐다.

"어떻게 저기로 올라가죠?"

"이 근처에, 아마 천장 어딘가에 사다리가 있을 거예요."

산지브는 피곤함을 느끼며 사다리가 있는 곳을 알려주려고 사람들의 뒤를 따랐다. 그러나 트윙클이 이미 제힘으로 찾아냈다. "찾았다!" 그녀가 소리쳤다.

더글러스가 사다리를 내리는 체인을 잡아당겼다. 노라의 깃털 모자를 머리에 쓴 그의 얼굴은 상기되어 있었다. 손님들이 한 사람씩 사라졌다. 여자들이 끈 달린 하이힐을 사다리의 좁은 단 위에 올려놓으면 남자들이 도와주었다. 인도 여자들은 값

비싼 사리의 끝단을 허리띠 속에 집어넣었다. 남자들이 여자들 뒤를 따랐고, 이내 모두가 사라져서 곡선형 계단의 맨 위에는 산지브 혼자 남게 되었다. 머리 위에서 발자국 소리가 쿵쿵 울렸다. 그는 그 무리 속에 전혀 끼고 싶지 않았다. 저러다 천장이 무너지지 않을까 하는 생각이 들었다. 잠시 천장이 무너지는 광경을 상상해보았다. 향수 냄새 나는 술 취한 몸뚱이들이 다 굴러 떨어져서 자신의 주위에 어지러이 뒤엉킨 광경이었다. 그때 날카로운 외마디 소리가 들려왔고, 이어 귀에 거슬리는 왁자한 웃음소리가 터져 나왔다. 뭔가 떨어졌고, 뭔가 부서졌다. 어떤 트렁크에 대해 뭐라고 마구 지껄이는 소리가 들렸다. 사람들이 표면을 열심히 두드리며 열려고 애쓰는 것 같았다.

산지브는 트윙클이 자기를 불러 도움을 청할 거라고 생각했지만, 그를 부르는 소리는 없었다. 복도를 둘러보고 나서 아래층을 내려다보았다. 샴페인 잔과 반쯤 먹다 만 사모사 접시와 립스틱이 묻은 냅킨 같은 것들이 평평한 면이 있는 가구마다 그 위에 어지럽게 널려 있었다. 이어 그는 트윙클이 급한 마음에 구두를 벗고 올라갔다는 것을 알아차렸다. 검은 에나멜 가죽 구두가 사다리 발치 옆에 놓여 있었다. 굽이 골프 티처럼 생겼고 발가락 부분은 트여 있었는데, 발바닥이 닿는 부분에 부착된 실크 라벨에는 때가 약간 묻어 있었다. 그는 사다리를 내려오다 걸리는 사람이 없게 하려고 구두를 안방 침실 문 앞에 갖다놓았다.

뭔가가 삐걱거리며 천천히 열리는 소리를 들었다. 귀에 거슬리는 목소리들이 단조로운 웅얼거림으로 잦아들었다. 문득 산지브는 그 집을 혼자 독차지한 듯한 느낌이 들었다. 음악은 끝났고, 집중만 한다면 냉장고가 웅웅거리는 소리와 바깥의 나무에 아직 달린 잎들이 살랑이는 소리, 그 나뭇가지가 유리창을 두드리는 소리를 들을 수 있었다. 손을 한 번 획 움직이기만 하면 스프링 장치에 연결된 사다리를 되감아서 천장 안으로 넣을 수도 있을 것이고, 그러면 그들은 산지브가 체인을 당겨주지 않는 한 아래로 내려올 방법이 없을 것이다. 아무도 방해하는 사람이 없는 상태에서 자신이 할 수 있는 일을 모두 생각해보았다. 트윙클이 모아놓은 물건을 쓰레기 봉지에 쓸어 담아서 차에 싣고 쓰레기 폐기장으로 달려갈 수도 있고, 눈물을 흘리는 예수의 포스터를 찢어버릴 수도 있고, 내친김에 성모마리아 상을 망치로 부술 수도 있었다. 그런 다음 빈집에 돌아올 것이다. 그는 한 시간 이내에 가뿐히 컵과 접시를 치우고, 진 토닉을 한 잔 마시고, 따뜻하게 데운 밥을 한 접시 먹고, 새로 산 바흐 시디를 듣고, 그러는 동안 음악을 제대로 이해하기 위해 해설을 읽을 수 있을 것이다. 그는 팔꿈치로 사다리를 살짝 밀어보았다. 그러나 사다리는 바닥에 견고하게 세워져 있었다. 약간만 움직이려 해도 힘을 좀 써야 할 정도였다.

"어쩜! 난 담배를 한 대 피워야겠어요." 위에서 트윙클이 소리쳤다.

산지브는 목덜미가 뻣뻣해지는 것을 느꼈다. 현기증을 느꼈다. 좀 누워 있어야겠다고 생각했다. 그는 침실로 걸어가다가 침실 문 앞에서 트윙클의 구두를 마주하고 걸음을 멈추었다. 그 구두에 부드럽게 발을 밀어 넣는 그녀의 모습을 생각해보았다. 그 모습에서 이 집으로 이사 온 이래 자신이 줄곧 느꼈던 짜증의 감정 대신에, 그녀가 그 구두를 신고 곡선형 계단을 허겁지겁 뛰어 내려가고, 그러다가 목조 바닥을 약간 긁어버리는 모습이 머리에 떠오르며 애틋한 아픔을 느꼈다. 립스틱을 고쳐 바르려고 화장실로 달려가고, 사람들에게 외투를 내주려고 또 달려가고, 마침내 마지막 손님이 떠나고 난 다음 체리목 테이블로 달려가 집들이 선물을 열어보는 모습을 떠올리자 그 아픔은 더욱 커졌다. 결혼 전 통화를 끝내고 수화기를 내려놓을 때 느끼곤 했던 아픔과 같았다. 그녀를 배웅하고 공항에서 돌아오는 차 속에서 이륙하는 비행기를 보며, 저 하늘의 어떤 비행기에 트윙클이 타고 있을까 궁금해할 때 느꼈던 것과 똑같은 아픔이었다.

"산지브, 당신은 못 믿을 거야."

트윙클이 뒷모습을 드러내며 사다리를 내려왔다. 두 손은 머리 위에 있었고, 맨살이 드러난 어깨의 윗부분은 땀으로 반들거렸는데, 그녀가 들고 있는 것은 아직 그의 시야에서 가려져 있었다.

"트윙클, 이제 됐어요?" 누군가 물었다.

"예, 됐어요. 이제 손을 놔도 돼요."

이제 그는 그녀가 두 손으로 어떤 물체를 안은 모습을 볼 수 있었다. 은으로 만든 그리스도 흉상이었다. 머리 크기는 족히 그의 머리의 세 배는 되어 보였다. 귀족적으로 생긴 콧날은 오

뚝했으며, 위엄이 있는 곱슬머리는 확연히 드러난 빗장뼈 위까지 내려와 있었고, 넓은 이마에는 주변의 벽과 문, 램프 갓 등이 조그맣게 비쳤다. 추종자들에게 확신을 주려는 것처럼 그 표정에는 자신감이 배어 있었으며, 단호한 입술은 두툼하고 감각적이었다. 그 흉상에는 노라의 깃털 모자가 씌워져 있었다. 트윙클이 사다리를 내려오자 산지브는 그녀가 균형을 잃지 않도록 두 손으로 그녀의 허리를 두르고, 그녀가 바닥에 내려섰을 때 그 흉상을 대신 받아들었다. 흉상의 무게는 15킬로그램 가까이 되어 보였다. 나머지 사람들은 보물찾기에 지쳐서 천천히 사다리를 내려왔다. 몇몇 사람들은 술을 더 마시려고 아래층으로 걸음을 옮겼다.

트윙클은 숨을 한 번 들이마신 다음, 눈썹을 추켜세우며 두 손가락을 포개서 엑스 자 모양을 만들어 보였다. "이걸 벽난로 선반 위에 진열해도 괜찮겠지? 딱 오늘 밤만. 당신이 싫어한다는 건 나도 알지만 말이야."

그는 정말로 그 그리스도 상이 싫었다. 그 장엄함이 싫었고, 흠 없고 윤이 나는 표면이 싫었고, 부인할 수 없는 그 가치가 싫었다. 그게 자신의 집 안에 있고, 자신이 소유한다는 게 싫었다. 그들이 전에 발견했던 다른 물건들과는 달리, 이 그리스도 상은 위엄과 엄숙함과 아름다움까지 지니고 있었다. 그러나 놀랍게도 이러한 점들 때문에 그는 더욱더 싫었다. 무엇보다도 트윙클이 좋아한다는 것을 알기에 싫었다.

"내일부터는 내 서재에 둘게." 트윙클이 덧붙였다. "약속할게."

그녀가 그걸 서재에 두지 않으리라는 것을 그는 알고 있었다. 그들이 함께 사는 동안 그녀는 그것을 벽난로 선반의 한가운데에 두고 나머지 여러 물건을 양 옆에 진열해둘 것이다. 손님들이 이 집에 올 때마다 자기가 어떻게 그걸 발견했는지 설명할 것이고, 손님들은 그 얘기를 들으면서 감탄할 것이다. 그는 그녀의 머리를 장식한 찌부러진 장미 꽃잎과, 목에 건 진주와 사파이어 초커 목걸이와, 발톱에 칠한 반짝이는 진홍색 매니큐어를 응시했다. 프라발이 그녀가 정말 굉장하다고 말한 데는 이런 것들이 큰 몫을 차지한다는 생각이 들었다. 산지브는 진을 마신 탓에 머리가 아팠고, 조각상의 무게 때문에 팔이 아팠다. 그가 말했다. "당신 구두는 침실 문 앞에 두었어."

"고마워. 하지만 발이 너무 아픈걸." 트윙클은 그의 팔꿈치를 살짝 꼬집고는 거실을 향해 걸어갔다.

산지브는 깃털 모자가 흘러내리지 않도록 조심하며 그 커다란 은제 얼굴을 자신의 갈비뼈에 꼭 붙이고 뒤를 따랐다.

비비 할다르의 치료

이십구 년이라는 오랜 세월을 살아오면서 비비 할다르는 가
족과 친구, 사제, 손금쟁이, 노처녀, 보석 치료사, 예언가, 바보
들을 당황하게 하는 질병을 앓았다. 우리 마을에서 비비를 걱
정하는 사람들이 치료한다며 일곱 개의 신성한 강에서 떠 담은
성수를 가져다주었다. 그녀가 밤중에 비명을 지르며 고통스러
워할 때, 손목을 밧줄로 묶고 따끔거리는 습포를 그녀의 몸에
대고 누를 때, 우리는 비비의 이름을 부르며 기도했다. 현명한
사람들은 관자놀이에 유칼립투스 연고를 발라서 문질러주었
고, 약초를 우려낸 물로 얼굴에 김을 쐬어주었다. 한번은 어떤
맹인 기독교인의 제안에 따라 사람들이 그녀를 기차에 태우고
가서 성인과 순교자 들의 비석에 입 맞추게 했다. 그녀의 팔과
목에는 악마의 눈을 피하게 해주는 부적이 채워졌다. 상서로운
원석들이 손가락을 장식했다.

의사들이 제시한 치료 방법은 문제를 악화하기만 했다. 시간이 흐르면서 대중요법, 유사 요법, 아유르베다 등 온갖 의술이 동원되었다. 그들의 조언은 끝이 없었다. 엑스레이를 찍고 정밀 검사를 하고 청진기로 진찰하고 주사를 놓은 다음 어떤 의사는 비비에게 체중을 늘리라고 조언했고, 어떤 의사는 체중을 줄이라고 조언했다. 어떤 사람은 새벽이 넘어서까지 자는 것을 금하는가 하면, 정오까지 침대에 누워 있어야 한다는 사람도 있었다. 이 사람은 물구나무서기를 하라고 했고, 저 사람은 일정한 간격으로 하루 종일 베다의 시를 암송하라고 했다. "비비를 캘커타로 데려가서 최면요법을 해봅시다." 이런 제안을 하는 사람들도 있었다. 이 전문가에서 저 전문가로 전전할 때마다 비비는 마늘을 피하라, 쓴 것을 아주 많이 먹어라, 명상을 해라, 녹색 코코넛 물을 마셔라, 날오리알을 우유에 넣고 저어서 마셔라 따위의 처방을 받았다. 간단히 말해서 비비의 삶은 이 방법에서 저 방법으로, 효과 없는 해결책을 계속해서 접하는 과정이었다.

　사전 조짐도 없이 느닷없이 발생하는 병의 성격 때문에 비비의 세계는 페인트칠을 하지 않은 사 층짜리 건물로 제한되었는데, 그 건물의 이 층에는 이 지역에 사는 유일한 친척인 사촌 오빠네 부부가 세 들어 살고 있었다. 어느 순간에든 의식을 잃고 통제할 수 없는 발작 상태에 빠질 가능성이 있었으므로 보호자 없이 길을 건너는 것도, 전차를 타는 것도 삼가야 했다. 우리 건물의 옥상에 있는 창고에 하루 종일 앉아 있는 게 일상이었다. 앉아 있을 수는 있지만 편히 일어설 수는 없는 공간이었는데,

옆으로 화장실이 붙어 있고, 입구에는 커튼이 쳐 있으며, 창살 없는 창문이 하나 있고, 낡은 문의 널빤지로 만든 선반들이 있었다. 거기서 비비는 네모난 삼베 위에 책상다리를 하고 앉아서 사촌 오빠인 할다르가 우리 건물의 마당 입구에서 운영하는 화장품 가게의 물품 목록을 기록했다. 비비는 그 일을 해주는 대가로 돈은 받지 못했지만 식사와 숙소를 제공받았으며, 또한 매년 10월 명절 때는 저렴한 양장점에서 옷을 새로 해 입을 수 있을 만한 길이의 무명천을 받았다. 밤이 되면 아래층 사촌 아파트에 마련된 접이식 간이침대에서 잠을 잤다.

아침이면 비비는 실내복 차림에 금이 간 플라스틱 슬리퍼를 신고 창고로 올라갔다. 실내복은 옷단이 무릎 아래 몇 센티미터에서 멈추었는데, 그것은 우리가 열다섯 살 이후로는 입어본 적이 없는 짧은 길이였다. 정강이에 털은 없었지만 흐릿한 점이 점점이 박혀 있었다. 우리가 빨래를 걸거나 생선 비늘을 벗길 때 그녀는 운명을 한탄하며 자신의 별들에 소원을 빌었다. 그녀는 예쁘지 않았다. 윗입술은 얇았고 치아는 너무 작았다. 말을 할 때면 잇몸이 활짝 드러났다. "내 말 좀 들어보세요. 처녀가 이 좋은 시절에 만나는 사람도 없이 허구한 날 이렇게 앉아서 물품 목록과 가격을 기록하며 세월을 보내는 게 옳은가요? 장래도 보장받지 못하고 말이에요." 비비의 목소리는 귀가 먹은 사람에게 얘기하는 것처럼 필요 이상으로 컸다. "할 일 많고 신경 쓸 일 많아서 바쁘게 살아가는 신부와 어머니 모두, 당신들을 부러워하는 게 잘못된 일인가요? 눈에 화장을 하고 머리에

향을 바르고 싶은 게 잘못이에요? 아이를 키우면서 단 것과 신 것, 좋은 것과 나쁜 것을 구별하도록 가르치고 싶은 게 잘못된 거예요?"

매일 그녀는 자신이 갖지 못한 수없이 많은 것을 우리에게 늘어놓았는데, 그래서 비비가 남자를 원한다는 게 명백히 드러났다. 자신을 대변하고 보호해줄 사람을 원했다. 그리고 자신의 인생에서 제자리를 찾고 싶어 했다. 그녀는 우리와 마찬가지로 남편에게 저녁을 차려주고, 하인을 꾸짖고, 자신의 옷장 속에 돈을 모아두고 삼 주에 한 번씩 중국 미용실에 가서 실로 눈썹을 다듬고 싶어 했다. 결혼식 이야기를 자세히 해달라며 우리를 귀찮게 했다. 보석, 청첩장, 실에 꿰어 신방 침대 위에 걸어놓은 월하향의 향기에 대해 듣고 싶어 했다. 그녀의 간청에 나비 무늬가 돋을새김으로 디자인된 우리의 사진 앨범을 보여주자, 비비는 결혼식을 기록한 스냅사진들을 뚫어져라 쳐다보았다. 신을 숭배하며 정제 버터를 불 속에 쏟아붓는 장면, 서로 화환을 주고받는 장면, 주홍색을 칠한 물고기, 조개껍데기와 은화가 담긴 접시 등을 말이다. "손님이 참 많이 왔구나." 그녀는 우리를 둘러싼 낯선 얼굴들을 손가락으로 어루만지며 말했다. "내가 결혼식을 치르면 너희들도 다 참석해줘."

결혼에 대한 기대는 비비의 마음에 엄청난 부담으로 작용했으며, 그녀의 모든 희망은 남편에 초점을 맞추게 되었다. 그리하여 남편에 대한 생각은 때때로 새로운 발작에 빠뜨렸다. 땀띠약통과 머리핀 상자가 널브러진 창고 바닥에 쓰러져 몸을 꼬면서 논리에 맞지 않는 말을 해댔다. "절대 내 발을 우유에 담그지 않을 거야." 그녀가 훌쩍이며 말했다. "내 얼굴엔 절대 백단 페이스트를 바르지 않을 거야. 누가 심황으로 나를 문질러줄까? 절대 내 이름을 카드에 주홍색으로 인쇄하지 않을 거야."

독백은 유치했고 정서는 감상적이었다. 막연한 불안감이 땀구멍에서 스며 나오는 듯했다. 그녀의 기분이 엄청 안 좋을 때면 우리는 숄로 감싸주고, 공용 수도꼭지를 틀어서 얼굴을 씻겨주고, 요구르트에 장미 향 물을 넣은 잔을 가져다주었다. 그녀의 기분이 덜 상해 있을 때면 우리는 양장점에 가자며 부추겼다. 양장점에 가서 블라우스와 페티코트를 맞추자고 했는데, 한편으로는 기분 전환을 해주고, 한편으로는 그렇게 하는 것이 그녀의 결혼 가능성을 높여줄 거라고 생각했기 때문이다. "설거지하는 아낙네처럼 옷을 입은 여자를 누가 데려가겠니?" 우리가 말했다. "네 옷감들이 다 좀이 슬어버려도 괜찮아?" 비비는 샐쭉해져서 입을 비죽 내밀었다. 그리고 우리에게 따진 다음 한숨을 쉬었다. "어디로 가는데? 내가 누구에게 잘 보여야 하는데?" 그녀는 다그치듯이 물었다. "나를 영화관이나 동물원에 데려가줄 사람이 어딨어? 라임 소다와 캐슈너트를 사줄 사람이 어딨냐구? 이런 것에 내가 신경을 써야 해? 내 병은 치료되지 않을 것이고, 난 결혼하지 않을 거야."

그러던 어느 날 비비에게 새로운 치료법이 처방되었다. 지금까지의 모든 치료법 가운데 가장 별난 것이었다. 어느 날 저녁, 비비는 저녁을 먹으러 내려가다 삼 층 층계참에서 쓰러졌다. 주

먹을 마구 내뻗고 발을 마구 내찼으며, 땀을 비 오듯 흘렸고, 이 세상을 떠나 있었다. 신음 소리가 계단에 울려 퍼졌고, 우리는 그녀를 진정시키려고 즉시 아파트에서 뛰쳐나왔다. 어떤 이는 종려나무 부채와 각설탕을 들고 왔고, 어떤 이는 그녀의 머리에 부으려고 찬 물이 든 텀블러를 가져왔다. 아이들은 계단 난간에 달라붙어서 발작을 지켜보았다. 우리는 하인을 보내 그녀의 사촌 오빠를 불러오게 했다. 십 분이 지나서야 할다르가 가게에서 올라왔다. 얼굴색은 붉었지만 무표정했다. 우리에게 호들갑 떨지 말라고 하며, 자신의 얼굴에 드러난 경멸감을 감추려는 노력 없이 그녀를 인력거에 실어서 종합 진료소로 데려갔다. 별난 치료법이 처방된 곳은 바로 그곳이었다. 비비를 담당한 의사는 일련의 혈액 검사를 시행한 다음 화를 내면서 결혼을 하면 그녀의 병이 나을 거라고 말해주었다.

소문은 창문 빗장 사이로 전해져, 빨랫줄을 타고, 옥상 난간에 들러붙은 비둘기 똥을 건너서 멀리 퍼졌다. 그리하여 그다음 날 아침에는 손금쟁이 셋이 따로따로 와서 비비의 손을 자세히 들여다보았다. 그리고 의심할 나위 없이 손금에 남자와 결합이 임박했다는 증거가 새겨져 있다고 확인해주었다. 불량기가 있는 부류의 사람들이 커틀릿 좌판 앞에서 외설스러운 말들을 소곤거렸다. 할머니들은 책력을 뒤적이며 약혼 길일을 잡았다. 그 후 며칠 동안 우리는 아이들을 학교에 데려다주면서, 세탁소에 맡긴 세탁물을 찾아오면서, 배급 가게 앞에 줄을 서서 소곤소곤 얘기했다. 그동안 이 가엾은 처녀에게 어떤 행위가 필요했음이 분명했다. 우리는 처음으로 실내복에 감추어진 그녀의 몸매의 굴곡을 상상했으며, 그녀가 남자에게 줄 수 있는 기쁨을 예측해보았다. 우리는 처음으로 그녀의 맑은 얼굴빛과 길고 나른해 보이는 속눈썹과 우아하면서도 튼실한 손에 주목했다. "사람들이 그러는데, 그게 유일한 희망이라는 거야. 병은 지나친 흥분의 한 사례라는 거지."(여기서 우리는 얼굴을 붉히며 잠시 말을 멈추었다.) "성관계가 피를 진정시킬 거래."

　말할 필요도 없이 비비는 그러한 진단에 기뻐했고, 즉시 결혼 생활 준비를 시작했다. 할다르 가게에서 흠이 난 제품을 가지고 와서 발톱에 매니큐어를 칠하고 팔꿈치를 부드럽게 해주는 화장품을 발랐다. 비비는 창고에 새로 들어온 물품 기록은 소홀히 하면서도 우리 뒤를 졸졸 따라다니며 버미첼리 푸딩과 파파야 스튜의 요리법을 물어보았으며, 그 내용을 자신의 물품 관리 대장의 빈 쪽에 삐뚤빼뚤한 글씨로 적어두었다. 손님 목록과 디저트 목록을 만들었으며, 신혼 여행지로 염두에 둔 지역 목록을 작성했다. 그리고 입술을 부드럽게 한다고 글리세린을 발랐으며, 몸매 관리를 위해 단것을 멀리했다. 어느 날 그녀는 우리 중 한 명에게 함께 양장점에 가자고 부탁했다. 재단사는 그 철에 유행하던 엄브렐러 컷으로 새 살와르 카미즈를 만들어주었다. 거리로 나와 우리를 모든 보석 가게로 끌고 다니며 유리 상자 안을 들여다보고, 작은 왕관 디자인과 로켓 목걸이에 대한 우리의 의견을 구했다. 사리 가게의 쇼윈도 앞에서는 붉은색 베나라시 실크 사리와 터키옥 빛깔 실크 사리, 이어서 매리골드

빛깔의 실크 사리를 손가락으로 가리키며 말했다. "결혼식 초반에는 이걸 입고, 다음엔 이거, 그리고 그다음엔 이걸 입을 거야."

그러나 할다르와 그의 아내는 생각이 달랐다. 비비의 공상에 면역이 되고 우리의 두려움에는 무관심한 그들은 옷장 크기 정도밖에 되지 않는 화장품 가게에 함께 틀어박혀서 평소처럼 장사만 했다. 그 비좁은 가게의 벽에는 헤나 염료와 머릿기름, 각질 제거용 부석, 미용 크림 등이 삼 면에 가득 들어차 있었다. "우린 그런 부적절한 제안에 신경 쓸 시간이 없어요." 비비의 건강 문제 이야기를 어렵게 꺼낸 사람들에게 할다르가 말했다. "치료될 수 없는 건 견뎌야 하는 거예요. 비비는 우리에게 많은 걱정을 끼쳤어요. 돈도 많이 쓰게 했고, 가문의 명예도 크게 훼손했어요." 조그만 유리 카운터 뒤편에 나란히 앉아 있던 그의 아내가 가슴 윗부분을 부채질하며 고개를 끄덕였다. 피부에 얼룩덜룩한 반점이 있는 그의 아내는 뚱뚱했는데, 아주 연한 색깔의 파우더가 목주름에 들러붙어 있었다. "게다가 누가 그 애와 결혼을 하려고 하겠어요? 아무것도 모르고, 말도 조리 없이 되는대로 지껄이는 아이잖아요. 나이가 서른이 다 되었지만 석탄 난로도 피우지 못하고, 밥도 못 짓고, 회향과 쿠민 씨앗도 구분하지 못해요. 그런데 어떻게 남자에게 먹을 걸 만들어주겠어요!"

그 말은 일리가 있었다. 비비는 여자가 되는 법을 배운 적이 없었다. 자신의 지병 때문에 실제적인 일에는 대부분 숙맥이었다. 할다르의 아내는 악마가 비비를 사로잡아서 비비는 불과 불꽃에 가까이 갈 수 없는 것이라고 굳게 믿었다. 비비는 사리를 입을 때 각기 다른 네 군데에 다 핀을 꽂으면 안 된다는 것을 배우지 못했다. 또한 가구 덮개에 수를 놓거나 코바늘로 숄을 짜는 일에도 젬병이었다. 텔레비전을 보는 것도 허락되지 않았으며(할다르는 전자의 속성이 비비를 흥분케 할 것이라고 추정했다), 따라서 세상살이 이야기나 오락에도 무지했다. 그녀의 공식적인 공부는 구 학년으로 끝났다.

우리는 비비에게 남편을 찾아주어야 한다고 우겼다. "그게 비비가 줄곧 바란 거예요." 우리는 그 점을 지적했다. 그러나 할다르와 그의 아내에게는 논리가 통하지 않았다. 비비를 향한 그들의 적의는, 우리가 구입한 상품에 묶어주는 끈보다도 더 얇은 그들의 앙다문 입술에 잘 드러나 있었다. 새 치료법은 성공할 가능성이 있다는 우리의 주장에 이렇게 반박했다. "비비에겐 남을 존중하는 태도와 자기 통제력이 많이 부족해요. 관심을 끌려고 자신의 병을 과장하는 거예요. 가장 좋은 건 그 애가 일에 전념하게 해서, 틈만 나면 말썽을 일으키는 상황을 막는 거예요."

"그럼 결혼시키는 게 낫지 않아요? 그렇게 하면 어쨌든 당신 손을 떠나게 될 텐데요."

"우리가 번 돈을 결혼식에 허비하라고요? 하객을 먹이고, 팔찌를 주문하고, 침대를 사주고, 지참금을 마련해주면서?"

그러나 비비의 불평은 끈질기게 계속되었다. 어느 날 늦은 아침, 그녀는 우리의 도움을 받아가며 아일릿 스타일의 라벤더색 시폰 사리를 입고 특별히 어디선가 빌려온 반짝이는 슬리퍼를 신고 뒤뚱거리는 걸음걸이로 서둘러 할다르의 가게로 내려갔다. 그리고 다른 신부 후보자처럼 예비 신랑들이 사는 집에 사진을 돌리게 자기를 사진관으로 데려가서 인물 사진을 찍어달라며 졸랐다. 우리는 발코니의 덧문을 통해 지켜보았다. 그녀의 겨드랑이 밑은 이미 땀으로 검게 젖어 있었다. "엑스레이 말고는 사진을 찍어본 적이 없어요." 비비는 안달이 났다. "잠재적인 인척들은 내가 어떻게 생겼는지 알아야 하잖아요." 그러나 할다르는 비비의 부탁을 거부했다. 그녀를 보기 원하는 사람은, 그녀가 울고 징징거리면서 손님을 내쫓는 모습을 직접 와서 볼 수 있을 것이라고 했다. 그녀는 장사에 방해가 되는 골칫거리고 부채고 손실이라고 했다. 그것을 다 아는 이 마을에서 누가 그녀의 사진을 필요로 한다는 말인가?

그다음 날 비비는 물품 목록을 기록하는 일을 집어치우고, 대신 할다르와 그의 아내를 흉보며 우리를 즐겁게 해주었다. "일요일마다 사촌 오빠는 언니의 턱에서 털을 뽑는답니다. 오빠네 부부는 돈을 넣어 자물쇠를 채운 통을 냉장고 안에 보관해두지요." 그녀는 이웃한 건물들 옥상에 있는 사람들을 향해 뻐기듯이 걸으면서 크게 소리 질렀다. 매번 새로운 내용을 까발릴 때마다 청중의 수가 늘어났다. "목욕할 때 언니는 팔에 병아리콩 가루를 바른답니다. 그렇게 하면 피부가 하얘진다고 생각하기 때문이에요. 언니는 오른발의 세 번째 발가락이 없어요. 오빠 부부가 그토록 오래 낮잠을 자는 이유는 언니가 불감증이기 때문이래요."

비비 할다르의 치료

비비의 입을 막기 위해 할다르는 마을 신문에 신랑을 구하는 한 줄짜리 광고를 냈다. "키 152센티미터의 불안정한 성격의 처녀가 남편을 찾습니다." 우리 마을에서 이 구혼자의 신원은 총각을 둔 부모들에게 비밀이 아니었으므로 그처럼 빤한 위험을 감수하고자 하는 가족은 없었다. 누가 그들을 탓하겠는가? 비비가 전혀 이해할 수 없는 언어로 유창하게 자기 자신과 대화를 나눈다는 소문이 돌았고, 꿈꾸지 않고 잠을 잔다는 소문도 돌았다. 시장에서 가방 수선공으로 일하는 치아가 네 개뿐인 외로운 홀아비도 청혼해보라는 설득에 넘어가지 않았다. 그럼에도 우리는 그녀가 주의를 딴 데로 돌릴 수 있게 주부의 길이 뭔지 가르쳐주기 시작했다. "밥 솥단지처럼 얼굴을 찌푸리면 되는 일이 없어. 남자들은 밝은 표정으로 어루만져주길 바라는 거야." 우리는 나중에 청혼자를 만날 경우를 대비해 연습 삼아 주변의 남자들과 잡담을 나눠보라고 부추겼다. 물장수가 물을 다 돌리고 나서 마지막으로 비비의 창고 항아리에 물을 채워주러 오면 "안녕하세요?"라고 말해보라고 가르쳤다. 석탄 배달원이 옥상에 석탄 바구니를 내려놓을 때 미소 지으며 날씨 얘기를 해보라는 조언도 해주었다. 우리는 각자의 경험을 회상하면서 맞선 볼 준비도 시켰다. "신랑 될 사람은 대부분 부모 중 한 사람과 조부모 중 한 사람, 삼촌이나 숙모 중 한 사람, 이렇게 함께 맞선장에 나와. 널 빤히 쳐다보면서 여러 가지 질문을 할 거야. 그 사람들은 네 발을 보기도 하고, 네가 땋은 머리의 두께를 살펴보기도 할 거야. 또 총리 이름을 말해보라거나, 시를 암송해보라거나, 달걀

여섯 개로 배고픈 사람 열두 명을 먹이려면 어떻게 해야 하는지 물어볼 수도 있어."

구혼 광고에 대한 반응이 전혀 없이 두 달이 지나가자 할다르와 그의 아내는 자신들의 말이 입증되었다고 생각했다. "그 애는 결혼하기 힘들다는 걸 이제 알겠죠? 정신이 온전한 남자 가운데 그 애에게 관심이 있는 사람은 아무도 없다는 걸 이제 알겠죠?"

비비의 아버지가 돌아가시기 전만 해도 상황이 이토록 나쁘지는 않았다.(어머니는 비비를 낳다가 돌아가셨다.) 우리 초등학교의 수학 선생님이었던 노인은 세상을 뜨기 전 몇 해 동안 비비의 상태에서 어떤 논리를 찾기를 바라는 마음으로 열심히 병을 연구했다. "모든 문제에는 답이 있는 법이야." 노인은 뭔가 연구를 한 다음 우리가 물어보면 늘 그렇게 대답했다. 그는 비비를 안심시켰다. 한동안은 우리 모두를 안심시켰다. 영국에 있는 의사들에게 편지를 썼고 저녁에는 도서관에서 사례집을 읽었으며 가정의 수호신을 기쁘게 하려고 금요일에는 고기를 먹지 않았다. 결국 그는 항상 비비를 관찰할 수 있도록 교사직을 포기하고 집에서 과외만 했다. 젊은 시절에는 제곱근을 암산으로 푸는 능력으로 상을 받기도 했지만, 노인은 딸의 질병에 숨은 수수께끼는 풀지 못했다. 온갖 노력을 기울였지만 그의 자료는 고작 비비의 발작이 겨울보다 여름에 더 빈번히 일어나며, 큰 발작은 지금까지 대략 스물다섯 번 정도 일어났다는 결론만 이끌어냈을 뿐이다. 그는 비비의 증상과 진정시키는 방법을 적은 도표를 만들어서 이웃 사람들에게 나눠주었다. 그러나 그 도표는 얼마 못 가서 분실되거나 아이들이 종이배를 접는 데 쓰이거나 뒷면에 식료품비를 계산하는 데 쓰였다.

비비와 함께 있어주고, 고통을 위로해주고, 종종 주시하는 것 말고는 우리가 그녀의 상황을 개선하기 위해 할 수 있는 일은 거의 없었다. 누구도 그와 같은 황폐함을 이해할 수 없었다. 우리는 가끔 낮잠을 자고 난 다음에 비비의 머리를 빗겨주며 가르마를 새로 타주었다. 가르마가 너무 넓게 벌어지지 않게 하려는 것이었다. 그녀의 요청에 따라 입술 위쪽과 목 부분에 파우더를 발라주었고, 눈썹연필로 눈썹을 또렷하게 그려주었으며, 우리 아이들이 크리켓 놀이를 하며 오후 시간을 보내는 물고기 연못의 둑까지 함께 산책을 하곤 했다. 그녀는 아직도 남자를 꾀겠다고 마음먹고 있었다.

"난 이 병만 아니면 아주 건강해." 데이트하는 남녀가 손을 잡고 산책을 하는 오솔길에 놓인 벤치에 앉으며 비비가 말했다. "감기나 독감에 걸려본 적이 없어. 황달에 걸린 적도 없어. 복통이나 소화불량으로 고생해본 적도 없고 말이야." 때때로 우리는 그녀에게 옥수숫대째로 구워서 레몬주스를 뿌린 옥수수나 2파이사¹⁾1파이사는 1루피의 백분의 일짜리 캐러멜을 사주었다. 우리는 그녀를 위로했다. 어떤 남자가 눈길을 준다고 그녀가 믿었을 때 우리는 맞장구를 치며 동의했다. 그러나 그녀는 우리 소관이 아니었고, 우리는 속으로 그 점을 무척이나 다행으로 여겼다.

11월에 우리는 할다르의 아내가 임신했다는 사실을 알게 되었다. 그날 아침 비비는 창고에서 눈물을 흘렸다. "언니는 내 병이 전염된다는 거야. 천연두처럼 말이야. 뱃속의 아기에게 해를 끼칠 거래." 그녀는 무겁게 한숨을 내쉬었다. 눈동자는 벽의 칠이 벗겨진 부분에 고정되어 있었다. "나는 이제 어떻게 되지?" 아직도 신문 광고에 대한 반응은 전혀 없었다. "이러한 저주를 혼자 감당하는 것으로도 벌이 충분하지 않다는 거야? 내 병이 전염된다는 비난까지 받아야 해?" 할다르 집안의 불화가 심해졌다. 비비의 존재가 태어나지 않은 아기를 감염시킬 거라고 굳게 믿는 아내는 부어오른 배를 양털 숄로 감싸기 시작했다. 비비는 화장실에서 비누와 수건을 따로 써야 했다. 설거지를 담당하는 하녀의 말에 따르면 비비가 사용한 식기는 다른 식기와 함께 씻을 수 없었다.

그러던 어느 날 오후, 예고 없이 발작이 다시 일어났다. 비비는 물고기 연못의 둑으로 산책을 나갔다가 오솔길에서 쓰러졌다. 그녀는 몸을 떨었다. 떨림이 심해졌다. 그리고 입술을 깨물었다. 사람들은 곧바로 경련하는 처녀 주위에 몰려들어 어떻게든 도움을 주려고 애를 썼다. 탄산음료 병을 따준 사람이 몸부림치는 비비를 꼭 잡아주었다. 오이를 썰어 파는 노점 상인이 꼭 쥔 손가락을 펴주었다. 누군가 연못에서 물을 떠와서 얼굴에 뿌려주었다. 향수를 뿌린 손수건으로 입을 닦아주는 사람도 있었다. 잭푸르트를 파는 사람이 좌우로 마구 흔들리는 머리를 잡아주었다. 착즙기로 사탕수수 주스를 만들어 파는 아저씨는 원래 파리를 쫓는 데 사용하던 야자나무 이파리 부채를 움켜쥐고서 사방으로 흔들어 바람을 일으켰다.

"의사 없어요?"

"혀를 삼키지 않도록 잘 지켜봐."

"누가 할다르에게 연락했나?"

"몸이 불덩이처럼 뜨거워!"

우리는 열심히 노력했지만 소동은 계속되었다. 자신의 적과 씨름하면서 고통으로 기진맥진해진 비비는 이를 갈고 무릎을 씰룩거렸다. 이 분이 지났다. 우리는 지켜보며 걱정했다. 무엇을 어떻게 해야 할지 곤혹스러웠다.

"가죽!" 누군가 갑자기 소리쳤다. "가죽 냄새를 맡게 해야 해." 그러자 기억이 났다. 지난번 이런 일이 일어났을 때 콧구멍에 소가죽 샌들을 갖다 댔더니 마침내 고통의 손아귀에서 벗어났던 것이다.

"비비, 어떻게 된 거야? 무슨 일이 일어난 건지 얘기해줘." 그녀가 눈을 떴을 때 우리가 물었다.

"몸이 뜨거워지는 걸 느꼈고, 점점 더 뜨거워졌어. 연기가 눈앞을 스치고 지나갔어. 그리고 세상이 깜깜해졌어. 너희는 못 봤니?"

우리의 남편들이 비비를 집으로 데려다주었다. 땅거미가 짙어졌고, 누군가 소라고둥을 불었으며, 기도를 하며 피운 향이 공기에 짙게 뱄다. 비비는 혼자서 웅얼거리며 비틀비틀 걸었으나 말은 한 마디도 하지 않았다. 뺨은 여기저기 긁히고 멍이 들어 있었다. 머리는 엉클어지고, 팔꿈치에는 흙이 들러붙었으며,

앞니 하나는 일부가 떨어져 나갔다. 우리는 아이들의 손을 잡은 채 안전한 거리를 유지하며 뒤를 따랐다.

비비는 담요와 압박붕대와 진정제가 필요했다. 그리고 관리하고 보살펴줄 사람이 필요했다. 그러나 우리가 아파트 건물의 마당에 도착했을 때, 할다르와 그의 아내는 비비를 아파트 안으로 들여놓지 않으려 했다.

"임신한 여자가 자주 발작을 일으키는 사람과 접촉하면 의학적으로 너무 위험해요." 그가 주장했다.

그날 밤 비비는 창고에서 잤다.

그들의 아이는 딸이었는데, 6월 말에 겸자 분만으로 태어났다. 그 무렵 비비는 다시 아래층에서 잤다. 하지만 그들은 비비의 접이식 간이침대를 복도에 내놓았고, 그녀가 아기를 직접 만지는 것을 금했다. 매일 비비를 옥상 창고로 보내 점심 때까지 물품 목록을 기록하게 했고, 점심 때가 되면 할다르가 오전에 판매한 물품 영수증과 점심으로 먹을 누런 완두콩 수프를 그녀에게 가져다주었다. 밤에는 계단에서 혼자 우유와 빵을 먹었다. 그사이에 발작이 두 번이나 일어났지만 아무도 모른 채 지나갔다.

우리가 걱정의 뜻을 전달하자 할다르는 우리 일이 아니니 신경 쓰지 말라고 얘기하며 그 문제에 대해 상의하기를 단호히 거부했다. 우리는 다른 곳에서 물건을 구매하며 분노를 표시했다. 할 수 있는 복수는 그 방법뿐이었다. 몇 주가 지나자 할다르의 가게 선반 위의 물건들에 먼지가 쌓였다. 상품의 라벨은 빛이 바랬고, 향수에서는 역한 냄새가 나기 시작했다. 저녁에 가게 앞을 지나다 보면 할다르가 슬리퍼 뒤축으로 나방을 때려잡는 모습이 눈에 띄었다. 할다르의 아내는 거의 눈에 띄지 않았다. 설거지 담당 하녀는 그녀가 아직도 침대 신세를 지고 있다고 했다. 너무 힘들게 아이를 낳은 탓인 듯했다.

10월 명절에 대한 기대감과 함께 가을이 왔다. 마을 사람들은 명절을 준비하며 쇼핑을 하고 계획을 세우느라 바빠지기 시작했다. 나무에 매달아놓은 확성기에서는 영화음악이 흘러나왔다. 아케이드와 시장은 하루 종일 문을 열었다. 우리는 아이들에게 풍선과 여러 가지 색깔의 리본을 사주고 사탕 과자를 푸짐하게 구입했으며, 택시를 불러 타고 일 년 내내 보지 못한 친척들을 찾아다녔다. 날은 점점 짧아졌고, 저녁엔 점점 더 추워졌다. 우리는 스웨터의 단추를 채웠으며, 양말을 추켜올려 신었다. 그럴 즈음에 추위가 몰려와 우리의 목구멍을 간지럽혔다. 우리는 아이들에게 따뜻한 소금물로 입안을 헹구게 하고 목에 머플러를 둘러주었다. 그런데 정작 병에 걸린 건 할다르의 아기였다.

그들은 한밤중에 의사를 불러 아기의 열을 내려달라고 간청했다. "아이를 치료해주세요." 아내가 애원했다. 소란스레 간청하는 그녀의 새된 목소리에 우리는 모두 잠에서 깼다. "뭐든 드릴 테니 우리 딸아이를 꼭 치료해주세요." 의사는 포도당을 처방하고 아스피린을 약절구에 빻았다. 그리고 아이를 이불로 잘 감싸주라고 말했다.

닷새가 지나도록 아이의 열은 전혀 내리지 않았다.

"비비 때문이야." 아내가 울부짖었다. "걔가 이렇게 만든 거야. 걔가 우리 애를 감염시켰어. 절대 다시 여기로 내려오게 하지 말았어야 했어. 절대 집 안에 들여놓지 말았어야 했어."

비비는 다시 창고에서 밤을 보내기 시작했다. 아내의 주장에 따라 할다르는 비비의 간이침대와 그녀의 소지품이 든 양철 트렁크도 위로 올려보냈다. 식사는 구멍 뚫린 체에 덮여 계단의 맨 위에 놓였다.

"난 괜찮아." 비비가 우리에게 말했다. "떨어져 사는 게 더 나아. 나 혼자만의 집을 꾸미면서 말이야." 그녀는 트렁크에 든 물건(실내복 몇 벌, 액자에 담긴 아버지 초상화, 바느질 재료, 다양한 옷감 등)을 꺼내서 몇 개의 빈 선반 위에 가지런히 올려놓았다. 주말께에 아기는 병에서 회복되었지만, 비비는 아래층으로 다시 내려오라는 말을 듣지 못했다. "걱정 마. 날 여기에 감금해둔 건 아니잖아." 그녀가 우리를 안심시키기 위해 말했다. "세상은 계단의 밑바닥에서 시작하는 거야. 이제는 자유롭게 내가 원하는 삶을 찾을 거야."

그러나 실제로는 비비는 밖에 나가는 것을 완전히 그만두었다. 함께 물고기 연못으로 가자고 해도, 사원의 장식품을 보러 가자고 해도 그녀는 거절했다. 창고 입구에 칠 새 커튼을 짠다고 했다. 피부가 창백해 보였다. 그녀에겐 신선한 공기가 필요했다. "네 신랑감을 찾아보는 건 어때?" 우리가 제안했다. "여기에 하루 종일 앉아 있으면서 어떻게 남자의 마음을 끌겠니?"

그렇지만 어떤 것도 비비의 마음을 돌리지 못했다.

12월 중순이 되자 할다르는 팔리지 않는 상품을 모두 가게의 선반에서 내려 상자 여러 개에 담았다. 그리고 그 상자들을 힘겹게 들고 올라가 창고로 옮겼다. 장사가 잘 안 되게 하려는 우리의 작전은 성공했다. 연말이 되기 전에 할다르 가족은 비비의 문 밑에 300루피를 넣은 봉투를 남기고 그곳을 떠났다. 그들에 대한 소식은 들려오지 않았다.

하이데라바드에 사는 비비의 친척 주소를 아는 사람이 이 상황을 알리는 편지를 써서 보냈다. 그러나 그 편지는 수취인 주소 불명으로 개봉되지 않은 채 돌아왔다. 추위가 아주 심해지기 전에 우리는 비비가 조금이나마 자신만의 생활을 가질 수 있도록 창고의 덧문을 수리해주고 문틀에 양철판을 대주었다. 어떤 이는 석유램프를 제공했고, 어떤 이는 낡은 모기장과 뒤축이 없는 양말 한 켤레를 주었다. 기회 있을 때마다 곁에 우리가 있으며, 어떠한 것이든 조언이나 도움이 필요하면 우리에게 오라고 말해두었다. 한동안 오후에 아이들을 옥상으로 보내 놀게 했다. 비비가 또 발작을 일으키면 알리도록 하기 위해서였다. 그러나 밤에는 혼자 있게 하는 수밖에 없었다.

몇 달이 지났다. 비비는 깊고도 긴 침묵에 빠져들었다. 우리는 교대로 문 앞에 밥과 차를 갖다놓았다. 차는 조금밖에 마시지 않았고, 밥은 더 적게 먹었다. 얼굴 표정은 이제 나이와 어울리지 않게 보이기 시작했다. 황혼 녘이면 옥상 난간을 따라 한두 바퀴 돌았지만, 그 옥상을 벗어나는 일은 없었다. 어둠이 깔리면 양철 문 안에 틀어박혀 어떤 이유로든 밖에 나오지 않았다. 우리는 방해하지 않았다. 몇몇은 그녀가 죽어가는 건 아닐까 생각하기 시작했다. 몇몇은 그녀가 실성했다는 결론을 내렸다.

4월 어느 날 아침, 옥상에 렌즈콩 웨이퍼를 건조할 수 있을 만큼 햇볕이 따뜻해졌을 때, 우리는 공용 수도꼭지 옆에 누군가가 구토한 것을 보았다. 다음 날 아침에도 그 흔적을 보게 되자 우리는 비비의 양철 문을 두드렸다. 아무런 응답이 없어서 문을 열어보았는데, 잠겨 있지도 않았다.

접이식 간이침대에 누운 비비의 모습이 눈에 들어왔다. 임신 사 개월쯤 되었다.

무슨 일이 일어났는지 기억나지 않는다고 했다. 누가 그랬는지도 말하지 않으려 했다. 우리는 비비에게 뜨거운 우유와 건포도를 넣은 세몰리나를 만들어주었다. 그래도 그녀는 그 남자의 신원을 드러내지 않으려 했다. 폭행이나 무단 침입의 흔적을 찾아보았으나 허사였다. 방이 깨끗이 잘 정리되어 있었던 것이다. 간이침대 옆 바닥 위에는 물품 관리 대장이 놓여 있었다. 관리 대장은 새 쪽이 펼쳐져 있었고, 거기에는 이름을 적어 놓은 명단이 있었다.

비비는 예정일까지 아이를 뱃속에 간직했으며, 9월 어느 날 저녁에 우리가 해산을 도와주었다. 아들이었다. 우리는 아이를 먹이고, 목욕시키고, 달래서 재우는 법을 보여주었다. 그녀에게

비비 할다르의 치료

유포를 사주었고, 그녀가 수년 동안 보관한 옷감으로 옷과 베갯잇을 만들게 도와주었다. 한 달이 못 되어 비비는 산후 조리를 끝내고 건강을 회복했으며, 할다르가 남겨준 돈으로 창고에 흰색 칠을 하고 창문과 문에 맹꽁이자물쇠를 달았다. 선반의 먼지를 닦아내고 할다르가 팔다 남은 화장품 재고를 가지런히 진열한 다음 반값에 팔았다. 그녀는 세일 소식을 퍼뜨려달라고 했고, 우리는 그렇게 했다. 우리는 비비에게서 비누와 콜과 빗과 파우더를 샀다. 마지막 상품까지 다 팔았을 때 비비는 택시를 타고 도매 시장으로 가서 이익금으로 물건을 사들여 선반을 다시 채웠다. 이런 방법으로 아이를 키우며 창고에서 장사를 했고, 우리는 도울 수 있는 일은 뭐든 다 했다. 이후 수년 동안 우리는 마을의 누가 범했을지 궁금해했다. 하인 중 몇 명이 의심을 받았고, 사람들은 차 가판대에서, 버스 정류장에서 혐의자를 두고 논하다가 아니라며 일축하곤 했다. 그러나 이제 조사 따위는 의미가 없었다. 그녀는, 우리가 아는 한, 치유되었으므로.

세 번째이자 마지막 대륙

1964년에 나는 무역사 자격증과 당시 환율로 10달러에 해당하는 돈만 들고 인도를 떠났다. 삼 주 동안 이탈리아 화물선인 SS로마호의 기관실 옆 선실에 자리를 잡고 항해했는데, 그사이 아라비아 해와 홍해, 지중해를 거쳐 마침내 영국에 도착했다. 나는 런던 북부의 핀스베리 파크에 있는 집에서 살았다. 그 집에 사는 사람들은 모두 나처럼 돈 한 푼 없는 벵골 총각들이었는데, 적을 때는 열두어 명 있었고 더 많을 때도 있었다. 모두 학생들을 가르치는 일자리를 얻으려고, 외국에서 자리를 잡으려고 발버둥 쳤다.

나는 런던정치경제대학교에서 강의를 청강하면서 그 대학의 도서관에서 일하며 생활비를 벌었다. 우리는 한 방에 서너 명이 함께 살면서 얼음집처럼 추운 하나뿐인 화장실을 공동으로 사용했으며, 돌아가면서 달걀 카레를 만들어서 탁자에 신문지를 깔고 앉아 손으로 먹었다. 우리는 직장 일 말고는 하는 일이 거의 없었다. 그래서 주말이면 끈으로 졸라매는 파자마를 입은 채 맨발로 느긋하게 앉아 차를 마시고 로스만스 담배를 피웠다. 그렇지 않으면 외출하여 로즈 크리켓 경기장에서 크리켓 경기를 관람했다. 때로 주말에는 집 안이 더욱 많은 벵골인으로 북적였는데, 전에 식료품 가게나 지하철에서 인사를 나눈 적이 있는 사람들이었다. 우리는 달걀 카레를 더 많이 만들었고, 오픈릴 방식의 그룬디히 녹음기로 무케시의 노래를 틀었으며, 더러워진 그릇을 욕조에 담가두었다. 이따금 인도로 돌아가는 거주자도 있었는데, 보통 캘커타에 사는 가족이 결혼시키려 작정한 여자와 살기 위해서 돌아가는 것이었다. 내 결혼은 1969년, 나이 서른여섯에 정해졌다. 그와 거의 동시에 나는 미국에 정규직 일자리를 잡았다. 매사추세츠공과대학교 도서관의 관리 부서에서 일하게 된 것이다. 봉급도 아내를 부양할 수 있을 만큼 넉넉했으며, 세계적으로 유명한 대학교에 취업했다는 사실이 영광스러웠다. 그래서 나는 6순위 영주권을 취득했으며, 영국을 떠나 먼 곳으로 옮겨갈 채비를 했다.

　그즈음에는 돈이 좀 있어서 비행기를 타고 갈 수 있었다. 나는 먼저 캘커타로 날아가서 내 결혼식에 참석했다. 그리고 일주일 뒤 보스턴으로 날아가서 새 일을 시작했다. 미국으로 가는 비행기 안에서 나는 『학생을 위한 북아메리카 안내서』를 읽었다. 런던을 떠나기 전에 토튼햄코트 로드에서 7실링 6펜스를 주고 산 페이퍼백 책이었다. 학생은 아니었지만 경제적으로는 늘

빠듯했던 때였다. 미국인들은 도로의 왼쪽이 아닌 오른쪽에서 운전을 한다는 것과 '리프트'를 '엘리베이터'라고 부른다는 것, 통화 중이라는 뜻으로 '인게이지드' 대신에 '비지'라는 말을 쓴다는 것을 알았다. "당신도 곧 알겠지만, 북아메리카의 생활 속도는 영국과는 다르다"라고 쓰여 있었다. "모두 정상에 올라서야 한다고 생각한다. 영국식 차 한잔의 여유는 기대하지 않는 게 좋다." 비행기가 보스턴 항에서 하강하자 조종사는 날씨와 시간을 알려주고, 이어서 닉슨 대통령이 국경일을 선포했다고 알려주었다. 미국인 두 명이 달에 착륙했다고 했다. 몇몇 승객이 환호했다. "하느님, 미국을 축복하소서!" 그중 한 명이 큰 소리로 말했다. 통로 건너편의 한 여자가 기도하는 모습이 눈에 띄었다.

나는 미국에서의 첫날 밤을 케임브리지 센트럴 스퀘어에 있는 YMCA에서 보냈는데, 안내서에 값이 싼 숙박 시설로 추천된 곳이었다. 매사추세츠공과대까지 걸어서 갈 수 있는 거리에 있었고, 우체국과 퓨러티 슈프림이라는 슈퍼마켓이 바로 옆에 있었다. 방에는 간이침대와 책상이 놓여 있었으며, 한쪽 벽에는 조그만 나무 십자가가 걸려 있었다. 문에는 '취사 엄금'이라는 안내판이 부착되어 있었다. 장식이나 치장이 전혀 없는 창문으로 매사추세츠가가 보였는데, 그 거리는 양방향으로 차가 다니는 주요 도로였다. 길고 날카로운 경적 소리가 쉴 새 없이 이어졌다. 불빛을 번쩍이며 울리는 사이렌 소리가 부단히 응급 상황을 알렸고, 버스가 잇따라 덜컹거리며 지나갔다. 버스 문이 열리고 닫힐 때마다 나는 쉬익 하는 소리가 밤새 요란하게 들렸다. 그 소음은 끊임없이 내 신경을 건드렸으며, 이따금 숨이 막혔다. 그 소음은 SS로마호의 맹렬하면서도 단조로운 엔진 소리에 묻혀 지냈을 때와 마찬가지로 나의 뼛속 깊숙이 들어와 박혔다. 하지만 이곳에는 소음을 피할 수 있는 배의 갑판도 없었고, 영혼을 설레게 하는 반짝이는 대양도, 얼굴을 식혀주는 바람도, 함께 얘기를 나눌 사람도 없었다. 너무 피곤해서 끈으로 졸라맨 파자마 차림으로 YMCA의 우울한 복도를 서성일 여력도 없었다. 대신 책상 앞에 앉아서 창밖을 응시하며 케임브리지 시청과 줄지어 늘어선 작은 가게들을 내려다보았다. 다음날 아침 나는 메모리얼로 옆에 있는, 요새처럼 생긴 베이지색 건물의 듀이 도서관으로 출근했다. 은행 계좌를 개설했고, 우편사서함을 만들었으며, 런던에서부터 그 이름을 알았던 울워스에서 플라스틱 그릇과 스푼을 샀다. 퓨러티 슈프림에 가서 통로를 왔다 갔다 하면서 온스를 그램으로 환산하며 물건 값을 영국과 비교해보았다. 이윽고 나는 적은 분량의 우유 한 통과 콘플레이크를 한 상자 샀다. 이것이 미국에서의 첫 식사였다. 나는 그것을 책상 앞에 앉아 먹었다. 매사추세츠가의 커피숍에서 같은 가격으로 사 먹을 수 있는 유일한 대안인 햄버거나 핫도그보다 나는 우유에 탄 콘플레이크가 더 좋았다. 게다가 당시에는 아직 소고기를 먹지 않았다. 우유를 사는 아주 단순한 일조차도 내게는 새로운 경험이었다. 런던에서는 매일 아침 병에 든 우유가 문 앞까지 배달되었다.

일주일이 지나자 그럭저럭 적응이 되었다. 나는 아침저녁으로 콘플레이크를 우유에 타서 먹었다. 새로운 맛을 내려고 바나나를 사서 스푼 끝으로 잘라 그릇에 넣어 먹기도 했다. 추가로 티백과 플라스크를 샀는데, 울워스의 점원은 플라스크를 보온병이라고 불렀다.(점원은 플라스크가 위스키를 담는 데 쓰이는 용기라고 알려주었는데, 위스키 또한 나는 마셔본 적이 없었다.) 나는 매일 아침 출근길에 커피숍에 들러 차 한 잔 값을 주고 그 보온병에 뜨거운 물을 가득 채운 다음, 그 물로 넉 잔의 차를 타 마셨다. YMCA에서 지내는 어떤 사람이 하는 것을 보고 더 큰 통에 든 우유를 사서 창턱의 그늘진 곳에 두었다. 저녁에는 일 층에 내려가 스테인드글라스 창이 있는 널찍한 방에서 〈보스턴 글로브〉를 읽으며 시간을 보냈다. 새로운 환경에 익숙해지기 위해 신문 기사와 광고를 빠짐없이 읽었고, 눈이 피곤해지면 잠을 잤다. 하지만 깊이 자지는 못했다. 매일 밤 창문을 활짝 열어놓아야 했다. 그 숨 막히는 방에서 창문은 공기를 공급하는 유일한 원천이었는데, 창밖의 소음을 견디기 힘들었다. 나는 손가락으로 귀를 막고 간이침대에 눕곤 했다. 그러나 막 잠에 빠져들 무렵 손이 아래로 떨어졌그, 그러면 소음이 다시 나를 깨웠다. 비둘기 깃털이 날아다니다 창턱에 내려앉았으며, 어느 저녁에는 콘플레이크에 우유를 붓다가 상했다는 것을 알기도 했다. 그럼에도 나는 아내의 여권과 영주권이 나올 때까지 여섯 주 동안 YMCA에 그대로 머물러 있을 작정이었다. 일단 아내가 도착하면 적당한 아파트에 세를 들려고 했다. 가끔씩 신문 광고란을 꼼꼼히 들여다보며, 점심시간에는 매사추세츠공과대의 기숙사 사무실에 들러 내가 생각하는 가격으로 구할 수 있는 집이 있는지 알아보기도 했다. 이런 방식으로 즉시 입주할 수 있는 방 하나를 발견했다. 안내 문구에 따르면, 조용한 거리에 있는 집이며 방세는 주당 8달러였다. 나는 그 집의 전화번호를 안내서에 적은 다음, 공중전화 부스에 들어가 여전히 낯선 동전들을 가려내서 투입구에 넣고 다이얼을 돌렸다. 동전들은 실링보다는 작고 가벼우며 인도 동전인 파이사보다는 더 무겁고 밝았다.

"거기 누구요?" 전화를 받은 여자가 물었다. 여자의 목소리는 대담하면서도 시끄러웠다. "부인, 안녕하십니까? 세놓으신 방 문제로 전화했습니다만."

"하버드요, 테크요?"

"네? 뭐라고 하셨죠?"

"하버드에 다니고 있소, 테크에 다니고 있소?"

테크는 매사추세츠공과대를 말하는 것이라고 짐작하고, 나는 이렇게 대답했다. "듀이 도서관에서 근무합니다." 그리고 나서 머뭇거리며 덧붙였다. "테크에서 말이에요."

"나는 하버드나 테크에 다니는 남자한테만 방을 내준다우."

"알겠습니다, 부인."

여자가 주소를 알려주었고, 그날 저녁 일곱 시로 약속을 잡았다. 나는 약속 시간 삼십 분 전에 안내서를 호주머니에 넣고 구강 청결제로 입안을 헹군 다음 출발했다. 매사추세츠가와 직각을 이루는, 나무 그늘이 있는 길을 걸어 내려갔다. 보도의 좁은 틈 사이로 자리를 잘못 잡은 잡초가 고개를 내밀고 있었다.

날이 더웠지만 이것 역시 다른 면접과 비슷한 성격의 일이라고 생각한 나는 넥타이를 맨 정장 차림이었다. 인도인이 아닌 사람의 집에서 살아본 적이 한 번도 없었다. 철사를 마름모꼴로 엮은 울타리가 쳐진 그 집은 전체적으로 황백색이었고 테두리 장식은 흑갈색이었다. 런던에서 살았던 치장 벽토 연립주택과는 달리 외따로 떨어진 이 집의 지붕은 나무 널빤지로 덮여 있었고, 앞쪽과 옆쪽에는 개나리 덤불이 벽 가까이에서 제멋대로 자라고 있었다. 초인종을 누르자 내가 통화했던 여자가 문 바로 뒤편인 듯한 곳에서 큰 소리로 외쳤다. "잠깐만!"

 몇 분 뒤 엄청 늙은 조그마한 노파가 문을 열었다. 새하얀 백발이 머리를 덮고 있었다. 내가 집 안으로 들어가자 그녀는 카펫이 깔린 좁은 계단이 시작되는 곳에 놓인 나무 벤치에 앉았다. 불빛이 내리쬐는 벤치에 자리를 잡고 온전히 주의를 집중하며 나를 뚫어져라 쳐다보았다. 빳빳한 텐트처럼 펼쳐져 바닥까지 내려오는 긴 검정 치마에, 목과 손목에 주름 장식이 달린 풀먹인 하얀 셔츠를 입고 있었다. 무릎 위에 포개어 올려놓은 손의 긴 손가락은 핏기가 없었고, 관절은 부어 있었으며, 손톱은 누렇고 거칠었다. 세월의 풍파에 헐고 낡아버린 얼굴은 거의 남자 같았다. 쪼그라든 뾰족한 눈, 코의 양쪽에 자리 잡은 도드라진 주름…… 트고 갈라진 파리한 입술은 거의 눈에 띄지 않을 정도였으며, 눈썹은 아예 없었다. 그런데도 기운차 보였다.

 "문을 잠가야지!" 그녀가 명령했다. 나와의 거리가 얼마 안 되는데도 소리를 질렀다. "체인을 걸어 잠그고 손잡이의 단추를 꽉 눌러! 집 안에 들어오면 맨 먼저 해야 할 일이야. 알아들었어?"

나는 시키는 대로 문을 잠그고 집 안을 살펴보았다. 노파가 앉은 벤치 옆에는 조그만 원형 탁자가 있었는데, 탁자의 다리는 그녀의 다리와 마찬가지로 레이스 달린 천으로 완전히 가려져 있었다. 그 탁자 위에는 램프와 트랜지스터라디오, 은제 걸쇠가 달린 가죽 동전 지갑, 전화기가 놓여 있었다. 때가 낀 두꺼운 나무 지팡이가 탁자의 한쪽 옆에 기대어 세워져 있었다. 오른쪽에는 응접실이 있었다. 응접실에는 책장이 늘어서 있고, 고양이 발 모양의 다리가 달린 낡은 가구가 들어차 있었다. 응접실의 한쪽 구석에는 뚜껑이 닫힌 채 그 위에 서류가 쌓인 그랜드피아노가 있었다. 피아노 벤치는 보이지 않았는데, 노파가 앉아 있는 것이 그 벤치 같았다. 집 안 어디에선가 시계의 종소리가 일곱 번 울렸다.

"시간을 잘 지키는군!" 그녀가 말했다. "방세도 그렇게 내주길 바라네!"

"부인, 서류를 가져왔습니다." 내 상의 호주머니에는 매사추세츠공과대학교 재직 증명서가 들어 있었다. 정말로 테크에 다닌다는 것을 증명하려고 챙겨온 것이었다.

그녀는 서류를 가만히 들여다보더니 마치 그것이 종잇장이 아니라 저녁 식사가 담긴 그릇이라도 되는 것처럼 손가락으로 움켜쥔 채 조심스럽게 나에게 돌려주었다. 그녀는 안경을 쓰지 않았다. 나는 그녀가 과연 그 재직 증명서를 읽었을지 궁금했

세 번째이자 마지막 대륙

다. "지난번 남자는 방세가 항상 늦었어! 아직도 8달러가 남아 있어! 하버드에 다니는 남자들이 예전과 달라졌어! 우리 집은 하버드와 테크에 다니는 사람만 받는다우. 젊은이, 요즘 테크는 어떤가?"

"아주 좋습니다."

"문은 잠갔나?"

"예, 부인."

그녀는 한 손으로 자기 옆 자리를 찰싹 때리며 나에게 앉으라고 말했다. 잠시 말이 없었다. 이윽고 혼자만 아는 사실을 말하듯이 신중하게 말했다.

"달에 미국 깃발이 꽂혔어!"

"예, 부인." 그때까지도 나는 달 착륙에 대해 그리 많이 생각하지 않았다. 물론 신문 기사는 넘쳐났다. 우주 비행사들이 인류 문명사에서 가장 먼 거리를 여행하여 고요의 바다에 착륙했다는 기사는 나도 읽었다. 그들은 몇 시간 동안 달 표면을 탐사했다. 달의 암석을 호주머니에 넣었고, 주변 모습을 묘사했으며 (한 우주 비행사는 장엄한 황무지라고 말했다), 대통령과 통화했고, 달의 땅에 깃발을 꽂았다. 그 여행은 인류의 가장 위대한 업적이라고 일컬어졌다. 나는 〈보스턴 글로브〉의 전면에 걸쳐 나온, 부풀어 오른 우주복을 입은 그들의 사진을 보았으며, 우주 비행사들이 달에 착륙하던 일요일 오후, 정확히 그 시간에 보스턴의 몇몇 사람들은 무엇을 하고 있었는지 다룬 기사도 읽었다. 한 남자는 라디오를 귀에 꼭 갖다 댄 채 백조 보트를 운전하고 있었다고 했다. 한 여자는 손주들에게 줄 롤빵을 굽고 있었다고 했다.

노파가 우렁차게 말했다. "달에 깃발을 꽂았다네, 젊은이! 라디오에서 들었어! 굉장하지 않아?"

"맞아요, 부인."

그러나 그녀는 내 대답에 만족하지 않았다. 명령하듯이 말했다. "'굉장하다'라고 말해!"

나는 당황스럽기도 했고 약간 모욕감을 느끼기도 했다. 어린 시절에 교실이 하나뿐인 톨리간지 학교의 바닥에 신발도, 연필도 없이 책상다리를 하고 앉아서 선생님의 말을 그대로 따라 하며 구구단을 배우던 방식이 생각났다. 또한 내 결혼식을 생각나게 했다. 결혼식에서 나를 아내와 결합하는, 내가 거의 이해하지 못하는 산스크리트어 시를 사제가 읊조리는 대로 오랫동안 따라 읊어야 했다. 그래서 나는 아무 말도 하지 않았다.

"'굉장하다'라고 말해!" 노파가 다시 우렁찬 목소리로 말했다.

"굉장해요." 나는 조그맣게 말했다. 그러나 그녀가 들을 수 있도록 한 번 더 목청껏 소리 질러야 했다. 나는 원래 부드러운 목소리로 말을 하는 사람이었고, 특히나 겨우 몇 분 전에 처음 만난 늙은 여자에게 목소리를 높이는 것이 내키지 않았다. 하지만 그녀는 기분이 상한 것 같지 않았다. 오히려 그러한 대답이 그녀를 기쁘게 한 것 같았다. 다음 명령은 이러했다.

"가서 방을 보게!"

나는 벤치에서 일어나서 카펫이 깔린 좁은 계단을 올라갔다.

세 번째이자 마지막 대륙

거기에는 문이 다섯 개 있었다. 똑같이 비좁은 복도의 양 옆으로 두 개씩 있었고, 하나는 맞은편 끝에 있었다. 그중에서 하나만 조금 열려 있었다. 경사진 천장 아래로 일인용 침대가 두 개 놓여 있었고, 갈색의 타원형 카펫과 배관이 드러나 있는 세면대, 서랍장이 있었다. 하얀색 문이 옷장 문이었고, 다른 하나는 화장실 문이었다. 벽은 회색과 상아색 줄무늬 벽지로 덮여 있었다. 창문이 열려 있어서 레이스 커튼이 미풍에 흐느적거렸다. 커튼을 들어 올리고 밖을 내다보니, 과일 나무 몇 그루와 빈 빨랫줄이 있는 조그만 뒷마당이 눈에 들어왔다. 만족스러웠다. 계단 아래쪽에서 노파가 묻는 소리가 들려왔다. "어떻게 하기로 결정했나?"

내가 현관으로 내려와 만족스럽다고 말하자 그녀는 탁자 위의 가죽 동전 지갑을 집어들고 걸쇠를 풀더니 손가락으로 지갑 안을 뒤져서, 얇은 철사 고리에 달린 열쇠를 꺼냈다. 응접실을 통해서 집 뒤로 가면 부엌이 있다고 알려주었다. 쓰고 나서 원래대로 청소해두기만 한다면 가스레인지를 사용해도 좋다고 했다. 시트와 수건은 제공되지만, 빨아 쓰는 일은 내 책임이었다. 방세는 매주 금요일 오전까지 피아노 건반 위의 선반에 두어야 했다. "그리고 여성 방문객은 출입 금지야!"

"저는 결혼했습니다, 쿠인." 내가 이 사실을 다른 사람에게 말한 것은 그때가 처음이었다.

그러나 그녀는 내 말을 듣지 못했다. "여성은 방문 금지야!" 다시 한 번 말했다. 그리고 나서 크로프트 부인이라고 자신을 소개했다.

　내 아내의 이름은 말라, 우리의 결혼을 주선해준 사람은 형과 형수였다. 나는 그 제안을 반대하지도 환영하지도 않았다. 세상 모든 남자에게 결혼을 기대하는 것처럼, 결혼은 사람들이 나에게도 기대하는 일종의 의무였다. 아내는 벨레가타에서 교사로 있는 사람의 딸이었다. 요리를 잘하고, 뜨개질과 자수와 풍경 스케치를 할 줄 알고, 타고르의 시를 암송할 수 있다는 말을 들었다. 그러나 이러한 재능은 예쁘지 않다는 사실을 상쇄하지는 못해서 많은 남자들이 얼굴 때문에 퇴짜를 놓았다. 그녀는 스물일곱 살이었다. 부모로서는 이러다 딸이 영영 시집을 못 가는 게 아닐까 하는 걱정이 들기 시작하는 나이였다. 그들은 외동딸을 독신의 위험에서 구제하기 위해 지구를 반 바퀴나 돌아야 하는 곳으로 기꺼이 떠나보내기로 마음먹었다.

　우리는 다섯 밤을 함께 보냈다. 그녀는 매일 밤 콜드크림을 바르고 머리를 땋아서 끝을 검은 면실로 묶은 다음 내게서 몸을 돌리고 울었다. 부모님이 그리웠던 것이다. 나는 며칠 지나면 인도를 떠나 미국으로 가지만, 관습상 그녀는 이제 우리 가정의 일원이었고, 앞으로 여섯 주 동안 형과 형수와 함께 지내면서 요리하고 청소하고 손님들에게 다과를 대접해야 했다. 그녀를 위로할 마음으로 내가 해준 건 전혀 없었다. 나는 침대의 내 쪽에 누워 손전등 불빛에 의지한 채 안내서를 읽으며 미국 생활에 대한 기대감을 키웠다. 때때로 벽 건너편에 있는 조그만 방을 생각했다. 어머니가 지내던 방이었다. 이제 그 방은 빈 방이나 마찬가지였다. 어머니가 주무셨던 나무 침상 위에는 짐 가방과 낡은 침구가 쌓여 있었다. 런던으로 떠나기 거의 육 년 전에 나는 어머니가 그 침상 위에서 돌아가시는 것을 지켜보았다. 돌아가실 무렵에 당신의 대변을 만지작거리며 노는 것도 보았다. 어머니를 화장하기 전에 나는 머리핀으로 어머니의 손톱을 모두 깨끗이 청소했고, 그러고 나서 형이 감당하지 못하자 맏형의 역할을 대신 떠맡아서 관자놀이에 불을 붙여 고통스러운 영혼을 하늘로 보내드렸다.

다음 날 아침에 나는 크로프트 부인의 집으로 이사를 했다. 문을 열고 들어가보니 부인은 피아노 벤치에 앉아 있었는데, 전날 저녁과 똑같은 자리였다. 똑같이 검정 치마에 풀 먹인 흰색 블라우스를 입고, 두 손은 똑같은 방식으로 무릎 위에 포개서 올려놓고 있었다. 전날 보았던 모습과 너무 똑같아서 그 벤치에서 밤을 지새운 것은 아닐까 하는 생각이 들었다. 나는 여행 가방을 위층의 내 방에 내려놓고 부엌에 가서 보온병에 끓는 물을 채웠다. 그리고 출근했다. 그날 저녁 퇴근해 돌아왔을 때도 그녀는 여전히 그 자리에 있었다.

"앉게, 젊은이!" 자기 옆 자리를 찰싹 때렸다.

나는 그 옆에 앉았다. 손에는 우유와 콘플레이크와 바나나가 담긴 봉지를 들고 있었다. 그날 아침에 부엌을 살펴보고 냄비나 프라이팬 등 요리 도구가 여분으로 준비된 게 없다는 것을 알았기 때문이다. 있는 거라곤 냉장고 안의 냄비 두 개와 가스레인지 위의 구리 주전자뿐이었는데, 냄비에는 둘 다 오렌지색 수프가 담겨 있었다.

"다녀왔습니다, 부인."

그녀는 문을 잠갔는지 물어보았다. 나는 잠갔다고 대답했다.

잠시 그녀는 아무 말이 없었다. 그러다가 갑자기 전날 밤과 같은 정도의 의구심과 기쁨을 드러내며 말했다. "달에 미국 국기가 꽂혔어, 젊은이!"

"예, 부인."

"달에 깃발이 꽂히다니! 굉장하지 않아?"

나는 다음에 이어질 상황을 걱정하며 고개를 끄덕였다. "예, 부인."

"'굉장하다'라고 말해!"

나는 이번에는 바로 대답하지 않고 혹시라도 엿듣는 사람이 있을까 봐 양옆을 살펴보았다. 물론 집이 비어 있다는 것을 잘 알고 있었다. 바보가 된 느낌이었다. 그러나 이것은 아주 사소한 부탁이었다. "굉장해요!" 나는 크게 소리쳤다.

그것은 이내 우리의 일상이 되었다. 내가 도서관으로 출근하는 아침이면 크로프트 부인은 계단 맞은편에 있는 자신의 방에서 아직 안 나왔거나, 아니면 벤치에 앉아서 나의 존재는 잊어버린 채 라디오로 뉴스나 고전 음악을 들었다. 그러나 매일 저녁 돌아오면 같은 일이 벌어졌다. 그녀는 벤치를 찰싹 때리며 나에게 앉으라고 명령했고, 달에 깃발이 꽂혔다고 말했으며, 굉장하다고 단호히 말했다. 나도 굉장하다고 맞장구를 쳤으며, 그러고 나서 우리는 말없이 앉았다. 매우 어색했으며, 나로서는 아주 긴 시간이 흐른 듯한 느낌이었지만, 이런 저녁 만남은 기껏해야 십 분 정도에 불과했다. 그녀는 머리를 갑자기 가슴을 향해 떨구며 어김없이 잠에 빠져들었기 때문에 나는 자유의 몸이 되어 내 방으로 돌아갈 수 있었다. 물론 그즈음에는 달에 깃발이 서 있지 않았다. 신문에서 읽은 바에 따르면, 우주 비행사들은 지구로 돌아오기 전에 그 깃발이 쓰러지는 것을 보았다고 했다. 하지만 나는 그 사실을 말해줄 용기가 없었다.

첫째 주 방세를 내는 날인 금요일 아침에 나는 응접실로 가서 피아노 건반 위의 선반에 돈을 내려놓았다. 피아노 건반은 윤기가 없고 색이 바래 있었다. 건반 하나를 눌러보니 아무 소리도 나지 않았다. 나는 응접실로 내려오기 전에 1달러짜리 지폐 여덟 장을 봉투에 넣고 앞면에 크로프트 부인의 이름을 써두었다. 돈을 표시도 없이 방치해두는 것에 익숙지가 않았다. 내가 서 있는 곳에서 텐트처럼 펼쳐진 부인의 치마 옆모습이 보였다. 벤치에 앉아서 라디오를 듣고 있었다. 그녀를 일어나게 해서 피아노가 있는 곳까지 오게 하는 일은 불필요해 보였다. 그녀가 긴 거리를 걸어 다니는 모습을 본 적이 없었으며, 옆에 놓인 원형 탁자에 지팡이가 늘 기대어 세워진 것을 보고 걷는 게 불편하다고 짐작했다. 내가 벤치에 다가가자 그녀는 고개를 쳐들어 나를 응시하며 물었다.

"무슨 일이야?"

"방세입니다, 부인."

"피아노 건반 위의 선반에 두게!"

"여기 가져왔습니다." 나는 봉투를 내밀었다. 그러나 무릎 위에 포개 올려놓은 두 손은 꼼짝도 하지 않았다. 나는 약간 고개를 숙여 봉투를 아래로 내렸다. 이제 봉투는 그녀의 손 바로 위에 놓이게 되었다. 잠시 후에 그녀는 봉투를 받아들고 고개를 끄덕였다.

그날 저녁 내가 집에 돌아왔을 때 부인은 벤치를 손으로 때리지 않았다. 그러나 나는 평소처럼 습관적으로 옆에 앉았다. 나에게 문을 잠갔는지 물어보았지만, 달에 꽂힌 깃발에 관해서는 말하지 않았다. 대신 이렇게 말했다.

"자네는 아주 친절해!"

"부인, 뭐라고요?"

"아주 친절해!"

그녀는 아직도 그 봉투를 손에 들고 있었다.

일요일에 누군가 내 방문을 두드렸다. 나이 많은 여자가 자신을 소개했다. 크로프트 부인의 딸 헬렌이라고 했다. 그녀는 방 안으로 들어와 뭐라도 변화를 찾아내려는 것처럼 사방의 벽을 다 둘러보며 옷장에 걸린 셔츠와 문의 손잡이에 걸쳐놓은 넥타이, 서랍장 위의 콘플레이크 상자, 세면대 안에 넣어둔 씻지 않은 그릇과 스푼 등을 흘낏거렸다. 키가 작고 허리가 굵었으며,

짧게 친 은발과 연분홍색 립스틱을 바른 입술이 눈에 띄었다. 소매 없는 여름 드레스를 입고 하얀 플라스틱 구슬을 한 줄로 꿰어 만든 목걸이를 둘렀으며, 체인에 매단 안경은 가슴에 그네처럼 걸려 있었다. 그리고 종아리에는 검푸른 정맥이 드러나 보였고, 위팔은 구운 가지처럼 축 처졌다. 매사추세츠가 북쪽에 있는 알링턴이라는 마을에서 산다고 말했다. "어머니에게 식료품을 갖다 주려고 일주일에 한 번씩 와요. 어머니가 아직 나가 달라는 말을 하지 않았죠?"

"그렇습니다, 부인."

"여기 세 든 남자들 가운데 몇몇은 마구 소리를 질러댔어요. 하지만 어머니는 당신을 좋아하는 것 같아요. 세입자 중에서 어머니가 신사라고 언급한 사람은 당신이 처음이에요."

"과찬의 말씀입니다, 부인."

그녀는 내가 맨발이라는 것을 알아차리고 나를 쳐다보았다.(나는 여전히 집 안에서 신발을 신는 게 낯설고 불편했다. 그래서 방에 들어가기 전에 항상 신발을 벗었다.) "보스턴은 처음인가요?"

"미국 생활이 처음입니다, 부인."

"어디 출신이에요?" 그녀가 눈썹을 추켜세우며 물었다.

"인도 캘커타 출신입니다."

"그래요? 일 년쯤 전에 브라질 사람이 묵은 적이 있어요. 케임브리지는 매우 국제적인 도시라는 걸 알게 될 거예요."

나는 고개를 끄덕였다. 문득 이 대화가 얼마나 오래 이어질지 궁금해지기 시작했다. 그러나 그 순간 우리는 계단을 타고 올라온 크로프트 부인의 쩌렁한 목소리를 들었다. 복도로 나가자 노인의 고함 소리가 우리의 귀에 들려왔다.

"헬렌, 당장 아래층으로 내려와!"

"무슨 일이에요?" 헬렌도 고함을 질렀다.

"당장!"

나는 즉시 신발을 신었다. 헬렌은 한숨을 내쉬었다.

우리는 계단을 내려갔다. 계단 폭이 너무 좁아 둘이 나란히 내려갈 수 없었으므로 내가 헬렌의 뒤를 따랐다. 그녀는 서두르지 않는 것 같았는데, 도중에 무릎이 좋지 않다고 말했다. "어머니, 지팡이 없이 걸어 다녔어요?" 헬렌이 소리쳤다. "지팡이 없이 걸어 다니면 안 된다는 걸 아시잖아요." 그녀가 난간에 손을 올린 채 걸음을 멈추고 나를 돌아다보았다. "어머니는 가끔 미끄러져요."

크로프트 부인이 연약한 사람이라는 생각이 든 것은 그때가 처음이었다. 벤치 앞에 대자로 누운 채 천장을 빤히 쳐다보는 부인의 모습이 머리에 그려졌다. 그러나 계단을 다 내려가서 보니 그녀가 평소와 다름없이 양손을 포개서 무릎 위에 올려놓은 채 앉아 있었다. 식료품 봉지 두 개가 발치에 놓여 있었다. 우리가 앞에 서 있는데도 그녀는 벤치를 찰싹 치지도 않았고, 앉으라는 말도 하지 않았다. 그저 우리를 노려볼 뿐이었다.

"어머니, 무슨 일이에요?"

"그건 바른 행동이 아니야!"

"뭐가요?"

"결혼한 사이가 아닌 신사와 숙녀가 샤프롱도 없이 사적인 대화를 나누는 건 바른 행동이 아니야!"

헬렌은 자기 나이가 예순여덟이며 내 어머니뻘이라고 말했지만, 크로프트 부인은 헬렌과 내가 아래층 응접실에서 얘기를 나누어야 한다고 막무가내로 고집을 부렸다. 그리고 헬렌 같은 숙녀가 자기 나이를 밝힌 것과 발목이 훤히 드러나는 드레스를 입은 것 역시 바른 행동이 아니라고 덧붙였다.

"어머니, 지금이 어느 때인 줄 알아요? 1969년이에요. 어느 날 집 밖에서 미니스커트를 입은 아가씨를 보면 어쩌실 거예요?"

크로프트 부인이 콧방귀를 뀌며 말했다. "경찰에 얘기해서 체포하라고 할 거야." 헬렌은 고개를 저으며 식료품 봉지 하나를 집어들었다. 나는 남아 있는 봉지를 들고 뒤를 따라 응접실을 지나 부엌으로 들어갔다. 봉지에는 통조림 수프가 가득 들어 있었는데, 헬렌은 깡통 따개로 하나씩 땄다. 그녀는 냄비에 들어 있던 오래된 수프를 싱크대에 버리고 냄비를 수돗물에 깨끗이 헹구었다. 그리고 새로 딴 통조림 수프를 다 냄비에 넣은 다음, 다시 냉장고 안에 넣었다. "몇 년 전만 해도 어머니가 직접 통조림 통을 딸 수 있었어요." 헬렌이 말했다. "어머니는 이렇게 대신 해주는 걸 몹시 싫어해요. 하지만 피아노 때문에 손을 못 쓰신답니다." 그녀는 안경을 쓰고 찬장을 쳐다보다가 내 티백을 발견했다. "차 한잔 할까요?"

나는 가스레인지 위의 주전자에 물을 채웠다. "그런데 부인, 피아노라뇨?"

"어머니는 피아노 레슨을 했어요. 사십 년 동안. 아버지가 돌아가신 뒤 그렇게 우리를 키웠죠." 헬렌은 엉덩이에 두 손을 얹은 채 열린 냉장고를 유심히 살펴보았다. 그러고는 안쪽 깊숙이 손을 넣어 포장지에 싸인 길쭉한 버터 한 덩이를 꺼내더니 인상을 찌푸리며 쓰레기통에 던졌다. "그럴 수밖에 없었던 거예요." 그렇게 말하며 따지 않은 수프 통조림을 모두 찬장 속에 넣었다. 나는 식탁에 앉아 헬렌을 지켜보았다. 설거지를 하고, 쓰레기 봉지를 묶고, 싱크대 위의 자주달개비 화분에 물을 주고, 그러고 나서 잔 두 개에 뜨거운 물을 부었다. 티백의 실이 옆으로 길게 늘어뜨려진, 우유를 안 탄 찻잔을 내게 건네며 식탁에 앉았다.

"실례입니다만 부인, 그런데 그걸로 충분하겠습니까?"

헬렌은 차를 한 모금 마셨다. 립스틱이 컵의 가장자리 안쪽에 연분홍색 입술 자국을 남겼다. "뭐가 말이에요?"

"냄비 안에 든 수프 말입니다. 그게 크로프트 부인의 식사로 충분합니까?"

"어머니는 그것 말고 다른 건 드시지를 않아요. 백 살이 넘은 이후론 고체 음식은 입에 대지 않았어요. 그게 언제였냐면, 그러니까, 삼 년 전이네요."

나는 충격을 받았다. 크로프트 부인이 팔십 대이거나 많으면 아흔 정도일 거라고 짐작했던 것이다. 나는 그때까지 한 세기를 넘게 산 사람을 만나본 적이 없었다. 이런 사람이 혼자 사는 과부라는 사실이 더욱더 놀라웠다. 내 어머니는 과부가 되고 정신이 무너져내렸기 때문이다. 아버지는 캘커타 우편 총국에서 사무원으로 일하다 내가 열여섯 살이었을 때 뇌염으로 돌아가셨다. 아버지가 안 계시자 어머니는 삶에 적응하기를 거부하고, 대신 어둠의 세계로 점점 더 깊이 가라앉았다. 나도, 형도, 그 어떤 친척도, 또한 라시베하리가에 있는 정신병원도 어머니를 그 세계에서 구해내지 못했다. 조심성이 없어져버린 어머니의 모습을 눈으로 보고, 식사를 하고 나서 트림을 하거나 여러 사람 앞에서 조금도 부끄러워하는 기색 없이 방귀를 뀌는 소리를 귀로 듣는 게 무척이나 고통스러웠다. 아버지가 돌아가신 뒤 형은 집안을 꾸려가려고 학업을 중단하고 황마 공장에 취직해서 결국엔 책임자의 자리에까지 올랐다. 그래서 어머니 곁에 앉아 시험공부를 하면서, 어머니가 팔에 찬 팔찌들을 수판알 세듯이 세고 또 세는 모습을 지켜보는 일은 나의 몫이었다. 우리는 어머니를 잘 감시하려고 노력했다. 한번은 어머니가 반라의 상태로 어슬렁어슬렁 전차 정류장에 가는 것을 뒤늦게 알고서 집으로 다시 데려온 적도 있었다.

"제가 저녁에 크로프트 부인의 수프를 데워드리는 게 좋겠어요." 나는 그렇게 제안하며 찻잔에서 티백을 꺼내 물을 짜냈다. "간단한 일이니까요."

헬렌은 손목시계를 들여다보고 나서 자리에서 일어나더니 남은 차를 싱크대에 버렸다. "나라면 그러지 않겠어요. 그건 어머니를, 뭐랄까, 완전히 죽이는 일이 될 테니까요."

그날 저녁 헬렌이 알링턴으로 돌아가고 크로프트 부인과 단

둘이 남자 걱정이 일기 시작했다. 이제 그녀의 나이가 엄청 많다는 것을 알게 되니 한밤중이나 내가 밖에 나가고 집에 없는 낮 동안에 무슨 일이 일어나지 않을까 걱정되었던 것이다. 목소리가 쩌렁쩌렁하고 태도가 씩씩해 보이기는 하지만, 그 정도로 늙은 노인은 한 번 긁히거나 기침만 잘못 해도 죽음에 이를 수 있다는 것을 알고 있었다. 그녀가 살아가는 하루하루가 기적과 같다고 생각했다. 헬렌은 다정다감한 사람처럼 보였지만, 그래도 무슨 일이 벌어지면 나의 게으름을 원망할지 모른다는 걱정이 마음 한구석에 똬리를 틀었다. 그렇지만 헬렌은 걱정하는 것 같아 보이지 않았다. 그녀는 일요일마다 크로프트 부인의 수프를 들고 와서 볼일을 보고 떠났다.

이런 식으로 그해 여름의 여섯 주가 지나갔다. 나는 매일 저녁 도서관 근무를 마치고 집에 돌아오면 몇 분 동안 크로프트 부인과 함께 피아노 벤치에 앉아 시간을 보냈다. 내가 일하는 곳에 대해 조금 얘기해주었고, 자물쇠를 잠갔다고 확신시켜주었으며, 달에 깃발이 꽂힌 것은 굉장하다고 말해주었다. 어떤 날은 그녀가 잠에 떨어진 후에도 오랫동안 곁에 앉아 있으면서 이 노인이 지구상에서 보낸 오랜 세월에 새삼 경외감을 느끼곤 했다. 때로는 그녀가 태어난 1866년의 세상을 그려보려 했다. 검은색 긴 치마를 입은 많은 여자들이 응접실에서 정숙한 대화를 나누는 그런 세상을 상상했다. 그러다가 무릎 위에 놓인, 관절이 부어오른 그녀의 포개진 손을 바라보면서 피아노 건반을 두드리는 곱고 갸름한 손을 상상해보았다. 때로는 잠자리에 들기

세 번째이자 마지막 대륙

전에 아래층으로 내려가서 그녀가 벤치에 꼿꼿이 앉아 있는지, 아니면 안전하게 침실로 들어갔는지 확인하곤 했다. 금요일이면 잊지 않고 방세를 그녀의 손에 쥐어주었다. 이런 간단한 행위 외에 내가 해줄 수 있는 일은 아무것도 없었다. 나는 그녀의 아들이 아니었고, 방세 8달러 말고는 빚진 게 아무것도 없었다.

8월 말에 말라의 여권과 영주권이 준비되었다. 나는 그녀의 항공편 정보를 알리는 전보를 받았다. 캘커타의 형 집에는 전화가 없었던 것이다. 그 무렵 나는 우리가 헤어진 지 며칠이 지나 말라가 써 보낸 편지도 받았다. 편지에는 나를 부르는 호칭이 없었다. 내 이름을 부르며 편지를 썼다면 아직 우리 사이에 생기지 않은 친밀감을 가장하는 일이었을 것이다. 편지는 겨우 몇 줄에 불과했다. "나는 다가올 여행에 대비하여 영어로 편지를 씁니다. 이곳에서 나는 무척 외로워요. 거기는 무척 춥겠지요? 눈도 오나요? 당신의 말라 씀."

말라의 편지글에 별다른 감흥이 일지 않았다. 우리는 겨우 며칠을 함께 보냈을 뿐이었다. 그러나 우리는 단단히 묶여 있었다. 여섯 주 동안 그녀는 손목에 쇠 팔찌를 차고 다니며, 머리의 가르마에 주홍색 가루를 발라서 자신이 신부임을 세상에 드러냈다. 그 여섯 주 동안 나는 그녀가 미국에 오는 일을 새 달, 혹은 새로운 계절이 오는 것처럼 필연적이지만 별 의미가 없는 것으로 여기고 있었다. 적어도 당시에는 그랬다. 그녀에 대해 아는 것이 거의 없어서 때때로 그녀의 얼굴이 부분적으로 기억에 떠오르곤 했지만 전체의 모습을 떠올릴 수는 없었다.

말라의 편지를 받고 며칠 뒤, 아침 출근길에 매사추세츠가의 맞은편에서 길을 걷는 인도 여자가 눈에 들어왔다. 여자는 입고 있는 사리의 끝단을 길바닥에 끌고 다니다시피 하면서 아이를 태운 유모차를 밀고 있었다. 곁에서 한 미국인 여자가 끈으로 맨 조그마한 검은 개와 함께 걷고 있었다. 갑자기 그 개가 짖기 시작했다. 나는 길 맞은편에서 그 인도 여자가 깜짝 놀라며 걸음을 멈추는 것을 보았는데, 바로 그때 개가 번쩍 뛰어올라 이빨로 사리의 끝단을 물었다. 미국 여자가 개를 나무라면서 사과를 하는 것 같았고, 그러고 나서 재빨리 그 자리를 떠났다. 길 한가운데에 남겨진 인도 여자는 사리를 매만지며 우는 아이를 달랬다. 그 여자는 맞은편에 서 있는 나를 보지 못했다. 이윽고 그녀는 다시 가던 길을 갔다. 그날 아침, 이러한 소소한 사건 사고가 곧 나의 관심사가 되리라는 것을 깨달았다. 말라를 보살피고, 받아들이고, 보호하는 것은 나의 의무였다. 나는 말라에게 첫 눈 신발과 첫 겨울 외투를 사주어야 할 것이다. 다니지 말아야 할 길을 알려주고, 어느 방향에서 차들이 오는지를 말해주어야 할 것이다. 또한 사리의 끝단이 길바닥에 끌리지 않도록 사리를 입고 다니라고 말해주어야 할 것이다. 친정 부모와 고작 10킬로미터쯤 떨어져 있을 뿐인데도 눈물 바람을 하던 그녀의 모습이 떠올라서 나는 기분이 심란해졌다.

말라와는 달리 나는 그 무렵 주변의 모든 것에 익숙해졌다. 콘플레이크와 우유에 익숙해졌고, 헬렌의 방문에 익숙해졌으

세 번째이자 마지막 대륙

며, 크로프트 부인과 함께 벤치에 앉아 있는 일에도 익숙해졌다. 내가 익숙하지 않은 것은 말라뿐이었다. 그럼에도 나는 내가 해야 할 일들을 했다. 매사추세츠공과대 기숙사 사무실에 가서 몇 블록 떨어진 곳에 위치한 한 아파트를 찾아냈다. 가구가 비치된 그 아파트에는 더블베드와 별도의 부엌과 화장실이 있었는데, 집세는 주당 40달러였다. 이사 가기 전 마지막 금요일에 나는 크로프트 부인에게 1달러짜리 지폐를 여덟 장 넣은 봉투를 건네고 내 여행 가방을 아래층에 내려놓은 다음, 이제 다른 곳으로 이사를 간다고 알렸다. 그녀가 나에게 마지막으로 탁자에 기대어 세워진 지팡이를 건네달라고 요구했다. 문까지 걸어가서 내가 나가면 문을 잠그려는 것이었다. "그럼 안녕." 크로프트 부인은 그렇게 말하고 나서 다시 집 안으로 물러났다. 감정의 표출을 기대하지는 않았지만, 그럼에도 실망스럽기는 마찬가지였다. 나는 하숙인일 뿐이었다. 약간의 돈을 내고 여섯 주 동안 자신의 집을 들락날락하던 사람일 뿐이었던 것이다. 한 세기에 비하면 육 주는 시간이랄 것도 없었다.

공항에서 나는 즉시 말라를 알아보았다. 말라는 사리의 끝단을 바닥에 끌지 않았으며, 오히려 신부로서의 단정함이 느껴지도록 사리를 머리 위에 둘렀다. 아버지가 돌아가신 날까지 어머니가 머리 위에 사리를 두르고 다녔던 것처럼. 가녀린 갈색 팔목에는 금팔찌를 주렁주렁 차고 있었다. 이마에는 조그만 붉은 점이 칠해져 있었고, 발의 가장자리는 장식처럼 붉은 염료로

물들어 있었다. 나는 그녀를 껴안지도, 키스하지도 않았으며, 손을 잡지도 않았다. 대신 미국에 와서 처음으로 벵골어를 쓰면서 배가 고프지 않은지 물었다.

말라는 잠시 머뭇거리다가 고개를 끄덕였다.

나는 집에 계란 카레를 준비해놓았다고 말했다. "기내에선 어떤 음식을 먹었어?"

"먹지 않았어요."

"캘커타에서 여기까지 오는 동안 아무것도 먹지 않은 거야?"

"메뉴에 소꼬리 수프가 적혀 있었거든요."

"다른 음식도 분명히 있었을 텐데."

"소꼬리 수프를 먹는다고 생각하니 식욕이 사라져버렸어요."

집에 도착하자 말라는 여행 가방 하나를 열어서 풀오버 스웨터 두 벌을 내게 선물했다. 둘 다 밝은 파란색 털실로 짠 것이었는데, 우리가 떨어져 있는 동안에 말라가 직접 만든 것이었다. 하나는 브이넥이었고, 다른 하나는 케이블 짜기로 굵은 줄무늬를 넣어 만든 스웨터였다. 나는 그 스웨터를 입어보았다. 둘 다 겨드랑이 밑 부분이 꼭 죄었다. 말라는 끈으로 졸라매는 파자마 두 벌과 형의 편지, 통에 가득 담긴 다르질링 차도 가지고 왔다. 나는 계란 카레 말고는 줄 선물이 없었다. 우리는 놓인 게 없는 썰렁한 식탁에 앉아 각자의 그릇을 물끄러미 바라보았다. 우리는 손으로 음식을 먹었는데, 그것 또한 내가 미국에 온 이후로 처음 해보는 것이었다.

"집이 좋아요." 말라가 말했다. "계란 카레도요." 그녀는 사리가 머리에서 흘러내리지 않도록 왼손으로 사리의 끝자락을 잡고 가슴에 대고 있었다.

"난 할 줄 아는 요리가 별로 없어."

그녀는 감자를 먹으려고 껍질을 벗기면서 고개를 끄덕였다. 한순간 사리가 어깨로 흘러내렸는데, 그녀는 즉시 원래대로 추어올렸다.

"머리를 가릴 필요는 없어." 내가 말했다. "난 신경 안 써. 여기서 그런 건 문제되지 않아."

그래도 그녀는 사리를 머리에 두른 채 그대로 있었다.

나는 그녀에게 익숙해지기를 기다렸다. 내 옆에, 내 식탁에, 내 침대에 있는 그녀의 존재에 익숙해지기를 바랐다. 그러나 일주일이 지나도 여전히 낯설었다. 퇴근하여 집에 돌아오면 밥 짓는 냄새가 나고, 화장실의 세면대는 늘 깨끗이 닦여 있고, 칫솔 두 개가 나란히 놓여 있고, 인도에서 가져온 피어스 비누가 받침대에 얌전히 놓여 있는 집 안 분위기가 여전히 낯설었다. 말라가 이틀에 한 번꼴로 밤에 두피에 문질러 바르는 코코넛 기름의 향에도, 실내를 돌아다닐 때 팔찌들이 부딪치며 만들어내는 미묘한 소리에도 쉬 익숙해지지 않았다. 아침이면 말라는 언제나 나보다 일찍 일어났다. 첫날 아침에 부엌으로 들어가니 남은 음식을 데워놓고, 식탁 위에 접시를 준비하고 있었다. 접시의 가장자리에는 소금 한 숟갈이 놓여 있었다. 벵골인 남편 대부분이 그러하듯이 나도 아침으로 밥을 먹는다고 생각한 것이다. 나는 아침은 시리얼로 먹는다고 말했다. 다음 날 아침에 부엌에 들어가자 그녀는 이미 그릇에 콘플레이크를 담아놓고 있었다. 어느 날 아침 그녀는 나와 함께 매사추세츠가를 걸어서 학교로 갔고, 나는 캠퍼스를 간단히 구경시켜주었다. 집으로 돌아오는 길에 우리는 철물점에 들러서 열쇠를 하나 복사했다. 그녀가 자유로이 아파트를 출입할 수 있도록 하기 위해서였다. 다음 날 아침 출근하기 전에 말라가 나에게 몇 달러만 달라고 했다. 나는 약간 떨떠름한 태도로 돈을 주었다. 하지만 이제는 이것 역시 정상적인 일이라는 것을 알고 있었다. 퇴근하여 집에 돌아와서 보니 부엌 서랍 안에는 감자 껍질 벗기는 도구가 들어 있었고, 식탁 위에는 식탁보가 씌워져 있었으며, 가스레인지 위에는 신선한 마늘과 생강을 넣어 만든 치킨 카레가 놓여 있었다. 당시에 우리는 텔레비전이 없었다. 그래서 저녁을 먹고 나면 나는 신문을 읽었고, 말라는 부엌의 식탁에 앉아서 밝은 파란색 털실로 자신의 카디건을 뜨거나 집으로 편지를 썼다.

첫 주가 끝나가는 금요일에 나는 말라에게 외출을 제안했다. 말라는 뜨개질하던 것을 내려놓고 화장실로 사라졌다. 그녀가 나타났을 때, 나는 외출하자고 말한 것을 후회했다. 깨끗한 비단 사리를 입고 팔찌를 여러 겹으로 차고 있었다. 머리는 땋았는데, 위쪽에 옆 가르마를 내어 멋을 부렸다. 파티에라도 가듯이, 그게 아니라면 적어도 영화관에 가듯이 준비를 했다. 그러나 나는 전혀 그럴 생각이 없었다. 저녁 공기는 온화했다. 우리는 식당과 가게 유리창을 들여다보며 매사추세츠가를 몇 블록 걸었다. 그리고 나서 나는 별 생각 없이 아내를 이끌고 아주 많은 밤을 혼자 걸어 다녔던 조용한 거리로 들어섰다.

"여기가 당신이 오기 전에 내가 살았던 곳이야." 나는 크로프트 부인 집의 마름모꼴 철사 울타리 앞에서 걸음을 멈추었다.

"이렇게 큰 집에서요?"

"난 이 층 조그만 방에서 지냈어. 뒤쪽에 있어."

"이 집엔 누가 살아요?"

"나이가 많은 할머니가 살아."

"가족과 함께?"

"아니, 혼자."

"그럼 할머니는 누가 돌봐요?"

나는 대문을 열었다. "대부분은 혼자 스스로 챙기면서 살아."

크로프트 부인이 나를 기억할지 궁금했다. 저녁마다 벤치의 옆 자리에 앉힐 수 있는 새로운 하숙생이 들어왔는지도 궁금했다. 나는 초인종을 누르면서 나에게 열쇠가 없었던, 부인을 처음 만난 그날처럼 오래 기다려야 할 것이라고 생각했다. 그러나 이번에는 곧바로 문이 열렸다. 헬렌이었다. 크로프트 부인은 벤치에 앉아 있지 않았고, 벤치 또한 보이지 않았다.

"안녕하세요." 헬렌이 연분홍색 입술로 말라에게 미소를 지으며 말했다. "어머니는 응접실에 계세요. 잠시 들어왔다 갈래요?"

"예. 그러고 싶습니다, 부인."

"그럼 나는 얼른 가게에 갔다 올까 하는데, 괜찮겠어요? 어머니가 작은 사고를 당했어요. 그래서 요즘은 잠시도 혼자 있게 할 수 없어요."

헬렌이 나간 뒤 나는 문을 잠그고 응접실로 들어갔다. 크로프트 부인은 복숭아색 쿠션을 베고 흰색의 얇은 누비이불을 덮은 채 등을 대고 납작하게 누워 있었다. 두 손은 가슴 위에 포개어 올려놓고 있었다. 그녀는 나를 보더니 소파를 가리키며 앉으라고 말했다. 나는 시키는 대로 자리에 가서 앉았다. 말라는 피아노가 있는 데로 가서 이제는 제 위치에 놓여 있는 벤치에 앉았다.

"엉덩뼈가 부러졌어!" 크로프트 부인이 말했다. 그동안 시간이 전혀 흐르지 않은 것 같은 느낌이 들었다.

"아니, 부인, 어쩌다가."

"벤치에서 떨어졌지!"

"큰일 날 뻔했네요."

"한밤중이었어! 내가 어떻게 한 줄 알아, 젊은이?"

나는 고개를 저었다.

"경찰을 불렀어!"

그녀는 천장을 응시하며 활짝 웃었다. 기름한 잿빛 치아가 드러났는데, 하나도 빠진 게 없었다. "어떻게 생각하나, 젊은이?"

나는 깜짝 놀랐지만, 무슨 말을 해야 하는지 알고 있었다. 전혀 망설이지 않고 소리쳤다. "굉장해요!"

그러자 말라가 웃음을 터뜨렸다. 웃음소리에는 자상함이 가득 배어 있었고 눈은 즐거움으로 반짝였다. 그녀의 웃음소리를 들어본 것은 그때가 처음이었다. 그 웃음소리는 적잖이 컸기 때문에 크로프트 부인도 들었다. 부인은 시선을 돌려 말라를 노

세 번째이자 마지막 대륙

려보았다.

"저 여자는 누구지, 젊은이?"

"제 아내입니다, 부인."

크로프트 부인은 말라를 더 잘 보기 위해 쿠션을 베고 있던 머리를 비스듬히 기울였다. "당신, 피아노 칠 줄 알아?"

"못 칩니다, 부인." 말라가 대답했다.

"그럼 일어서!"

말라가 벌떡 일어나며 머리에 두른 사리를 매만지고 사리의 끝단을 가슴에 단정하게 붙였다. 그녀가 미국에 오고 나서 처음으로 나는 그녀에게 연민을 느꼈다. 문득 런던에 도착하고 처음 얼마 동안의 일들이 머리에 떠올랐다. 지하철을 타고 러셀 스퀘어까지 가는 법을 배우던 일, 처음으로 에스컬레이터를 탔던 일, "파이파"라고 외치는 남자의 말이 '페이퍼'를 말하는 것이었다는 것을 알지 못했던 일, 열차가 역을 출발하여 움직이기 시작할 때 승무원이 "틈을 조심하세요"라고 한 말의 뜻을 일 년이 지나도록 몰랐던 일 등이 뇌리를 스쳤다. 나와 마찬가지로 말라도 집에서 멀리 떨어진 곳으로 떠나왔다. 단지 내 아내라는 이유만으로 자기가 어디로 가는지도 모르고 무엇을 발견하게 될지도 모르는 채 말이다. 이상한 일인 것 같지만 어느 날 그녀의 죽음이 나에게 영향을 미칠 것이고, 더 이상해 보이지만 나의 죽음이 그녀에게 영향을 미칠 것이라는 걸 막연히 알고 있었다. 나는 이러한 느낌을 어떤 식으로든 크로프트 부인에게 설명해 주고 싶었다. 부인은 무시하는 듯한 눈길로 아직도 말라를 머리

끝에서 발끝까지 뜯어보고 있었다. 나는 크로프트 부인이 사리를 입고 이마에 점을 찍고 팔목에 팔찌를 주렁주렁 찬 여자를 본 적이 있는지 궁금했다. 부인이 말라의 어떤 점을 못마땅해할 것인지 궁금했다. 부인이 발에 물든 붉은 염료를 보았는지 궁금했다. 사리의 밑단에 쏠려 흐릿해지긴 했지만 여전히 말라의 발에 또렷이 남아 있었다. 마침내 크로프트 부인이 의구심과 기쁨이 똑같은 정도로 깃든, 내가 익히 알고 있는 목소리로 선언했다.

"이 여자는 완벽한 숙녀야!"

이번에는 내가 웃음을 터뜨렸다. 조용히 웃었으므로 크로프트 부인은 듣지 못했다. 그러나 말라는 내 웃음소리를 들었고, 그래서 우리는 처음으로 서로를 바라보며 빙긋 웃었다.

나는 크로프트 부인의 응접실에서 경험한 그 순간이 말라와 내 사이가 좁혀지기 시작한 순간이라고 생각한다. 비록 우리는 아직 온전히 사랑하고 있지는 않았지만, 이후 몇 달 동안이 허니문이었다고 생각한다. 우리는 함께 시내를 돌아다녔으며 다른 벵골인들을 만났다. 그때 만난 벵골인 가운데 몇몇은 지금까지도 친구로 지내고 있다. 우리는 빌이라는 남자가 프로스펙트 가에서 싱싱한 생선을 팔고, 하버드 스퀘어에 있는 카둘로라는 가게에서는 월계수 잎과 정향을 판다는 것을 알아냈다. 저녁에는 찰스 강까지 걸어가서 강물 위를 떠다니는 돛단배를 구경하거나 하버드 야드에서 아이스크림콘을 먹었다. 우리는 인스터매틱 카메라를 사서 우리의 생활을 사진으로 기록했다. 나는 말라가 그녀의 부모에게 사진을 보낼 수 있도록 그녀에게 프루덴셜 빌딩 앞에서 포즈를 취하게 하여 사진을 찍었다. 밤이면 우리는 키스를 했다. 처음에는 수줍어했으나 이내 대담해졌고, 서로의 품 안에서 쾌락과 위안을 발견했다. 나는 그녀에게 SS로마호에서의 항해 이야기를 해주었으며, 핀스베리 파크와 YMCA에 대해서도, 크로프트 부인과 벤치에 함께 앉아 있었던 저녁 시간에 대해서도 얘기해주었다. 나의 어머니에 대해 이야기하자 그녀는 눈물을 흘렸다. 어느 날 저녁에 〈보스턴 글로브〉를 읽다가 우연히 크로프트 부인의 사망 기사를 발견했을 때 나를 위로해 준 사람은 말라였다. 나는 그전 몇 달 동안 부인을 생각한 적이 없었다. 그 무렵에는 이미 그 여름의 여섯 주는 나의 과거에 끼어든 오래전의 막간이 되어 있었다. 그러나 그녀가 죽었다는 것을 알았을 때 나는 충격을 받았다. 너무 충격을 받았기 때문에 신문을 무릎에 내려놓은 채 할 말을 잃고 멍하니 벽을 쳐다보았다. 말라가 뜨개질을 하다가 고개를 들어 그런 내 모습을 바라보았다. 크로프트 부인의 죽음은 내가 미국에서 애도한 첫 번째 죽음이었는데, 그녀의 삶은 내가 미국에서 처음으로 존경했던 삶이었다. 그녀는 마침내 이 세상을 떠났다. 오래오래 혼자 살다가 영원히 떠난 것이다.

　내 이야기를 하자면, 나는 보스턴에서 멀리 벗어나지 않았다. 말라와 나는 보스턴에서 30킬로미터쯤 떨어진 마을에서 살고 있다. 크로프트 부인이 살던 곳과 비슷하게 가로수가 줄지어 늘어선 동네의 집에서 살고 있는데, 마당이 있어서 여름이면 토마토 값을 아낄 수 있으며 손님방도 마련되어 있다. 우리는 이제 미국 시민이어서 때가 되면 사회보장 연금도 탈 수 있다. 몇 년에 한 번씩 캘커타를 방문하며 돌아오는 길에 끈으로 졸라매는 파자마와 다르질링 차를 챙겨오지만, 여기서 늙어가기로 결정했다. 나는 조그만 대학의 도서관에서 일한다. 우리에겐 하버드 대학에 다니는 아들이 한 명 있다. 이제 말라는 사리의 끝단을 머리에 두르지 않으며 밤에 부모님을 생각하며 우는 일도 없다. 대신 아들 생각에 눈물을 짓곤 한다. 우리는 아들을 만나러 케임브리지에 가거나 집에 데려와 주말을 함께 보내기도 한다. 집에 오면 아들은 우리와 함께 손으로 밥을 먹고 벵골어로 말을 한다. 우리가 죽으면 아들이 그렇게 하지 않을 거라며 때때로 걱정을 한다.

차를 몰고 그곳에 갈 때면 나는 교통 상황이 어떻든 반드시 매사추세츠가를 지나서 간다. 이제는 그곳의 건물을 거의 알아볼 수 없지만, 그러나 갈 때마다 나는 바로 어제 일인 것처럼 그해 여름의 여섯 주로 되돌아간다. 차의 속도를 줄이고는 크로프트 부인이 살던 거리를 가리키며 아들에게 말한다. 내가 미국에서 처음 살았던 집이 있던 곳이라고. 그 집에서 백세 살 먹은 할머니와 함께 살았다고. "기억나요?" 말라가 그렇게 말하며 미소를 짓는다. 그러면서 우리가 낯설고 서먹서먹한 사이였던 때가 있었다는 사실에 서로 놀라곤 한다. 아들은 크로프트 부인의 나이가 아니라 내가 방세로 낸 돈이 그토록 적었다는 사실에 언제나 놀라움을 표한다. 아들에게는 그게 상상하기 어려운 사실인 것이다. 달에 깃발을 꽂았다는 게 1866년에 태어난 여자에게 상상하기 어려운 사실이었던 것처럼 말이다. 나는 아들의 눈에서 나를 처음으로 드넓은 세상 속으로 내던졌던 야망을 본다. 몇 년 지나면 아들은 졸업을 하고 누구의 보호도 받지 않고 혼자서 자신의 길을 개척해갈 것이다. 그러나 아들에게는 아직 아버지가 살아 있고 행복하게 생활하는 강한 어머니가 있다는 것을 나 자신에게 상기시키곤 한다. 아들이 좌절할 때마다 나는 아들에게, 이 아버지가 세 대륙에서 살아남은 것을 보면 네가 극복하지 못할 장애물은 없다고 말해준다. 그 우주 비행사들은 영원한 영웅이기는 하지만, 달에 겨우 몇 시간 머물렀을 뿐이다. 나는 이 신세계에서 거의 삼십 년을 지내왔다. 내가 이룬 것이 무척이나 평범하다는 것을 안다. 성공과 출세를 위해 고향에서 멀리 떠난 사람이 나 혼자뿐인 것도 아니고 내가 최초인 것도 아니다. 그럼에도 나는 내가 지나온 그 모든 행로와 내가 먹은 그 모든 음식과 내가 만난 그 모든 사람들과 내가 잠을 잔 그 모든 방들을 떠올리며 새삼 얼떨떨한 기분에 빠져들 때가 있다. 그 모든 게 평범해 보이긴 하지만, 나의 상상 이상의 것으로 여겨질 때가 있다.

인간 본질을 드러내는
이야기의 힘

　『축복받은 집』과 『그저 좋은 사람』이라는 단편집 두 권과 『이름 뒤에 숨은 사랑』이라는 장편으로 미국 문단에 확고하게 자리 잡은 줌파 라히리는 국내에도 적지 않은 열성 독자를 거느리고 있다. 세 책 모두 비평가와 독자로부터 뜨거운 찬사를 받았다는 것은 새롭지 않은 사실이어서 새삼 언급할 필요가 없다고 생각하지만, 그래도 옮긴이로서 이 책 『축복받은 집』이 거둔 성과는 다시 한 번 자랑스레 소개하고 싶다. 라히리는 이 첫 소설집으로 2000년에 퓰리처상과 펜/헤밍웨이 문학상, 올해의 뉴요커 데뷔상 등을 받았다. 첫 작품집으로, 그것도 단편소설로는 이례적으로 이런 권위 있는 상을 수상했으니, 미국 문단이 라히리의 작품을 얼마나 높게 평가했는지 잘 알 수 있다. 이 책은 스물아홉 개국 언어로 번역되어 세계적인 베스트셀러가 되었으며,

'최고의 단편' '현대 단편의 희망'이라는 최상급 평가를 받았다.

국내에 소개된 적이 있는 이 빼어난 소설집이 세월의 더께를 털어내고, 라히리의 소설을 한국 독자에게 본격적으로 소개한 마음산책을 통해 새 모습으로 세상에 나오게 되어, 번역자이기에 앞서 독자 한 사람으로서 반갑다. 최근에 발표되어 역시 커다란 반향을 일으킨 라히리의 장편『저지대』를 출간하는 작업도 진행하고 있으니, 이제 라히리의 작품은 모두 한집에 모이게 된다. 이 역시 반가운 일이고, 앞으로도 그러하길 기대한다.

인도계인 라히리의 모든 작품에는 인도인이 등장한다. 작가는 대개 자기 자신이나 부모, 인도계 친구, 지인들의 경험을 작품에 끌어다 쓰는데, 예컨대「세 번째이자 마지막 대륙」은 아버지의 삶을 바탕으로 쓴 소설이라는 게 쉽게 느껴진다. 그의 소설은 인도의 문화와 역사가 배경으로 등장하며 인도계 이민자의 심리와 행동 묘사가 큰 부분을 차지하기 때문에 종종 '이민자 소설'로 불리기도 한다. 하지만 최근의 한 인터뷰에서 라히리는 이민자 소설이라는 말은 타당하지 않다고 주장했다. 작가는 자기가 살아온 세계를 글로 쓰게 마련이므로 자기 작품 속의 인물들이 인도 사람인 것일 뿐, 과도한 의미를 부여할 필요는 없다는 것이다. 이 같은 소설을 이민자 소설이라고 한다면 나머지는 토박이 소설이라고 불러야 하느냐고 반문하면서.

작가의 말대로 인도적인 것에 관심을 기울이기보다는 문학적으로 좀 더 본질적인 면에 마음을 열고 작품들을 읽으면 작고 낮은 이야기 속에서 예기치 않은 커다란 울림과 공감을 느끼게 될 것이다. 소통의 어려움을 다루는 방식만 보아도 가히 압권이라는 생각이 절로 든다. 「일시적인 문제」에서 두 주인공은 정전으로 불이 들어오지 않은 시간에만 서로 솔직한 얘기를 하며 단절된 의사소통을 극복한다. 여섯 달 전에 아이를 유산한 뒤로 둘은 자기 일에만 신경을 쓰며 서로를 피했는데, 하루 한 시간씩 며칠 동안 이어진 정전이라는 상황이 그 둘의 마음을 열어준 것이다. 집 밖에 쌓인 눈이 녹기 시작한 것도 주인공의 마음 상태와 호응하는 문학적 장치일 것이다. 고장 난 전선이 일찍 복구되어 정전 상황이 하루 일찍 끝나게 되었는데, 역설적이게도 불이 들어오자 두 사람은 서로에게 숨겨둔 비밀을 얘기하며 돌이킬 수 없는 상처를 준다.

소통의 문제는 「질병 통역사」에서 더욱 뚜렷이 드러난다. 관광 안내원인 카파시 씨는 대화가 통하지 않는 아내와 애정 없는 결혼 생활을 이어간다. 관광객인 다스 부부 또한 거의 대화를 하지 않는다. 다스 부인은 선글라스 속에 자신을 감추고, 다스 씨는 관광 안내 책자만 열심히 들여다본다. 아이들은 버릇없이 제멋대로 행동한다. 다스 부인은 팔 년 동안 자신을 짓눌러온 비밀의 압박감을 덜어줄 해결책을 질병 통역사이기도 한 카파시 씨에게 기대해보지만, 그런 일은 일어나지 않는다. 서로를 바라보는 눈이 달랐기에 다스 부인이 비밀을 이야기하고 난 뒤 곧바로 둘 사이의 소통은 단절된다. 카파시 씨의 주소가 적힌 종잇조각이 바람에 날아가 버린 것은 두 사람의 소통 가능성이 완전히 끊어졌음을 상징하는 것일 터이다. 그리고 「섹시」에서,

마파리움에 갔던 날 어떤 말을 속삭였는지 기억하느냐는 미랜더의 질문에 데브는 기억을 못하고 엉뚱한 답변을 하는데, 이 역시 말과 마음이 다른 공허한 소통의 문제를 다룬 것으로 볼 수 있다. 미랜더는 "당신은 섹시해요"라는 말을 무척이나 또렷이, 소중하게 가슴에 담아두었지만, 데브는 큰 의미 없이 뱉은 말이었을 뿐이다.

내전에 휩싸인 파키스탄에 두고 온 가족을 걱정하는 피르자다 씨와 이를 바라보는 열 살 소녀의 따뜻한 시선이 빚어내는 잔잔하면서도 위태롭고 감미로운 「피르자다 씨가 식사하러 왔을 때」, 아웃사이더의 삶을 살아가는 '시대 변화의 피해자'인 부리 마의 애잔한 이야기인 「진짜 경비원」, 고국을 떠나온 고독감과 새로운 삶에 쉬이 적응하지 못하는 여인의 심리를 섬세하게 그린 「센 아주머니의 집」, 별로 유용하지 않은 물건에서 흥미를 느끼는 트윙클과 모든 것이 질서 정연하게 정돈되기를 바라는 산지브가 빚어내는 갈등을 통해 이해심의 부족에서 비롯한 소통의 문제를 다룬 「축복받은 집」, 간질 증상과 비슷한 병을 오랫동안 앓았으나 갖가지 방법으로도 치료되지 않던 비비 할다르의 병이 임신을 하고 나서 완전히 치유되었으며, 따라서 아이의 아빠가 누구인지 밝히는 것은 의미가 없다는 이야기를 얼마간 유머러스하게 그려낸 「비비 할다르의 치료」, 이 작품들 하나하나가 다 수준 높은 단편의 묘미를 한껏 선사한다. 태작이 없다는 게 이 소설집의 특징 중 하나라 할 만하다.

소소한 일상에서 시작되어 플롯이 느껴지지 않을 정도로 자연스럽게 전개되는 이야기를 따라가다 보면 어느 순간엔가 단순해 보였던 것들이 가슴속에 깊은 울림을 주고 여운을 남긴다. 이 점이 바로 라히리의 소설이 지닌 힘이고 유려함이다. 이를 두고 '천의무봉'이라고 하는 걸까?

라히리의 소설의 또 다른 매력으로는 음식과 옷, 색채 등의 묘사가 섬세하고 탁월하다는 점이다. 작품에 풍성하게 나오는 의식주 문화의 섬세한 디테일은 독자에게는 감각적인 즐거움을 선사하지만 번역자에게는 사실 꽤나 고역스러운 일이다. 그렇지만 엄청나게 발달한 인터넷의 검색 기능 덕분에 하나하나 찾아가며 확인할 수 있었기에 잠재적인 오류를 많이 줄였다고 생각한다. 이 점에서 구글에도 감사해야 할 것 같다. 주로 인도와 관련된 내용이 많아서 번역을 마쳤을 무렵에는 인도의 한 도시를 배회하다 온 듯한 느낌과 더불어 인도에 대한 친밀감과 애정이 듬뿍 생겼다. 좋은 소설을 번역하는 데서 얻은 부수적인 소득에 반갑고 즐겁다.

두어 달쯤 전에는 페이스북에서 줌파 라히리를 찾아 관심사에 등록해놓았다. 라히리가 글을 올리거나 자신의 기사를 링크해놓으면 내 페이스북에 뜬다. 반가운 마음에 꼬박꼬박 '좋아요'를 누르고, 한번은 댓글도 달았다. 이 좋은 작가를 알게 되고, 그의 소설의 독자가 되고, 독자를 넘어 번역까지 하게 된 인연이 참으로 소중하고 기쁘다.

「세 번째이자 마지막 대륙」의 마지막 문단에서 라히리는 이렇게 썼다. "아들이 좌절할 때마다 나는 아들에게, 이 아버지가 세 대륙에서 살아남은 것을 보면 네가 극복하지 못할 장애물은 없다고 말해준다." 이 대목을 읽으면서 아버지의 말로 표현한 라히리의 마음가짐이라고 생각했다. 독자와 더불어 라히리의 소설이 계속 건강하게 진화하기를 바란다.

2013년 가을에
서창렬

이 책에 쏟아진 찬사

대단히 독특한 새로운 목소리. 라히리의 소설은 매우 유려하면서도 확신에 차 있어서 독자는 『축복받은 집』이 젊은 작가의 첫 소설집이라는 것을 쉬이 잊는다. 라히리는 작중인물의 삶을 객관적이면서도 따뜻한 시선으로 그리며, 동시에 그들이 품은 감정의 온도를 피부로 느끼듯이 정밀하게 기록한다. 보기 드물게 우아하고 침착한 작가며, 이 작품집으로 조숙한 재능을 드러내며 등장했다.

미치코 가쿠타니, 뉴욕타임스

줌파 라히리는 직접적이고 명료하게 글을 쓰기 때문에 독자는 자신이 소설을 읽는다는 것조차 잊을 정도다. 이 비범한 첫 소설집은 이야기를 전개하는 부드러운 목소리에서 큰 힘을 얻는다. 라히리의 언어는 깔끔하다. 그는 은유에 인색하며, 야단스럽지 않게 문학적 풍요로움을 쌓아간다.

뉴스위크

라히리는 연인이나 가족의 친구, 여행 중에 만난 사람과 맺은 짧은 인간관계의 의미를 온전히 그려내는 데 재능이 있다.

타임

라히리는 예측하지 못한 생명력을 책장 속에 불어넣는다. 독자는 각 단편을 읽고 나면 그 인물들과 함께 장편소설 속에서 시간을 보내고 싶은 유혹을 느낀다. 라히리의 성공은 결코 우연이 아니다. 그가 짠 플롯은 정교한 수학적 증명만큼 우아하고 정연하다.

뉴욕타임스 북리뷰

라히리는 이민자, 국외 거주자, 인도계 미국인 1세대 등의 생경한 삶을 능숙하게 포착한다. 그리고 그들이 결혼 생활을 끈끈히 유지하는 데 필요한 신념의 도약을 통찰력 있게 보여준다. 비범한 감수성과 절제력을 갖춘 작가다.

월스트리트저널

경이로운 문학적 데뷔.

뉴스데이

인간미와 세심함이 돋보이는 작품.

샌프란시스코크로니클

깊은 울림을 주는 세련된 등단 작품집. 각 단편의 첫 부분은 여유롭게 이야기가 전개되지만(앨리스 먼로와 바라티 무케르지의 스타일을 연상시킨다) 독자들은 이내 정교하게 그려진 가상의 삶 속으로 빠져든다.

미니애폴리스 스타트리뷴

가능성이 충만한 라히리는 두 세계를 오가는 사람의 소리 없는 희생과 우스꽝스러운 소소한 순간을 드러내는 데 뛰어나다.

타임아웃

섬세하고 단순, 명료하다. 라히리의 소설은 소외와 갱생, 미국 내 인도계 이민 사회의 혼재된 문화의 깊은 부분을 잘 그려낸다.

보스턴

물려받은 전통과 당황스러운 새 문화를 조화하려 노력하는 사람들에 관한, 풍경이 있는 섬세한 이야기. 방향 감각을 상실한 그들의 목소리가 기억을 환기하는 작가의 불길한 세부 묘사 속에서 울려 퍼진다. 최고다.

빌리지보이스

익숙한 것의 상실이 흔해졌다. 우리 사회가 미래를 향해 정신없이 질주하기에 이민자의 경험뿐 아니라 우리 모두의 경험 역시 그러하다. 『축복받은 집』에서 줌파 라히리는 이런 상실의 아픔을 명료하고 절제된 아름다움으로 포착한다.

포틀랜드오리고니언

풍성한 세부 묘사, 정확한 성격 묘사, 온건한 반어적 어조의 조합. 작품은 풍부한 색채와 맛, 냄새와 질감으로 가득하다. 수록된 모든 소설이 뛰어난 소설집은 찾아보기 어렵다. 하지만 여기 있다.

샌디에이고유니언트리뷴

『축복받은 집』에 수록된 모든 작품은 비단에 수를 놓는 바늘처럼 섬세하고 날카롭다.

경이롭다. 라히리의 붓끝은 섬세하지만 확신에 차 있어서 군더더기 주석이나 억지스러운 깨달음의 여지를 남기지 않는다.

로스앤젤레스타임스 북리뷰

라히리는 타인의 삶을 상상하는 놀라운 역량과 원숙함을 보여준다. 각각의 작품은 특별한 것을 제공한다. 줌파 라히리의 『축복받은 집』은 독자의 사랑을 받을 가치가 있다.

유에스에이투데이